La receta del amor

La receta DEL amor

SHER LEE

Traducción de Aitana Vega Casiano

Argentina – Chile – Colombia – España
Estados Unidos – México – Perú – Uruguay

Título original: *Fake Dates and Mooncakes*
Editor original: Underlined, un sello de Penguin Random House LLC
Traducción: Aitana Vega Casiano

1.ª edición: febrero 2024

ISBN: 978-84-19252-50-0
E-ISBN: 978-84-19936-17-2
Depósito legal: M-33.354-2023

Fotocomposición: Ediciones Urano, S.A.U.

Impreso por: Rodesa, S.A. – Polígono Industrial San Miguel
Parcelas E7-E8 – 31132 Villatuerta (Navarra)

Impreso en España – *Printed in Spain*

Para papá y mamá,
por creer siempre.

Capítulo 1

Algo se está quemando. La tía Jade dice que, si el humo es blanco, no pasa nada. Pero si el humo es amarillo, mala cosa. Así que me toca decidir entre salvar la tortita de rábano frito y huevo a la que se me ha olvidado dar la vuelta o las cinco brochetas de satay de cerdo que se están carbonizando en la parrilla.

Mientras el olor a quemado se extiende por la cocina, me abalanzo a por las brochetas de cerdo. La grasa de la carne arde con una tonelada de humo y, si salta la alarma de incendios y se activan los aspersores, estamos apañados.

Megan aparta del fuego la sartén con la tortita chisporroteante. Me fulmina con una mirada.

—Dylan, ¿no se suponía que tenías que vigilar el chai tow kway?

—¡Tres minutos para el pedido treinta y ocho, dieciséis xiao long bao! —grita Tim a través de la ventanilla de la cocina. Tiene once años, así que no se le permite entrar en la zona de guerra, pero dirige el mostrador como un auténtico maestro, toma nota de los pedidos por internet y los de los clientes que entran a pedir al local. Además, ha desarrollado un algoritmo que calcula la hora exacta en la que los clientes hambrientos se hartan y cancelan sus pedidos—. Y la tía Heng sigue esperando ese hokkien mee de gamba.

—¡Me pongo con los xiao long bao! —Le quito la tapa a la cesta de la vaporera y, con cuidado, meto los dumplings de sopa en una caja forrada con papel encerado. Como un elemento inestable, un xiao long bao tiene un núcleo de carne de cerdo picada rodeado de una mezcla volátil de sopa y envuelto en una fina capa de masa. Si la masa se rompe, la sopa se derrama. Alguno de nosotros se comerá el dumpling estropeado, pero lo que queremos es vender comida, no llenarnos la barriga.

En China, existe la creencia de que los nombres influyen mucho en cómo algo o alguien resultará ser, por eso la mayoría de los restaurantes se llaman «Feliz», «Afortunado» o «Dorado». Cosas serenas, positivas... pacíficas. Cuando la tía Jade abrió su local de comida china singapurense para llevar en Brooklyn, Nueva York, no debió llamarlo Guerreros del Wok.

Aunque tal vez el nombre de nuestro local sea más certero de lo que parece. La tía Jade es una guerrera en los fogones, ajena al caos y siempre concentrada en conquistar su característico arroz frito con huevo. Lo mismo da que el wok de hierro fundido arda tanto como la superficie del sol, ella ni se inmuta cuando las llamas rugen a su alrededor. Agarra el mango con firmeza y utiliza el lado curvo del wok para lanzar el arroz frito al aire. Voltear la comida sin parar es el secreto para capturar el escurridizo wok hei, el «aliento de wok», un delicioso aroma ahumado y aromatizado por las llamas que perdura en la lengua.

Tim vuelve a asomar la cabeza por la ventanilla.

—Ha llamado Chung. Ha pinchado una rueda. ¿Qué hacemos con los pedidos que ya están listos para salir?

Mierda. Nuestro radio de reparto en Brooklyn abarca desde Sunset Park hasta Bay Ridge y normalmente tenemos a dos repartidores en moto que se encargan de las entregas. Pero el tío Bo está enfermo —llamamos «tío» o «tía» a cualquier persona de la edad de nuestros padres, aunque no seamos parientes—, de modo que Chung estaba solo ante el peligro esta noche. Es el fin de semana del Día del Trabajo y estamos hasta las orejas de pedidos.

Miro a la tía Jade y a mis primos. La tía Jade tiene una mancha de salsa de soja en la manga. Megan está usando una rueda de cortar pizza en vez de un cuchillo para picar el cebollino más deprisa. Tim frunce el ceño mientras repasa la hora de entrega de los cinco pedidos listos para entregar.

Hay un refrán cantonés que le gusta mucho a la tía Jade: *Sup gor cha wu, gau gor goi*. «Diez teteras, pero solo nueve tapas para cubrirlas».

—Iré yo. —Me quito el delantal y lo cuelgo del gancho—. Tengo la bici.

Intentamos no apilar más de tres pedidos por viaje para que la comida no llegue fría, pero no nos queda otra opción. Tim y yo cargamos las cajas de comida en una gigantesca bolsa térmica, tan voluminosa y llena que amenaza con desequilibrar la bici. Con suerte, no volcaré en ningún contenedor de basura ni me estamparé con ninguno de los coches aparcados en doble fila por las avenidas. Lo que le dará un nuevo significado al nombre del local, porque volver será toda una batalla. Megan detesta mis chistes malos.

Me pongo el casco y pedaleo por el arcén, evitando los charcos de los desagües atascados de basura y hojas muertas. Es el primer fin de semana de septiembre y, aunque ya se ha puesto el sol, la ciudad sigue siendo un horno. Una tormenta eléctrica ha empapado las calles hace un rato y ahora el aire no solo está caliente, sino también insoportablemente húmedo. Antes de llegar al primer destino, tengo la camiseta empapada de sudor.

Hago cuatro entregas y en cada una me disculpo por el retraso. La última parada es un apartamento en Bay Ridge, en la 74. Entro al vestíbulo y le enseño al portero la nota que Tim siempre grapa en la esquina de la bolsa de papel. El pedido es para «Adrian R.». Espero que me diga que deje la comida en recepción para poder largarme de aquí cuanto antes.

El portero levanta el teléfono y marca.

—Buenas noches, ¿señor Rogers? Hay un repartidor con comida para usted. Por supuesto, se lo envío enseguida.

Esta no es mi noche.

Subo al ático. Cuando se abre el ascensor, un chico de unos veinte años espera en la puerta. Lleva una enorme camiseta de Fendi sobre unos pantalones cortos. Entre el pelo rubio platino y los pómulos marcados, bien podría haber salido de una pasarela de la Semana de la Moda de Nueva York. Aunque no es mi tipo y menos después de haberme mirado como si fuera un chicle que se le ha pegado a la suela de sus mocasines de piel.

—¿Adrian R.? —pregunto y me acerco a paso ligero.

—Ya era hora —espeta—. Me da igual lo bueno que esté vuestro arroz frito, no debería tardar más de una hora en llegar. La gente tiene que comer, ¿sabes?

Tengo los labios resecos de sed y los dedos en carne viva de rallar jengibre. Me duelen los pies de dar vueltas por la cocina y pedalear más rápido que nunca. Pero, sí, claro. La gente tiene que comer.

—Perdón por la espera. —Le doy la bolsa de papel. Por encima de su hombro, atisbo una impresionante vista del horizonte de Brooklyn a través de unos ventanales que van desde el suelo hasta el techo—. Que disfrutes de la comida.

Estoy a un metro y medio del ascensor cuando un exabrupto me hace dar media vuelta.

—¿Qué mierdas es esto? —Adrian levanta la caja de arroz frito con una mueca de asco—. ¡Esto no es lo que he pedido!

Vuelvo sobre mis pasos con cautela. Tim no suele equivocarse con las instrucciones.

—Diez brochetas de satay de cerdo y dos cajas de arroz frito con huevo y gambas, ¿no?

—¡¡Y sin cebollino!! —Adrian arranca el papelito de la bolsa y me lo tira a la cara—. ¡Lo pone aquí mismo! Así que ¿por qué mi cena está cubierta de asquerosos grumos verdes?

Tim hasta subrayó las indicaciones especiales en amarillo. Con todo el caos, parece que a todos se nos pasó. El cebollino se espolvorea por encima y se puede quitar sin mucho problema, pero me da la sensación de que, si me atrevo a sugerirlo, a nuestro enfadado cliente le va a explotar la cabeza.

—Lo siento, es culpa nuestra —digo—. La comida se pagó por internet, así que te haremos un reembolso a la tarjeta con la que...

—No quiero un reembolso. ¡¡Quiero lo que he pedido!! —estalla Adrian. La rabia en la carretera es mala, pero la rabia en los repartos de comida a domicilio está a otro nivel—. ¿Se supone que tengo que alegrarme de que me devuelvan mi propio dinero por una cena que he pagado y que no he recibido después de haber esperado más de una hora? ¿Es que me tomas por tonto?

—Venga, bebé. —Surge otra voz masculina del interior—. Pediremos una pizza, ¿vale?

El chico que aparece por detrás me provoca un cortocircuito en el cerebro. Tiene más o menos mi edad y parece mitad asiático, mitad blanco. Solo lleva calzoncillos, lo que me hace suponer que los padres de Adrian no están en casa y los dos tienen todo el piso para ellos solos. Lo único en lo que se me ocurre pensar es en por qué Adrian prefiere enfadarse con un pobre repartidor cuando podría estar, por ejemplo, lamiendo nata montada de esos abdominales para la cena y el postre.

—No te metas, Theo. Yo me encargo. —Adrian me frunce el ceño—. ¿Y si fuera mortalmente alérgico al cebollino? ¿Lo único que se te ocurre decir es «lo siento»? ¿Tenéis un cocinero ciego o analfabeto o qué?

La sangre se me sube al cerebro. La tía Jade trabaja seis días a la semana de sol a sol. Nunca se suelta el pelo, literalmente, porque siempre lleva una redecilla de cocinera mientras se deja la piel en un trabajo agotador, algo que apostaría lo que fuera a que este tipo no ha hecho en su vida.

—Tienes toda la razón al enfadarte porque no hemos preparado la comida como querías —replico—. Pero no tienes derecho a insultar a la cocinera, que resulta ser mi tía.

—La verdad, me importa una mierda —Adrian me señala con el dedo—. ¿Sabes qué? Ya que no muestras remordimientos, exijo una compensación.

Parpadeo.

—No te has comido la comida. Y te vamos a devolver el dinero.

—Quiero una compensación por los daños emocionales sufridos. Los daños punitivos existen. Mi padre es socio mayoritario de su bufete.

Me muerdo el labio para contener la ira. Amenazar con acciones legales es una locura total, pero si resulta que es alérgico, podría haberse puesto enfermo. Preparar comida es una gran responsabilidad y la realidad es que esta vez la hemos cagado.

Como nos hemos retrasado con el lote de entregas, esta noche he recibido más ceños fruncidos que propinas. Rebusco en el bolsillo y saco unos cuantos billetes de cinco arrugados. Clover tendrá que quedarse sin sus chuches favoritas de tocino esta semana.

—Lo siento, esto es todo lo que llevo encima —digo—. Si quieres más, tendrás que llamar al restaurante y hablar con mi tía...

—Adrian, basta. Lo digo en serio.

El chico al que ha llamado Theo se acerca a la puerta. Tiene el pelo castaño corto por los lados y de punta por arriba. Los bóxers que lleva lucen el logo de Armani en la cintura. Siempre me he preguntado por qué la gente se molesta en comprarse ropa interior de marca cuando prácticamente nadie la verá. Tal vez sea para momentos como este, cuando el repartidor ha tenido una noche complicada y le viene muy bien una alegría. Bueno, Dylan, ya está bien. Deja de mirar. No te conviene darle a su novio más razones para asesinarte.

—Vale, como quieras —dice Adrian a Theo, luego entrecierra los ojos y me mira—. No pienso volver a haceros un pedido. Y dejaré reseñas de una estrella en todas las webs que existen para contarle a todo el mundo que vuestra comida podría haberme matado.

Me devuelve la caja de arroz frito de malos modos y me cierra la puerta en las narices.

Me quedo un rato clavado donde estoy, atónito, antes de irme. Cuando salgo del edificio, Chung me manda un mensaje para decirme que ya ha arreglado el pinchazo y que se ocupará del resto de las entregas de la noche.

La sofocante combinación de corrientes de calor y tubos de escape impregna el aire cuando me siento en el bordillo de la acera junto a mi bici encadenada. Me ruge el estómago y abro la caja de comida para llevar. Dicen que los maestros culinarios preparan el arroz frito con una pizca de huevo en cada grano. Seguramente no soy imparcial, pero apuesto a que la tía Jade les haría la competencia. Separo la cuchara de plástico y me meto un bocado de arroz frito en la boca. Aunque se ha enfriado, me sigue sabiendo a gloria después de este turno infernal.

Capítulo 2

—**S**eguro que el infierno ha tenido algo que ver —dice Megan mientras limpiamos la cocina después de cerrar—. No lo llaman el mes de los fantasmas hambrientos por nada.

Durante el séptimo mes lunar, que comienza entre finales de agosto y principios de septiembre, los budistas y los taoístas creen que las puertas del infierno se abren y los fantasmas de los difuntos vagan libremente por el mundo. Los más supersticiosos no salen de noche ni van a nadar, por miedo a que los espíritus ahogados vengan a por ellos. Mi madre nunca creyó en estas tradiciones y yo tampoco. Sin embargo, este año, Por Por y Gong Gong, mis abuelos que viven en Singapur, celebrarán rituales por ella por primera vez; pondrán comida en su altar y quemarán palos de musgo y papel moneda.

—Bueno, el tipo hambriento de la última entrega casi me arranca la cabeza porque el arroz frito tenía cebollino —le cuento a Megan—. Me dijo que podría haberlo envenenado y amenazó con hacernos pagar por los daños emocionales.

—¿En serio? Menudo imbécil.

Vierto el té chino que ha sobrado en la encimera grasienta, que quita muy bien el aceite y es más respetuoso con el medio ambiente que los productos químicos de limpieza. Hacemos lo mismo con la parrilla, que Megan está limpiando con los restos de una cebolla cortada. Las enzimas de la cebolla ablandan la suciedad y los pegotes mucho mejor que los cepillos de alambre, sobre todo porque las cerdas se atascan en las rejillas.

Suspiro.

—Nos va a hundir la calificación. Seguro que hace que un montón de sus amigos ricos también nos dejen malas reseñas. Pero al menos se contuvo cuando su novio intervino.

Los tipos atléticos son mi kriptonita, aunque yo no soy precisamente un deportista; casi todo el cardio que hago consiste en correr por la cocina mientras intento evitar que la comida se queme.

—¿Cómo sabes que era su novio? —pregunta Megan.

—Era bastante obvio. Estaba medio desnudo. Estaba muy bueno y fibroso, y tenía unos abdominales que terminaban en un corte perfecto en forma de V que...

Tim, que está contando los recibos en la ventanilla, arruga la nariz.

—Uf, Dylan, demasiada información.

—¿Qué es demasiada información? —pregunta la tía Jade al entrar en la cocina.

—A Dylan le han cantado las cuarenta en una entrega —dice Megan—. Pero de lo único que habla es del novio buenorro del cliente como si fuera un trozo de carne.

—¡No es verdad!

—Tus palabras, Dyl. Bueno, fibroso, corte perfecto... Bien preparado, como a ti te gusta.

—Puaj, no digas eso. Qué degradante.

Megan sonríe.

—Tranquilo. Todos somos superficiales a veces.

Megan tiene dieciséis, un año menos que yo. Mi madre y tía Jade también se llevaban solo un año. Mis padres se conocieron en la Universidad de Nueva York y luego se quedaron a trabajar en la ciudad. Cuando se divorciaron, mi padre se marchó a Shanghái a montar su propio negocio. La tía Jade fue a la escuela culinaria en Hong Kong, donde conoció al padre de Megan y Tim, y cuando se separaron, se mudó aquí con mis primos.

El sueño de la tía Jade es abrir su propio restaurante formal donde se sirva auténtica comida china singapurense. Este pequeño local de comida para llevar es todo lo que tiene por ahora. En Sunset Park está el barrio chino de Brooklyn, pero el alquiler en la Octava Avenida es demasiado caro. Como solo ofrecemos comida para llevar, estamos en un rincón más tranquilo cerca del parque, entre una lavandería y una tienda de cómics. Esta cocina loca y caótica es nuestro hogar. Literalmente. Vivimos en un pisito de dos dormitorios en la segunda planta, que conecta con el local por unas escaleras detrás del mostrador. Yo comparto habitación con Tim, y Megan, con la tía Jade.

Tim va a contar el dinero de la caja registradora y la tía Jade sale por la puerta de atrás cargada con dos bolsas de basura.

Megan me da un codazo.

—¿Has recogido el correo todos los días de la última semana?

Niego con la cabeza.

—Creía que eras tú la que acechaba el buzón a la espera de más *merch* de Blackpink.

Megan suspira.

—Otra vez no.

La tía Jade solo intercepta el correo cuando hay alguna carta que no quiere que veamos, como los avisos de retraso en el pago del alquiler. Nunca dice nada, pero sabemos que el dinero escasea. Los proveedores conceden plazos más cortos. El coste de los ingredientes ha subido. No es fácil aumentar los precios porque hay mucha competencia. Tim pidió prestado un violín a la escuela de música después de que la madera del suyo viejo se rajara, y Megan dejó de pedir un móvil nuevo y arregló la pantalla del suyo con cinta adhesiva transparente.

—Siempre estás en TikTok —digo—. ¿Por qué no subes un video gracioso de Guerreros del Wok que consiga un trillón de visitas?

—Si ser viral fuera tan fácil, ¿no crees que ya lo habría hecho? —Megan friega un wok con un cepillo especial. Los woks de hierro fundido que utilizamos están hechos a mano por un herrero chino de Shandong que tiene una lista de espera de dos años—. He intentado mejorar nuestra presencia en redes sociales, pero la gente tiene la capacidad de atención de un pez de colores...

Unos pasos se acercan y la tía Jade vuelve a entrar. Está demasiado ensimismada como para oírnos hablar. Megan y yo intercambiamos una mirada.

Salgo para meter dentro el cartel en el que anunciamos las ofertas semanales. La de esta semana son ocho xiao long bao por 5,95 dólares. Una ráfaga de viento levanta un puñado de hojas secas. Me recuerda al sonido del arroz al lavarse, los granos crudos que se arremolinan dentro de una olla. Un folleto pegado en el escaparate cruje con el viento y me llama la atención: «Concurso de pasteles de luna del Festival del Medio Otoño: la nueva generación».

El Festival del Medio Otoño es la segunda celebración más importante después del Año Nuevo Lunar. Se celebra el decimoquinto día del octavo mes lunar, que corresponde a finales de septiembre o principios de octubre; este año cae a finales de septiembre. Todos los barrios chinos de Nueva York se engalanarán con farolillos y, en Sunset Park, las celebraciones en la Octava Avenida se extenderán desde la calle 50 hasta la 66. Miles de personas acudirán a ver las actuaciones. Miles de personas asistirán a los espectáculos, visitarán los bazares callejeros y, por supuesto, comerán deliciosos pasteles de luna.

Mi madre fue la que vio el folleto del año pasado, pero para entonces ya había pasado el plazo de inscripción. El concurso está dirigido a pasteleros adolescentes, estudiantes a tiempo completo de entre dieciséis y diecinueve años. Pueden ir acompañado de un ayudante de cualquier edad, como un hermano, un abuelo, un padre o un amigo. Se elegirán ocho parejas para el concurso.

—El año que viene nos presentaremos juntos —me dijo—. Cuando era pequeña, ayudaba a tu Por Por a hacer sus pasteles de luna especiales con piel de nieve. Eran de un tono azul precioso. La receta se la enseñó su abuela. —Sonrió—. Verás cómo arrasamos.

Recojo el folleto. Siento una punzada en el pecho. El año pasado por estas fechas aún no le habían descubierto el bulto. De repente, se me forma un nudo en la garganta y siento que se me ha metido algo en el ojo. El duelo te asalta por sorpresa cuando menos te lo esperas. Una canción, una frase, un olor... Y de repente caes en un espacio vacío interior que pensabas que ya habías remendado. Que creías que habías aprendido a soportar.

Me obligo a centrarme en el concurso. Se celebrará en el estudio culinario de Lawrence Lim, un célebre chef de Malasia que ahora vive en Manhattan. Su programa, *Fuera de carta*, destaca locales de comida de culturas diversas por toda la ciudad de Nueva York. Es uno de los programas mejor valorados de la televisión y ha dado lugar a un libro de recetas superventas, clases de cocina y una gama de mezclas de especias directas al plato que vuelan de las estanterías de los supermercados. (Hasta la tía Jade reconoce que la salsa de sayur lodeh, un plato indonesio de verduras variadas guisadas con curry de coco y nueces, es lo más parecido a lo auténtico que se puede conseguir con una caja).

El ganador del concurso de pasteles de luna no solo saldrá con Lawrence en un episodio de su programa, sino que también podrá elegir el lugar donde se grabará.

Me invade la emoción. Para la mayoría de los concursantes, aparecer en el programa con Lawrence ya sería una pasada, pero para mí, conseguir que Guerreros del Wok salga en *Fuera de carta* es el premio principal.

Mi madre siempre decía que el Festival del Medio Otoño es una celebración para la familia. Para los reencuentros. Este será el primer año que no estará con nosotros en la fiesta. Participar en el concurso es la manera perfecta de recordarla y al mismo tiempo conseguir que nuestra comida obtenga por fin la atención que se merece. Solo tengo que preparar el pastel de luna ganador con una receta que se ha transmitido de generación en generación.

Llevo el folleto dentro y cierro las puertas tras de mí. Entraron a robar hace unos meses, abrieron la caja registradora y se llevaron quinientos dólares. Chung ayudó a la tía Jade a instalar un sistema de alarma y puso en la puerta un timbre que se activa con el movimiento. Aquí vivimos los cuatro con mi perra, una *corgi* llamada Clover. Es feroz, pero no es ningún perro guardián. La idea de que alguien entre y suba mientras dormimos… da más miedo que los fantasmas. Incluso que los hambrientos.

Capítulo 3

E s domingo por la mañana. Falta una hora para abrir, pero el calor es tan insoportable que entorno la puerta del local para que entre algo de brisa. La mayoría de los restaurantes de comida china para llevar pintan la fachada de rojo, un color propicio. Pero la tía Jade eligió el verde, que da buena suerte y, además, llama la atención.

Hay una repisa pequeña y unos cuantos taburetes de madera en la parte delantera del local para que la gente espere por los pedidos. En el mostrador, junto a la caja registradora, hay un gato de la fortuna de porcelana blanca que agita la pata derecha rítmicamente para dar la bienvenida a los clientes y atraer la buena suerte. Este espacio antes lo ocupaba un bar de mala muerte y la tía Jade no podía permitirse reformar nada más que la cocina. Así que el interior de nuestro local de comida china para llevar parece un pub, con vigas expuestas en el techo y paneles de madera en las paredes de ladrillo. Los clientes a veces señalan la extraña decoración, pero lo que hace que vuelvan es la buena comida.

Descuelgo el delantal de Hello Kitty de Megan de un gancho de la pared. El mío, que es blanco, está en la lavadora y no quiero mancharme de harina la camiseta limpia. Me aparto el flequillo con el dorso de la mano. Necesito un corte de pelo. En verano, Megan insistió en que probara el peinado de doble altura que tanto les gusta a las estrellas coreanas, más largo por arriba y un corte afilado y texturizado que se puede moldear de diferentes maneras. Me acompañó a una peluquería de Chinatown e incluso le enseñó al peluquero ejemplos de lo que quería: *Que parezca un rompecorazones.*

Yo no quería nada demasiado osado. No estoy en un grupo de música y no tengo tiempo de secarme el pelo o planchármelo todas las mañanas. Además, ¿qué sentido tiene cuando la temperatura exterior va a superar los treinta grados?

Nos decidimos por un corte por debajo y una longitud media por arriba, que se podía peinar hacia atrás con cera o dejarse suelto como flequillo. Quedó mejor de lo que esperaba. Incluso Megan estaba contenta.

—¿Tu novia? —preguntó el peluquero.

Me reí.

—Mi prima.

Megan está sentada en la ventanilla de servicio y se dedica a arrancar las cabezas y las colas de los brotes de soja. Tiene los auriculares puestos y está viendo el último videoclip de Blackpink en el móvil. La tía Jade ha ido a la tienda a comprar algunas verduras que no llegaron en el envío de esta mañana de nuestro proveedor. Tim está en el mostrador, enfrascado en un libro de matemáticas de segunda mano. Clover corretea de un lado para otro detrás de su pelota de goma favorita y me ataca los cordones de las deportivas.

Me siento en la pequeña mesa alta de estilo pub que hay cerca del mostrador, donde he dejado los ingredientes para preparar xiao long bao. Primero, se enrolla la masa en la forma de una serpiente larga y delgada y luego hay que ir sacando trozos más pequeños. Con el rodillo, se aplanan en círculos y se añade una bola de carne picada de cerdo congelada durante la noche. Otros locales de comida china para llevar los venden rellenos de cangrejo, vieiras y gambas. Sin embargo, como los platos chinos singapurenses son nuestra especialidad, aquí nos quedamos con el relleno de cerdo.

Suena la campanilla de la puerta. Clover ladra y levanto la vista.

—Lo siento, pero…

Me interrumpo. El novio buenorro de anoche está en la puerta.

—Hola. —Theo me sonríe con timidez. Lleva vaqueros y una camiseta negra con un logotipo que no reconozco, lo que probablemente significa que cuesta una barbaridad. Tiene el pelo algo despeinado, lo justo para que parezca que se ha levantado así de la cama—. No sé si me recuerdas de la entrega de anoche…

—Me acuerdo —espeto.

Megan levanta la vista del vídeo de K-pop. Clover se adelanta y enseña los dientes.

—¡Clover! —La agarro por el collar. Odia a los extraños y le gruñe a cualquiera que no conozca—. Lo siento, la adoptamos en un refugio y se asusta con facilidad. He intentado educarla para que no lo haga. Espera, déjame intentar una cosa.

Señalo a Theo con la mano y la mantengo extendida. Me acerco a él y le toco el hombro, la señal que le he enseñado a Clover para indicarle que un desconocido es amistoso. Ha funcionado con un par de habituales del parque canino, pero esta es la primera vez que lo pruebo con alguien a quien nunca ha visto antes.

De repente me doy cuenta de que estoy tocando a Theo. Espero que se aparte, pero no lo hace.

Clover lo mira con desconfianza, pero ha dejado de gruñir. Se vuelve hacia mí en busca de confirmación.

—Buena chica —digo—. Muy buena. Quieta.

Tim mira a Theo.

—¿Tu amigo es el tipo que ha dejado valoraciones de una estrella en Yelp y en un montón de webs de reseñas con el nombre de usuario «ALÉRGICO A LOS IDIOTAS»?

—Ay, por Dios. ¿Ha hecho eso? Le hice jurarme que no lo haría. —Theo suena muy avergonzado—. He venido a disculparme por lo ocurrido.

—El error fue nuestro —digo—. Me he asegurado de que se le hiciera el reembolso.

Theo saca dinero de su cartera.

—Toma. Considéralo una propina.

Me quedo mirando el billete de cien dólares.

—¿Querías sacar uno de diez?

Theo se ríe.

—No.

—¿Para qué es eso? —interrumpe Megan—. ¿Un estriptis?

Theo gira la cabeza hacia ella. Mi prima se acerca a zancadas desde la ventanilla de servicio y lo fulmina con la mirada.

—¿Cómo te llamas?

Theo se sorprende por la evidente hostilidad.

—Theo Somers.

Megan se cruza de brazos.

—¿De dónde has sacado un apellido así? No tienes pinta de blanco.

—Mi padre lo es. La familia de mi madre es de Hong Kong y...

—Pues parece que no eres consciente de que dar propina se considera un gran insulto en la cultura china —lo corta—. Intenta algo así en China y la camarera te perseguirá para devolverte el dinero mientras te mira como si fueras un montón de mierda de panda.

Arrugo la nariz. Megan no es muy sutil.

Theo pone cara de angustia.

—Lo siento, no sabía...

—A ver si lo entiendo —lo vuelve a interrumpir—. Primero dejas que tu novio se ponga como un basilisco con mi primo porque había cebollino en el arroz. ¿Y ahora intentas compensarlo dándole dinero, como si le hiciera falta caridad para sobrevivir?

El zumbido del ventilador del techo es ensordecedor en el abrupto silencio. Theo parece que se ha tragado unos fideos que llevan demasiado tiempo en la nevera, pero hace todo lo posible para que no se le note.

Megan se echa a reír.

—¡Qué cara has puesto! No tiene precio. Ojalá lo hubiera grabado. —Le da un codazo en el brazo—. Estamos en Brooklyn, no en Pekín. Claro que nos encantan las buenas propinas. El tarro está al lado de la caja.

El alivio de Theo es evidente. El mío también.

Megan le sonríe como si acabara de superar una prueba.

—Ya que estás aquí, ¿quieres comer algo?

—El especial de la semana es el xiao long bao —dice Tim—. Ocho por cinco con noventa y cinco, así que con cien dólares, tienes para ciento treinta y cuatro.

No necesita tocar la calculadora.

Theo señala los dumplings de la bandeja que tengo delante.

—¿Los has hecho tú?

—Todos los días. Mi tía jamás nos permitiría servirlos congelados. ¿Quieres probar ocho de momento?

—Claro —responde—. Sobre todo porque los has hecho tú.

Sonrío sin poder evitarlo.

—¡Marchando ocho xiao long bao! —Megan le quita el billete de cien dólares de la mano—. El cambio pagará el sushi del día libre de mi madre.

—Oye, ¿y qué pasa con el estriptis? —pregunta Theo, con toda la seriedad del mundo.

El corazón me salta a la garganta y casi me ahogo.

Megan me guiña un ojo y señala a Theo con el dedo.

—Me cae bien. —Recoge la bandeja de dumplings—. Voy a encender la vaporera. Vosotros quedaos a charlar un rato, ¿vale?

Me arde la cara mientras Megan desaparece dentro de la cocina. Que a mi prima se le escape que estuve hablando de Theo después de la entrega de anoche es aún más mortificante que el delantal de Hello Kitty que todavía llevo puesto. Me lo quito rápidamente.

—Lo siento, a Megan le encanta tocar las narices —digo—. Te juro que no tenía ni idea de que te lo iba a hacer pasar tan mal.

—Después de lo que ocurrió con Adrian, no te preocupes —responde él.

Niego con la cabeza.

—Pero tiene razón. El motivo por el que los camareros chinos se sienten insultados por las propinas es porque consideran que ofrecer un buen servicio es parte de su trabajo. Pero esta vez le fastidiamos la cena a tu novio.

Espero a que diga que no es su novio y ofrezca una explicación perfectamente razonable a por qué estaban tan cómodos en el apartamento de Adrian. O a por qué lo llamó «bebé».

Pero no lo hace. En vez de eso, se acerca a la pared que hay junto al mostrador, cubierta de fotos con marcos desparejados. Algunas fotos son de la tía Jade con famosos de Hong Kong que visitaban los restaurantes en los que trabajaba, pero el resto son de la familia. La tía y mi madre cuando eran niñas, con Por Por y Gong Gong. Megan, a los seis años, enseñando el hueco de los dos dientes delanteros que le faltan mientras sostiene en brazos a Tim de bebé delante de su primera tarta de cumpleaños. Los tres en el zoo de Prospect Park hace un par de años, dando de comer a una alpaca.

—Esto es en Singapur, ¿verdad? —Theo señala la foto más reciente en la que estamos los cinco: mi madre, la tía Jade, Megan, Tim y yo. Al fondo, se ve el icónico Marina Bay Sands, con las tres torres coronadas por un jardín en el cielo que parece un gigantesco barco amarrado.

—Sí. Fuimos en diciembre a visitar a mis abuelos. —Tim está en esa fase desgarbada y escuchimizada que hizo que Por Por se preocupara porque estuviera demasiado delgado. Megan es alta y de extremidades largas, y posa con una expresión seductora que aprendió de sus ídolas k-poperas. El pelo ondulado de la tía Jade, libre de la redecilla habitual, fluye al viento.

El ala del sombrero de mi madre proyecta una sombra sobre su pálido rostro. Le había empezado a crecer el pelo otra vez, pero no quería atraer miradas. Lleva puestas las gafas de sol; la quimio la había vuelto fotosensible.

—¿Naciste allí? —pregunta Theo.

—No, pero mi madre y mi tía sí. —Señalo una foto de las dos de jóvenes en el Disneyland de Tokio—. Fueron sus primeras vacaciones juntas, las dos solas.

Theo se vuelve hacia mí.

—¿Vas al instituto por aquí?

—Al Sunset Park. —Está solo a unas manzanas y Megan también va allí—. Empiezo el último curso la semana que viene. ¿Y tú?

—También paso a último curso, en Bay Ridge Prep. No está lejos de donde vivo.

Lo deja caer como si fuera a un colegio privado que cuesta cincuenta mil al año solo porque le queda cerca de casa. Bay Ridge está en nuestro radio de reparto y, cada vez que cruzo por delante, soy incapaz de contenerme a echar un vistazo a los niños ricos que pasan el rato en la entrada. Con sus jerséis drapeados y sus camisas arremangadas, se encontrarían como en casa en cualquier campus de la Ivy League. Theo no es una excepción.

—Bonita camiseta, por cierto —añade.

Mi camiseta pone «Compra ropa, no cachorritos». Es de la campaña de adopción que la clínica veterinaria organiza cada verano. Aunque mi madre ya no estaba, he vuelto a ser voluntario este año.

—Ahí encontramos a Clover. —Acerco un taburete a la mesa alta que hay junto al mostrador—. ¿Por qué no te sientas mientras voy a ver cómo van los dumplings?

Cuando entro en la cocina, Megan está con la vaporera, un hornillo de metal con agua hirviendo debajo. El vapor se cuela por los agujeros como si fueran géiseres.

—Tienes razón, Dyl —dice—. Está bueno.

—¡Chist! Está al otro lado de la puerta. ¡Te va a oír!

—De todos modos, ¿qué haces aquí? —Pone ocho dumplings en un paño de algodón dentro de una gran cesta de bambú—. Os he brindado la oportunidad perfecta para estar un rato a solas.

—No sé de qué hablar con él. No quiero balbucear como un idiota.

—Podrías preguntarle por su talla de ropa interior. A mí me parece que usa la mediana. —Sonríe—. Es un poco difícil saberlo con los pantalones puestos.

—Meg, te juro que si no tuvieras la comida en las manos, te mataría.

Megan suelta una risotada mientras coloca la cesta de bambú en la vaporera. El vapor de los agujeros del hornillo atraviesa la base perforada y cocina los alimentos. La tía Jade nos contó que, cuando trabajaba en un restaurante de dim sum, tenía que ocuparse de al menos cinco cestas, cada una con tiempos de cocción diferentes.

Diez minutos después, salgo de la cocina con una cesta tapada. Theo está en el mostrador con Tim y examinan las cuerdas del violín que le prestaron en la escuela de música. Mi primo le explica algo de unas clavijas que resbalan. Me sorprende que estén hablando. Tim es un chico introvertido y no se abre con los desconocidos, a menos que le hablen de matemáticas o de música.

—Gracias por el consejo, lo probaré —dice. Se mete el violín bajo el brazo y desaparece escaleras arriba con Clover.

Theo se acerca a la mesa y le dejo la cesta delante. Cuando levanto la tapa, un espectacular soplo de vapor llena el aire.

—Huele de maravilla. —Se inclina hacia delante y mira los ocho dumplings que hay dentro—. Mi madre decía que comer xiao long bao es un arte en sí mismo. Si está demasiado caliente, la sopa te quema la lengua. Pero si lo dejas enfriar, la capa de masa exterior se secará y se romperá cuando intentes comerlo.

—Es un buen consejo. —Le doy una cuchara plana, unos palillos y una salsera con vinagre negro y rodajas de jengibre fresco—. Híncales el diente cuando estés listo.

—Tengo una pregunta. —Theo señala los ingredientes que hay en mi lado de la mesa—. He comido un montón de estos antes, pero todavía no tengo ni idea de cómo se mete la sopa dentro del dumpling.

Me siento frente a él.

—Primero hay que hervir los huesos de cerdo con la carne, luego se cuela la sopa y se mete en la nevera. Cuando la sopa fría se vuelve gelatinosa, añadimos la carne de cerdo picada y envolvemos la mezcla dentro de la bola de masa. Cuando los dumplings están en la vaporera, el calor vuelve a fundir la gelatina en la sopa.

—Brillante. —La luz del sol que se cuela por la ventana le da al pelo de Theo un tono castaño más claro—. ¿Y cómo se sellan todos los pliegues de encima?

—Ah, esa es la parte más complicada. Me cargué un montón antes de descubrir la técnica correcta. El secreto está en apretar los bordes antes de doblar los pliegues y hacer un nudo con ellos. Los chefs de los restaurantes con estrellas Michelin solo sirven dumplings con dieciocho pliegues exactos.

—Vaya locura, teniendo en cuenta lo pequeños que son. —Theo levanta los palillos—. Ahora voy a saborear más cada xiao long bao después de saber el trabajo que cuesta hacerlos.

Atrapa uno sin romper la masa. Bastante impresionante. También sujeta bien los palillos. Su madre lo enseñó bien. Sumerge el dumpling en el platito de vinagre y jengibre fresco, lo posa en la cuchara y muerde en los pliegues de la parte superior para dejar salir el vapor antes de comérselo entero.

—Madre mía, está buenísimo —dice mientras mastica—. La masa es suave y la carne picada y la sopa de dentro tienen mucho sabor. Me encanta.

—Deberíamos hacer que dijeras eso en un anuncio —bromeo.

Sonríe.

—Dime qué cadena quieres y haré unas llamadas.

Cuesta saber si habla en serio. No me imagino la cara de la tía Jade si un equipo de rodaje se presentara por las buenas en el local.

—Era una broma. No podríamos permitirnos el costo de un anuncio.

La ventana de tiempo para comer los dumplings antes de que se enfríen es corta. No dejo de mirar a Theo mientras los devora uno tras otro. Me siento como un xiao long bao en la vaporera; cada vez que se lame los labios, me derrito un poco más por dentro.

Menuda suerte la mía. Cuando por fin encuentro a alguien que es mi tipo, resulta que estaba pasando el rato en un ático de lujo con su novio la primera vez que nos vimos.

—¿Qué es eso? —pregunta Theo.

Sigo su mirada hasta el folleto del concurso de pasteles de luna. Lo colgué en el tablón de anuncios para acordarme de hablar con la tía Jade de inscribirnos.

—Es un concurso para pasteleros *amateur* adolescentes que organiza el famoso chef Lawrence Lim. —Arranco el folleto del tablón—. Cada concursante se presenta con un acompañante y eligen a ocho parejas. Los pasteles de luna se juzgarán en el Festival del Medio Otoño y el ganador aparecerá en un episodio de su programa de cocina, *Fuera de carta*.

—Mola, lo he visto un par de veces —dice Theo—. Quise probar uno de los restaurantes vietnamitas que recomendó, pero cuando llegué, la cola daba la vuelta a media manzana. ¿Así que patrocina el concurso?

—Sí. El Festival del Medio Otoño es muy importante en Singapur y Malasia, donde Lim se crio.

Theo ojea el formulario de inscripción, en el que he rellenado mi nombre y el de la tía Jade.

—¿Qué tipo de pastel de luna vas a hacer?

—Mi abuela tiene una receta especial de unos de piel de nieve azules que ha estado en nuestra familia durante generaciones —respondo.

—¿A qué saben? ¿A arándanos?

—Nunca los he probado —confieso—. Los pasteles de luna solo se hacen durante el Festival del Medio Otoño y normalmente visitamos a mis abuelos en verano o en las vacaciones de Navidad. Pero mi madre dice que el color azul viene del té que se hace con la flor de la campanilla azul.

De lo que más me arrepiento es de no haberle preguntado más a mi madre por los pasteles de luna de Por Por cuando me habló de presentarnos al concurso el año pasado. Supuse que ya tendría tiempo para averiguarlo.

—Hay otra pregunta que quería hacerte. —Deja los palillos—. ¿Por qué no trabajáis con Uber Eats o alguna otra empresa de reparto de la ciudad en lugar de hacerlo todo por vuestra cuenta?

Levanto una ceja.

—¿Tan horrible fue que yo os llevara la comida?

Se ríe.

—No, no lo digo por eso, de verdad. Es que recuerdo que Adrian se quejó de tener que hacer el pedido directamente en la web del local y no a través de una aplicación. Parece más fácil subcontratar las entregas para que tu tía y tú podáis centraros en lo que se os da bien, sin tener que preocuparos de quién lleva la comida.

—Es cierto, pero esas empresas se llevan cerca de un tercio de cada pedido en comisiones, lo que es bastante para los negocios pequeños como el nuestro —explico—. Mi tía se asoció con un par cuando empezó, pero al cabo de un año decidió que prefería tener repartidores propios. Conocía a Chung, nuestro empleado fijo, de cuando trabajaba en Hong Kong; fue el único fontanero que se presentó cuando tuvo una emergencia con una tubería rota durante su turno en un restaurante. Lo ayudó a solicitar un visado de trabajo y le dio este empleo. Y al tío Bo lo echaron tras caerse de una escalera. Ha estado enfermo, por eso fui yo en su lugar anoche.

—Me encanta la ética empresarial de tu tía —responde Theo—. Ayudar a los amigos es más importante que reducir costes mediante una empresa grande e impersonal.

Me sorprende que comparta el mismo punto de vista que la tía Jade.

—Sí. Es la clase de persona que siempre está pendiente de los demás.

—Igual que su sobrino. Viste un problema y te ofreciste a ayudar con las entregas. —Theo me mira—. Y para que conste, que nos trajeras la comida fue un golpe de suerte. —Señala con la mano la cesta de bambú vacía—. Si no, nunca habría tenido la oportunidad de probar estos deliciosos xiao long bao caseros.

Me sonrojo. ¿Dónde están las ocurrencias cuando las necesito?

Theo se levanta y mira la hora en su iPhone de última generación.

—Lo siento, tengo que irme. El entrenador me matará si vuelvo a llegar tarde a la práctica de tenis.

Sí que tiene físico de tenista. La tía Jade es la aficionada residente al tenis, pero creo que debería empezar a seguir el deporte por... razones que no vienen al caso.

—Sí, claro. —Lo acompaño a la puerta—. Gracias por venir.

—Gracias por la deliciosa comida —dice.

—¿Te importaría ponerlo por escrito? —pregunto—. A nuestras reseñas en línea les vendría bien un empujón.

—Por supuesto. —Me guiña un ojo—. Guerreros del Wok se ha ganado otro cliente satisfecho.

Suena la campanilla y se va. Mientras Theo se marcha calle abajo, la tía Jade vuelve de la tienda desde la otra dirección, con los brazos cargados de bolsas de comida. Se cruzan y Theo desaparece al doblar la esquina.

Megan sale de la cocina, feliz como unas castañuelas.

—Ha sido tremendo.

Vuelve a sonar la campanilla y le abro la puerta a la tía Jade. Ella se fija en la expresión de Megan.

—¿Qué pasa?

—¿Te acuerdas del chico guapo de la entrega de Dylan de anoche? —explica mi prima—. Acaba de estar aquí. Ha venido a disculparse por su amigo. Le ha dado a Dylan cien dólares de propina y han tenido una cita improvisada.

—¿Qué dices? Eso no era una cita. —Le quito las bolsas a la tía Jade—. Pidió comida y pagó por ella.

—Ya, bueno, por lo general no les pones ojitos a los clientes.

—¡No le he puesto ojitos! ¿Nos estabas espiando?

—Pues claro. Parecía que te lo quisieras comer con una cuchara. —Megan sonríe—. ¿Cuándo va a volver?

Theo ha dicho que Guerreros del Wok se ha ganado otro cliente satisfecho. No ha dicho nada de repetir. Tal vez sea solo semántica, pero me da la sensación de que no querría que su novio, el alérgico a los idiotas, supiera que ha comido en nuestro local. Ni siquiera me ha pedido el teléfono.

Niego con la cabeza.

—Solo estaba siendo educado.

Mientras Megan y Tim llevan la compra a la cocina, la tía Jade se fija en el folleto que hay sobre la mesa alta.

—¿Qué tienes ahí?

—Es para el concurso de pasteles de luna al que mamá quiso apuntarse el año pasado. —Le enseño el formulario de inscripción—. He pensado que podríamos ir nosotros dos. Podríamos preparar los pasteles de luna de piel de nieve azules de Por Por, como quería mamá.

—Es una gran idea. —La tía Jade se muerde el labio—. Solo hay un problemilla. No tengo la receta.

Parpadeo.

—¿Qué?

—A tu madre le gustaba la repostería, pero a mí me iba más la cocina. Tu Por Por tenía un cuaderno con todas sus recetas secretas, pero con la demencia, se olvidó de dónde lo había puesto. —Suspira—. Tu madre sabía la receta, pero con todo lo que estaba pasando, nunca se me ocurrió pedirle que me la escribiera.

Va a ser más difícil de lo que pensaba. Intentar reconstruir una receta olvidada de un postre que nunca he probado no suena a combinación ganadora.

—Pero deberíamos presentarnos al concurso de todos modos —añade—. Sobre todo porque es algo que tu madre quería.

Nos pondremos a trabajar en mi día libre y reconstruiremos la receta lo mejor que podamos, ¿vale? —Me pone una mano en el brazo—. No te preocupes, devolveremos la vida a los pasteles de luna de Por Por.

Capítulo 4

A l final del primer día de clase, quedo con Megan en la calle. Se ha cortado el flequillo para parecerse a Lisa de Blackpink. Me fijo en un par de chicos que la miran.

—¿Qué pasa? —pregunto—. ¿Por qué no podemos hablar en casa?

—Porque he husmeado en la habitación de mi madre y he encontrado la carta que no quería que viéramos en el fondo del cajón de la mesita. —Su expresión se vuelve sombría—. Es un aviso de desahucio.

El corazón me da un vuelco.

—Mierda. ¿Cuántos meses de alquiler debemos?

—No estoy segura. Tuve que leer a toda prisa y salir de allí antes de que me pescara. Pero el último párrafo decía que, si conseguíamos reunir cinco de los grandes para finales de semana, nos concederían un tiempo extra en el que presentar un plan de pago para el resto.

—¿Y si no?

—Iniciarán el proceso de desahucio.

Me paso las manos por el pelo.

—Mierda.

Ahora me siento mal por haberle pedido a la tía Jade que sea mi ayudante en el concurso de pasteles de luna. Con todas las cosas que tiene en la cabeza y aun así me dijo que sí.

El zumbido bajo y potente del motor de un deportivo hace que todo el mundo se vuelva a mirar. Un Ferrari negro descapotable se para junto al bordillo con un breve chirrido de los neumáticos. Se levanta un murmullo entre los chicos que nos rodean. Menos de un puñado de profesores y alumnos vienen a clase en coche; casi todos caminan, van en bici, en bus o en metro.

El techo metálico del Ferrari está levantado y el parabrisas refleja el resplandor del sol de la tarde. No veo quién conduce.

La puerta se abre y Theo se baja.

Se me corta la respiración cuando se acerca a Megan y a mí. Lleva un polo azul marino con el escudo de Bay Ridge Prep.

—Hola.

—Eh... hola. —Me aclaro la garganta—. ¿Qué haces aquí?

Megan me dedica una sonrisa de gato de Cheshire.

—¿Se me olvidó decírtelo? Theo llamó al local ayer cuando ya no estabas. Intercambiamos teléfonos y le di el tuyo también. —Se vuelve hacia él—. ¿Habías comentado algo de ir a Chinatown a comprar pasteles de luna?

—Sí, Dylan me dijo el otro día que quiere preparar los pasteles de luna de vuestra abuela para un concurso. —Me mira—. Las panaderías de Chinatown han empezado a venderlos de cara al Festival del Medio Otoño, así que he pensado que podríamos ir a echar un vistazo juntos.

El corazón me da un vuelco. Siento que mis compañeros nos miran. Aún no me creo que Theo haya aparecido aquí. No esperaba volver a verlo.

—A menos que... ¿ya tengas planes? —pregunta, probablemente porque lo estoy mirando como un burro recién nacido.

—No, no tengo —suelto.

—Sí, nunca hace nada después de clase, excepto ver vídeos de animales en TikTok y babear mirando a actores chinos guapos en Weibo —dice Megan.

La miro de reojo. Theo sonríe.

—Me he saltado el almuerzo y me muero de hambre —dice—. Podemos parar a por algo de comer de camino.

Megan me guiña el ojo.

—¡Pasadlo bien!

La Octava Avenida está a unas manzanas al sur. Theo deja el coche aparcado delante del instituto y nos vamos andando. Aún me tiembla el pulso y me sudan un poco las manos. ¿Es una cita? Por supuesto que no. Solo somos dos chicos que van a ojear pasteles de luna en Chinatown. Completamente platónico.

Pasamos por delante de boutiques que venden camisetas de imitación y tiendas de todo a un dólar con recuerdos horteras. Los carteles están primero en chino y luego en inglés. Los puestos de fruta abarrotan las aceras, donde las cajas de pomelos se apilan como torres de Jenga. Estamos en temporada del Festival del Medio Otoño. Hordas de ancianas recorren los mercadillos ambulantes que venden especialidades chinas, como pepinos de mar y setas reishi, y arrastran tras de sí voluminosos carritos con ruedas con los que es fácil tropezar si no tienes cuidado.

Una moto sale de un estrecho callejón y se desvía hacia la carretera justo delante de Theo.

—¡Cuidado! —Lo agarro del brazo y lo aparto justo a tiempo.

Su hombro choca con mi pecho y me rodea el brazo con la mano para estabilizarse. El tacto de sus dedos me sacude la piel, como electricidad estática.

—*Nei mou ngaan tai ah?* —grita el de la moto al pasar zumbando a nuestro lado.

Theo me suelta.

—Gracias. Sospecho que no me estaba aconsejando que tuviera más cuidado en mandarín.

Más bien se acercaba a: *¿Es que no tienes ojos?*

—En realidad era cantonés.

—Ups. Ni siquiera noto la diferencia. —Pone mala cara—. Ojalá lo hablase aunque fuera un poco. Mis abuelos emigraron de Hong Kong cuando mi madre tenía solo dos años. Viven en San Francisco, así que no los veo a menudo.

—Mi madre me enseñó las dos variantes —digo—. Pero los tenderos siempre se dan cuenta por mi acento de que me he criado aquí.

Los puestos de comida están abarrotados a media tarde. La gente come en mesas desvencijadas que bordean la calle. Theo señala los patos asados enteros y los pollos de piel crujiente que cuelgan del pescuezo en el escaparate.

—Me encanta la comida callejera, pero mi padre no soporta que todavía tengan la cabeza —dice Theo—. Los ojos lo asustan. Como si no supiera que tenían ojos antes de acabar en su plato.

Encontramos una mesa en la acera. Theo compra pato asado y pollo con salsa de soja con arroz, mientras yo me pongo a la cola de un puesto de arroz mixto. Es la comida china de la clase trabajadora por excelencia; en Singapur se llama jaap jaap faan, que se traduce literalmente como «arroz señala señala». La gente pide señalando los platos de carne o verdura que quiere. De vez en cuando, se oye un quejido de consternación cuando la tendera se equivoca de plato. *¡No, tía, te equivocas! Ese no.*

Vuelvo con un plato de cerdo agridulce, rodajas de ternera con melón amargo y huevo al vapor sobre un lecho de arroz blanco. Mientras comemos, pongo unas lonchas de ternera en el plato de Theo y él me da unos trozos de pato y pollo. Compartir la comida con amigos es habitual en la cultura china, pero hacerlo con Theo me resulta más íntimo de lo que debería.

—Pareciera que preparar los pasteles de luna va a ser un poco más complicado de lo que esperaba —digo—. La tía Jade no aprendió la receta de mi abuela antes de que le diera la demencia y no la tenemos por escrito. Tendremos que esforzarnos más para recrear sus pasteles de luna de piel de nieve azules.

Theo ladea la cabeza.

—Si no te importa que te lo pregunte, ¿por qué te presentas al concurso con tu tía en vez de con tu madre?

Aprieto el tenedor y la cuchara con los dedos. Intento que no me tiemble la voz.

—Mi madre falleció a principios de año.

Pasa un segundo de silencio.

—Lo siento mucho. —El tono de Theo es sobrio—. ¿Quieres hablar de ello?

Me encojo de hombros. Todo pasó tan rápido que costaba creer que era real.

—Un mes estábamos comiendo pasteles de luna en el festival y al siguiente estábamos en el hospital planeando los ciclos de quimio y preguntando a los médicos si estaría lo bastante bien como para volar a Singapur a ver a mis abuelos.

—Vaya, es un vuelo muy largo. ¿Pudo ir?

—Compramos los billetes en Singapore Airlines, el único vuelo sin escalas desde el JFK. Fueron dieciocho horas, pero mi madre estaba muy animada. Decía que estaba cansada de estar encerrada en el hospital. —Fuerzo una sonrisa—. Cuando fuimos a la playa a la mañana siguiente de aterrizar, Tim pisó un erizo de mar. Nos pasamos el resto del día en urgencias.

—¿Y tu padre?

—Se mudó a Shanghái después del divorcio. —No estamos muy unidos; supongo que le tengo rencor por lo infeliz que era mi madre cuando estaban juntos—. Mi madre y yo vivíamos a un par de manzanas del local de mi tía y yo ayudaba en verano y los fines de semana.

Después de perderla, Guerreros del Wok se convirtió en lo más cercano a un hogar. No me imagino perderlo también.

Theo se queda callado un rato.

—Tenía cinco años cuando murió mi madre —dice. Lo miro con incredulidad—. Otro conductor tuvo un infarto y arrolló su coche. Entró en coma y nunca despertó.

—Dios, qué horrible. —Ha mencionado a su madre un par de veces, pero nunca me dio la impresión de que estuviera muerta—. Lo siento. ¿Así que ahora estáis solos tu padre y tú?

—Podría decirse que sí. —Algo destella en sus ojos—. El otro día, cuando hablaste de hacer la receta de tu abuela, me di cuenta de lo poco que conozco de la cultura de mi madre. Solo he comido pasteles de luna un puñado de veces y me pareció que sería una buena oportunidad para reconectar con mis orígenes.

Es la primera cosa personal que comparte conmigo.

—¿Por eso has querido venir a Chinatown?

Se le arrugan las comisuras de los ojos de una forma adorable.

—Es una de las razones, sí.

Al menos puedo echarle la culpa al calor sofocante del rubor que me sube por el cuello. Gotas de sudor salpican la frente de Theo. Está muy lejos de los salones con aire acondicionado de los clubes privados en los que probablemente está acostumbrado a cenar, pero no parece importarle.

—¿Sales con alguien? —pregunta como si nada.

No me lo esperaba. *Qué más quisiera*, demasiado desesperado. *Estoy entre relaciones*, mentira, ya que nunca he tenido una. Estuvo lo de Simon, un chico al que conocí paseando a Clover. Salimos un par de veces y pensé que nos llevábamos bien, hasta que apareció en el parque para perros con su nueva novia.

—No, ahora mismo no. —Intento sonar menos incómodo de lo que me siento—. ¿Y Adrian y tú? ¿Os conocisteis en el colegio?

—Nuestras madres eran muy buenas amigas, así que nos conocemos desde pequeños —responde—. No es mi novio, por cierto.

No me lo creo.

—¿En serio? Porque cuando le entregué el pedido, estabas en ropa interior. Y lo llamaste «bebé». —Contengo una arcada.

Theo esboza una sonrisa.

—Se puede decir que es el primer chico con el que salí. Me refiero a cuando éramos críos. A lo que hicimos en secundaria no lo llamaría «salir», sino, más bien, «experimentar».

Se me revuelve el estómago.

—Pero los dos estuvimos de acuerdo en que no merecía la pena arruinar nuestra amistad —continúa—. La otra noche me oíste llamarlo «BB», no «bebé». Bumblebee era su Transformer favorito cuando era pequeño, de ahí el apodo.

Exhalo.

—Entonces, ¿no sales con nadie?

Cruzamos una mirada.

—No.

Es como si a mi corazón le hubieran crecido alas. Por una vez, el chico del que estoy enamorado no es hetero ni tiene pareja.

Después de comer, paseamos por Chinatown y nos paramos en varias panaderías de propietarios asiáticos. La mayoría son tiendas anticuadas, con pasillos estrechos y estanterías repletas de hileras de bollos con distintos rellenos: judías rojas dulces, crema de huevo salada o sabrosa carne asada. Los bollos no tienen fichas descriptivas, pero los clientes habituales saben reconocerlos. La gente hace cola con una bandeja y un par de pinzas en la mano e intentan cazar el trozo más grande de su sabor favorito sin que los demás los asesinen con la mirada por tardar demasiado.

—Los pasteles de luna horneados se distinguen por la piel marrón —le explico a Theo. Las panaderías los cortan en trocitos pequeños para que los prueben los clientes—. Los rellenos más tradicionales son la pasta de loto, las judías rojas o el sésamo negro. En cambio, los pasteles de luna de piel de nieve no se hornean, sino que se conservan congelados. Los hay de todo tipo de combinaciones de sabores, como mango y pomelo o matcha y azuki.

—He probado tantos que luego me va a doler la barriga —dice Theo cuando salimos de la quinta panadería.

—Los que sustituían la yema de huevo salada por un relleno de mantequilla de cacahuete y chocolate me han dado una idea —respondo—. Aún quiero intentar recrear la receta de mi abuela, pero como a mi madre no le gustaba el relleno de yema, usaré otra cosa. ¿Quizá trufa de chocolate blanco? Era su favorito.

—Deberíamos ponerle un nombre pegadizo —dice Theo—. Puntos extra por un juego de palabras con los pasteles.

—¿Alucino pastelillos? —bromeo.

—¿Si me dices «luna», lo dejo todo? —sugiere Theo.

—¿Una luna sin yema? —propongo.

Chasquea los dedos.

—Tenemos ganador. Me encanta.

Son más de las cinco cuando echamos a andar de vuelta al instituto, donde está aparcado el coche de Theo. Por el camino, pasamos por delante de un edificio vacío de dos plantas y me detengo ante el cartel de «Se alquila».

—Este es el inmueble soñado de la tía Jade para su futuro restaurante —le cuento a Theo—. Si le tocara la lotería o algo así, lo compraría sin pensarlo dos veces.

—¿Para traer aquí el local de comida para llevar? —pregunta Theo.

Niego con la cabeza.

—Siempre ha querido montar su propio restaurante de auténtica cocina singapurense. Este sitio está muy bien ubicado y hay un aparcamiento cruzando la calle. La gente de aquí podría probar los platos más famosos de Singapur al otro lado del mundo y los singapurenses que viven en Nueva York disfrutarían a la puerta de su casa de sus platos favoritos.

Theo se acerca a la puerta principal, que está tapiada y cerrada con cadenas. Se asoma por un hueco entre las tablas.

—¿Qué había antes? ¿Otro restaurante?

—Un bistró. Lo que significa que ya tiene la distribución básica para una cocina profesional. Nos ahorraríamos dinero en reformas y un montón de trabajo a la hora de conseguir licencias y pasar inspecciones. —Señalo la planta de arriba—. Lo mejor de todo es que hay una vivienda en la segunda planta. Podríamos vivir arriba, como hacemos ahora en el local de comida para llevar.

—Lo tienes todo pensado —dice Theo—. ¿Cuándo puedo hacer una reserva? Quisiera una mesa para dos.

Siento una punzada. Está de broma, pero sus palabras son otro recordatorio de lo inalcanzable que es el sueño de la tía Jade. Ya nos está costando que no nos echen de nuestra casa. Que podamos permitirnos este edificio no es más que una esperanza imposible.

—Como he dicho, tendríamos que ganar la lotería. —Intento quitarle importancia al asunto, pero siento un peso en los hombros—. Me contentaría con encontrar un inversor bienaventurado o una organización sin ánimo de lucro dispuesta a concederle a un negocio familiar pequeño una subvención de cinco de los grandes, a poder ser mañana mismo. Que sea legal, claro. No quiero un usurero que nos sacará los riñones si no pagamos a tiempo.

Theo levanta una ceja.

—¿Cinco mil? ¿Por qué necesitas esa cantidad específica?

—Hemos tenido algunos gastos inesperados en el local. —No quiero contarle lo del aviso de desahucio. La tía Jade ni siquiera sabe que Megan y yo lo sabemos—. Mi madre me dejó una pequeña herencia, que está retenida hasta que cumpla los dieciocho. Le he dicho a mi tía un millón de veces que use el dinero para pagar las facturas urgentes, pero no quiere tocar ni un céntimo. Estoy segurísimo de que, si mi madre estuviera aquí, le habría prestado toda la cantidad, sin intereses.

—Tu madre y tu tía debían de estar muy unidas —dice en voz más baja.

No puedo evitar que la frustración y la impotencia se me noten en el tono.

—La tía Jade siempre cuida de los demás, pero ¿quién va a cuidar de ella? Antes era mi madre quien lo hacía, aunque era un año más joven. Pero ya no está. Habría querido que yo ocupara su lugar como la persona que apoyase a su hermana, pero… no sé cómo. —Un punzada en los ojos me hace apartar la mirada y fuerzo una risa—. Lo siento, te has apuntado a probar pasteles de luna, no a hacer de psicólogo.

Theo no deja pasar la oportunidad.

—La primera consulta es gratis.

Me río un poco.

—Estupendo, porque ando un poco corto de dinero.

Su expresión se vuelve seria.

—Dylan, es evidente que lo haces lo mejor que puedes. Ayudas a tu tía a preparar los ingredientes, a cocinar y a repartir cuando le falta personal. —Me pone la mano en el hombro y siento una oleada de calor—. Tu madre estaría orgullosa de cómo te dejas la piel para sacar el negocio adelante.

Durante unos segundos de locura pasajera, quiero apretarle la mano. Pero apenas nos conocemos. Ni siquiera termino de entender por qué ha querido salir conmigo hoy. No sé si significa algo y no quiero estropearlo.

—Gracias —digo—. Significa mucho para mí.

Retira la mano. El sol del atardecer me calienta la nuca mientras reanudamos la marcha. Una chica en patinete se nos acerca. Theo se pega a mí para dejarla pasar y me roza con el brazo.

Cuando llegamos al coche, me vuelvo a mirarlo.

—Me lo he pasado…

—¡Soy yo! ¡Contesta! —interrumpe una voz familiar en tono cantarín que nos sobresalta a los dos.

Theo maldice y responde la llamada.

—Adrian, te he dicho que no me toquetees los tonos de llamada.

Se me encoge el corazón. Adrian sigue parloteando al otro lado de la línea y Theo pone los ojos en blanco.

—Tranquilo, ya voy para allá, ¿vale? Mantienen la reserva quince minutos. Hagas lo que hagas, no pierdas los estribos. Si haces que se enfaden, seguro que no nos dejan los asientos de la barra.

Cuelga.

—¿Has quedado para cenar con Adrian? —pregunto.

—Sí, no deja de hablarme de un sitio nuevo de omakase en Midtown. —Teclea algo rápido en el teléfono—. Los mejores sitios son en la barra, donde puedes ver al chef preparar la comida. Me ha localizado con la app para compartir la ubicación de iPhone y ahora está enfadado porque no estoy cerca. —Levanta la vista—. Perdona, ¿ibas a decir algo?

—Ah. Nada importante.

Se guarda el móvil en el bolsillo.

—¿Te llevo a casa?

Niego con la cabeza.

—Está solo a unas manzanas y vas en dirección contraria. No quiero hacer esperar a Adrian.

Se encoge de hombros.

—Que espere. No es una cita.

—No pasa nada, de verdad —miento—. Tengo que recoger un pedido en la tienda de camino.

Theo se apoya en el lateral del coche.

—Quizá podríamos volver a quedar alguna vez.

—Claro, sí. —Mantengo un tono distendido—. Ya sabes a qué instituto voy. Y dónde vivo. Uy, no pretendía que parecieras un acosador.

Theo esboza una sonrisa divertida.

—Te he entendido.

Me quedo en la acera mientras Theo se aleja cuando el semáforo se pone en verde. No quiero que llegue tarde a su cita que no es una cita con el chico que no es su novio.

A lo mejor lo estoy malinterpretando como hice con Simon, el del parque de perros. A Theo le gustan los chicos, pero eso no implica que le guste yo. No ha ocultado el hecho de que Adrian y él se han enrollado en el pasado y todavía parecen bastante unidos. ¿Quién sabe si la historia no se repetirá?

Seguramente el atisbo de decepción que me pareció notar en sus ojos cuando rechacé que me llevase a casa fueron imaginaciones mías, pero, cuando empiezo a caminar, la sensación de vacío que siento en el pecho es del todo real.

Capítulo 5

Es viernes por la tarde y menos mal que ya casi llega el fin de semana, porque tengo mucho que leer. Este año tengo cuatro clases avanzadas y, si no saco como mínimo una media de sobresaliente, más me vale olvidarme de conseguir una beca para la universidad. Soy un estudiante de notable alto, así que tengo que esforzarme para mantener el ritmo.

Megan está en su habitación, viendo un tutorial de YouTube sobre cómo teñirse el pelo de dos tonos diferentes, la última moda entre las estrellas del K-pop. Me tumbo en el sofá del salón y le tiro a Clover su pelota de pinchos favorita, dejando que rebote en las paredes. Se vuelve loca persiguiéndola y mueve la corta colita. A los *corgis* se los criaba para que fueran perros pastores, pero las únicas criaturas a las que Clover pastorea por aquí somos mis primos y yo.

Un fuerte estruendo resuena en el piso de abajo, seguido de un improperio de la tía Jade. Me levanto de un salto y Megan sale corriendo de su habitación con la mitad del pelo recogido.

—¿Mamá? ¿Estás bien? —grita mientras bajamos las escaleras.

—Lo siento, chicos, estoy bien. —La tía Jade está delante del mostrador, rodeada de monedas y billetes esparcidos por el suelo, del tarro de propinas que ha volcado con el bolso. Está pálida y tiene un sobre en las manos—. Qué torpe soy…

La acerco a un taburete.

—¿Qué ha pasado?

Me entrega un papel. Me da un vuelco el corazón. Debe ser el aviso final de desahucio…

Estimada Jade Wong:

¡Enhorabuena! Como propietaria de Guerreros del Wok, se le ha concedido la primera Beca para Pequeñas Empresas de la Fundación Revolc, una iniciativa de apoyo a profesionales experimentados del sector que dirigen negocios familiares.

La Fundación Revolc, con sede en Brooklyn, Nueva York, es una organización sin ánimo de lucro financiada de forma privada por donantes anónimos.

Le adjuntamos un cheque al portador por valor de cinco mil (5000) dólares estadounidenses…

—Me he sorprendido tanto al ver la cantidad que he tirado el tarro de las propinas. —La tía Jade suelta una risita temblorosa—. Por Por diría que tirar dinero al suelo es una mala señal, pero a mí me parece un auspicio maravilloso.

—¿Esto va en serio? —Megan sostiene el cheque con el nombre de la tía Jade a la luz, como si supiera detectar una falsificación—. ¿No será una estafa?

—¿Crees que se habrán equivocado? —dice la tía—. No recuerdo haber solicitado ninguna subvención…

Ay. Mi. Madre. Yo sí recuerdo haber hablado de una. En concreto, de una sin ánimo de lucro dispuesta a darle cinco mil dólares a un negocio familiar pequeño. La cantidad exacta que ha recibido la tía Jade.

—Vamos al banco ahora mismo. —Megan se engancha del brazo de su madre y tira de ella hacia la puerta—. Nos aseguraremos de que el dinero sea legítimo y lo cobraremos antes de que alguien tenga la oportunidad de cambiar de opinión. Dylan, ¿vienes?

—No. Tengo que ir al baño —miento—. Id delante. Ya me contáis qué os dice el banco cuando volváis.

Espero hasta que la tía Jade y Megan, con el pelo aún a medio teñir y recogido en lo alto de la cabeza, desaparecen de la vista. Se han llevado la carta, pero han dejado el sobre. La dirección de la Fundación Revolc está en Brooklyn. En Bay Ridge, para ser exactos.

Mierda. Debería sentirme aliviado, agradecido… pero deberle tanto a Theo me inquieta. Me pone nervioso. Nunca me planteé pedirle dinero prestado. ¡Si nos acabamos de conocer! Pero esta «subvención» es más que un préstamo. Es una limosna. Y no puedo devolvérselo, dado que la tía Jade y Megan van de camino al banco para cobrar el cheque. Por otro lado, el dinero nos ayudaría a mantenernos a flote el tiempo suficiente para tener una oportunidad de ganar una aparición en *Fuera de carta* y atraer un poco de publicidad real al local.

Tengo la bici encadenada a una farola, quito el candado y me pongo el casco. Atravieso las calles de Sunset Park hasta el barrio vecino, Bay Ridge, y finalmente me detengo frente a una mansión rodeada de altos muros. Saco el sobre arrugado y compruebo la dirección. Las letras de latón en el pilar junto a las enormes puertas de hierro forjado me indican que estoy en el lugar correcto.

Encadeno la bici a la farola de la acera, una costumbre que tengo desde que una vez me metí con ella en un camino de entrada para hacer una entrega y me gritaron por casi chocar con el retrovisor del Bentley de un ricachón, y pulso el timbre del interfono.

Una voz masculina con un marcado acento británico suena por el altavoz.

—Residencia de los Somers. ¿En qué puedo ayudarle?

—Vengo a ver a Theo —respondo.

—¿Le espera el señor Somers?

Pongo los ojos en blanco.

—No, pero dígale que Dylan quiere hablar con él.

Pasan unos minutos. Me quedo esperando mientras el sudor me resbala por la nuca debido al largo trayecto en bici. Justo cuando empiezo a pensar que a Theo no le apetece recibir una visita inesperada, la puerta se abre y chirría suavemente por los raíles metálicos.

Entro. En un lugar tan abarrotado como Brooklyn, es como atravesar un portal a otro mundo. Es más grande que el recinto de mi instituto. Cae agua en cascada desde una fuente de piedra negra en el patio que llena el aire de unas salpicaduras muy agradables. El Ferrari está aparcado junto a un Porsche plateado. Me pregunto qué tendrán detrás. Quizás un helipuerto.

Subo por el largo camino de entrada hacia la mansión. El exterior es de tonos terrosos de terracota y piedra encalada, como uno de esos lujosos hoteles mediterráneos de las revistas de viajes, salvo por que no está encaramada en un acantilado de la Toscana.

A ambos lados de la puerta principal hay dos bonsáis. Las personas que creen en el feng shui no se deciden sobre si los bonsáis son buenos o malos. Algunos dicen que otorgan paz y buena fortuna, mientras que otros piensan que traen mala suerte debido a su crecimiento atrofiado. Se supone que podar un bonsái es un arte, pero siento un poco de lástima por la planta, aplastada en una maceta demasiado pequeña y podada hasta que ha renunciado a crecer más de un metro.

La puerta principal se abre antes de que llame. Aparece un hombre de unos cuarenta años y aspecto distinguido, que lleva una camisa blanca bien planchada, un chaleco gris y un traje de chaqueta negro. Se fija en mis vaqueros desteñidos y en los cordones deshilachados de mis destartaladas Converse antes de apartarse sin sonreír. Me limpio las suelas en el felpudo con vergüenza antes de entrar.

El vestíbulo es enorme. El techo de cristalera tiene al menos tres pisos de altura. Hay mucho espacio, un hermoso espacio vacío. Una escalera de mármol curvada conduce a la planta superior y un movimiento borroso en lo alto me llama la atención.

Theo está bajando las escaleras. Corrijo, se desliza por la ancha barandilla con una combinación de alegría infantil y una elegancia absurda. Hace un aterrizaje perfecto en la alfombra frente a nosotros y sonríe.

—Hola.

El hombre del traje suspira.

—Theo, debo pedirte, de nuevo, que te abstengas de deslizarte por la barandilla.

—¿Por qué? Dudo que a mi padre le importe esa regla. Ya no vive aquí.

—Tiene menos que ver con las normas de tu padre que con el hecho de que podrías caerte y hacerte daño. Tenemos un ascensor perfectamente funcional.

—Lo sé, Bernard, pero usar las escaleras es bueno para el corazón. —Le dedica una sonrisa arrebatadora antes de volverse hacia mí—. Vamos, hablemos en mi habitación.

Lo sigo por los escalones de mármol. La luz natural entra por las ventanas de arco y aligera la quietud que lo envuelve todo, lo ilumina y le da forma hasta convertirlo en algo más pintoresco. En la pared de un largo pasillo hay un retrato enmarcado de una mujer asiática de unos veinte años vestida con un impresionante qipao negro y rojo. Un hombre blanco vestido de esmoquin le rodea la cintura con un brazo. Sonríe con contención y tiene la raya del pelo rubio tan recta que parece hecha con una cuchilla en vez de con un peine. La expresión de la joven es más relajada, más cálida y más viva, como los rizos de pelo oscuro que le caen sobre los hombros. En brazos lleva a un niño pequeño vestido con un conjunto de pajarita y tirantes. Su amplia sonrisa ilumina toda la imagen.

Entramos en la habitación de Theo, que tiene el tamaño de nuestro piso entero encima del local de comida para llevar. Lo primero que me llama la atención es lo impecable que está todo. No hay pegatinas en las puertas de los armarios ni marcos de fotos en la mesita de noche. No hay nada por el suelo. Todo está ordenado, perfecto y vacío. Aquí bien podría vivir un fantasma en vez de un adolescente.

—¿Dónde vive tu padre? —le pregunto.

—Se volvió a casar el año pasado y se mudó a la casa de sus sueños en Long Island —responde—. La diseñó Moshe Safdie. Es el arquitecto que diseñó Marina Bay Sands y el aeropuerto de Jewel Changi.

Vaya. Marina Bay Sands es un icono de Singapur. Jewel, justo al lado del aeropuerto, es un enorme centro comercial con la cascada interior más alta del mundo en una cúpula de cristal y acero. A mi madre le encantaron los jardines en todos los niveles. ¿Cuán rico es el padre de Theo para permitirse el lujo de contratar al mismo arquitecto que construyó esos galardonados monumentos internacionales?

—¿Tu padre es dueño de un banco extraterritorial o de una plataforma petrolífera? —pregunto, medio en broma.

—Se dedica a los semiconductores. —No se ríe—. Bueno, ¿qué pasa?

—Creo que ya lo sabes. —Levanto el sobre—. La dirección me ha traído aquí.

—Ah, sí. La Fundación Revolc está afiliada a mi familia.

—Lo he buscado en Google. No hay constancia de ninguna organización sin ánimo de lucro con ese nombre.

Theo se encoge de hombros.

—Intentan no llamar la atención. Buscabas una empresa que concediera subvenciones a pequeños negocios, que es para lo que se creó la Fundación…

—Sabías que mi tía no aceptaría que le dieras dinero, así que ¿te has inventado una subvención falsa y le has enviado un cheque de cinco mil dólares? —Doy un paso delante—. Será maja y abierta de mente, pero aún conserva algunos valores tradicionales chinos, como no aceptar caridad de nadie…

—Precisamente por eso me he asegurado de que la subvención llegara a través de la Fundación Revolc.

—Ya. Es Clover deletreado al revés. Lleva el nombre de mi perra, que, como yo, sabe que no debe fiarse de los desconocidos.

Theo pone una mueca.

—Ya me parecía que era demasiado evidente. Dijiste que te preocupaba quién cuidaría de tu tía cuando ella necesitara ayuda…

—Me refería a mí —interrumpo—. Apenas nos conocemos desde hace unos días. ¿Por qué haces esto por mi familia?

Una sombra cruza su expresión, pero parpadeo y desaparece.

—Mira, no confías en mí —dice—. Lo entiendo. Pero quiero ayudar. Me gustaría que lo creyeras.

—Mi madre siempre me decía que no aceptara favores porque nunca se sabe cuándo te los cobrarán. —Lo miro a los ojos—. Cinco de los grandes es demasiado. Solo los aceptaré si me dejas devolvértelos. Cuando cumpla los dieciocho en enero, recibiré el dinero que mi madre me dejó y…

—Si tu tía se niega a tocar tu herencia, yo tampoco pienso aceptar ni un céntimo. —De repente, le brillan los ojos—. No contaría como un favor si a cambio me ayudas con algo que necesito, ¿no?

Frunzo el ceño.

—¿A qué te refieres?

Levanta una invitación dorada impresa en cartulina gruesa y me la pasa. La purpurina se me pega a los dedos.

A la atención del señor Theodore Somers (e invitado):

El señor y la señora Jefferson Wallace Leyland-Somers

y

el señor y la señora Miguel Paulo Sanchez

solicitan el placer de su compañía

en la boda de sus hijos

NORA CLAIRE

Y

ANGELO JUAN

—Mi primo por parte de padre se casa en los Hamptons el próximo fin de semana —dice Theo—. No tengo acompañante.

—¿Y?

—¿Qué vas a hacer el próximo fin de semana?

—A ver, un momento. ¿Quieres que vaya contigo? ¿En plan cita?

—Mis parientes siempre intentan enredarme —responde—. Si aparezco solo en la boda, tendré citas a ciegas para el resto del año. Si quieres devolverme el favor, sé mi novio falso.

La cabeza me da vueltas.

—¿Tu familia sabe que eres gay?

Theo asiente.

—No te preocupes, son majos. Nos vieron a Adrian y a mí besarnos bajo el muérdago hace un par de años, que fue cuando salí del armario.

Me irrito un poco.

—¿Y por qué no te llevas a Adrian?

—Se va a California con sus padres a una cata de vinos. —Theo observa mi reacción, pero no muestra ninguna—. Pero si crees que va a ser demasiado raro, olvídalo. No quiero que aceptes algo con lo que te sientas incómodo.

Me paso una mano por el pelo. Un fin de semana con todos los gastos pagados en los Hamptons suena de maravilla, pero es el creciente cuelgue por el chico con el que por lo visto fingiré que somos pareja lo que me echa para atrás. Theo no es el único en esta habitación en el que no debería confiar.

Levanto el sobre de la Fundación Revolc.

—Si hago esto, ¿estamos en paz?

Sonríe.

—Si quieres, te lo pongo por escrito.

Capítulo 6

Cerramos el negocio los lunes, así que la tía Jade y yo estamos en la cocina para nuestra primera sesión de elaboración de pasteles de luna. Todavía no he recibido una respuesta del organizador del concurso para saber si me han elegido como concursante, pero ambos estamos entusiasmados y queremos ir adelantándonos.

—Algunas personas suponen que los pasteles de luna de piel de nieve son más fáciles de hacer que los horneados, ya que van al congelador en vez de al horno, por lo que no hay que preocuparse de que se quemen —dice la tía Jade—. Sin embargo, como se puede deducir por su nombre, conseguir la textura nevada es la parte más complicada. Hoy trabajaremos en esa parte.

Tenemos delante un gran cuenco de harina de arroz glutinoso cocida, el ingrediente principal de la cobertura de los pasteles de luna, que se prepara cociendo al vapor a fuego alto una mezcla de harina de arroz glutinoso y harina de arroz normal. A diferencia de otros tipos de harina, la textura de esta es áspera y arenosa, en vez de lisa o fina.

—Después de añadir el agua, la mezcla se vuelve pegajosa, como la masa de los mochis —explica la tía—. No hay que usar nada más o todo el pastel se deshará. —Me señala un cuenco con pétalos azules secos—. Estas son las flores de la campanilla azul. Tu abuela tenía una en el jardín, pero estas las he comprado en la tienda india de la esquina. Se usan en muchos platos del sur y del sudeste asiático.

Añade agua caliente al cuenco con los pétalos. Mientras esperamos a que reposen, nos ponemos guantes y mezclamos la harina con el azúcar, la harina de trigo, la manteca y el agua. La tía Jade vigila la consistencia y va añadiendo agua poco a poco con una jarra mientras amasamos los grumos suaves.

Hay otra cosa de la que tengo que hablarle a la tía. Lo he estado posponiendo, pero no puedo retrasar más lo inevitable.

—Theo me ha invitado a una fiesta de su familia en los Hamptons este fin de semana. —No menciono que es una boda y que fingiré ser su novio para devolverle el favor que le debemos—. ¿Puedo ir? Saldríamos el viernes por la tarde y volvería el domingo.

La tía Jade deja la jarra.

—Me preguntaba cuánto ibas a tardar en hablarme de él.

El tono significativo me pone en alerta.

—¿Qué quieres decir?

Sonríe.

—Deja de actuar, jovencito. Sé lo de tu pequeño complot con Theo.

Me da un vuelco el corazón. ¿Cómo se ha enterado?

—Puedo explicarlo. No es lo que...

—Theo llamó antes al local —me interrumpe—. Se presentó...

Ay, madre. ¿Le habrá contado lo de la relación falsa?

—Y quería asegurarse de que hubiéramos recibido el cheque de la fundación de su familia. Dijo que solicitar la subvención había sido idea tuya y que lo único que él había hecho era ayudarte con el papeleo. —Me abraza con fuerza—. Cariño, ¿por qué no dijiste nada?

Menos mal que no puede verme boquear como un pececillo por encima del hombro.

—Quería que… ¿fuera una sorpresa?

—Y no querías llevarte el mérito. —Se echa hacia atrás, radiante—. La subvención llega en el momento perfecto. Y sí, puedes ir con Theo el fin de semana. Las clases acaban de empezar, pero no deberíamos rechazar la invitación después de que la organización sin ánimo de lucro de su familia nos haya ayudado. —La tía Jade me da un codazo—. Meg cree que le gustas mucho.

—Meg tiene una imaginación hiperactiva.

—Pues fue todo un caballero por teléfono —dice—. Parece un buen partido. Siéntete libre de pedirle a la entrometida de tu tía que se meta en sus asuntos…, pero ¿qué te frena?

Me encojo de hombros.

—Vive en una mansión enorme y conduce un Ferrari. Yo voy en una bici con una rueda delantera que chirría. Nuestros mundos están tan alejados como el sol y la luna.

—Se alinean de vez en cuando —señala la tía Jade—. Los eclipses son bastante memorables.

Pero terminan antes de que te des cuenta, me callo.

Añadimos el té azul a la preparación y amasamos hasta que todo adquiere un tono azul pálido. Cuando la tía Jade se queda satisfecha con la textura, divide la masa en trozos más pequeños, que luego enrollamos en discos aplanados de unos cinco centímetros de diámetro.

—Hoy usaremos pasta de judías rojas para el relleno —dice—. Me ha sobrado de la tortita crujiente de anoche. La próxima vez le pondremos pasta de semillas de loto, ¿vale?

Ponemos un poco de pasta de judías rojas en el centro del círculo de masa y presionamos los bordes para que envuelvan el relleno por completo.

—La piel es bastante pegajosa y no queremos que los pasteles de luna se queden pegados. —Espolvorea el interior de un molde de madera con harina—. Sacude la harina antes de meter la bola de masa. Presiona con firmeza, pero no demasiado. Si no encaja, dale otra forma y vuelve a intentarlo.

Le da la vuelta al molde, lo golpea contra la superficie de la encimera y luego lo levanta para mostrar un pequeño pastel de luna azul con motivos florales en relieve. Los que hago yo salen con una forma extraña, pero al menos parecen pasteles de luna.

Muerdo uno. Me sabe bien, pero la tía Jade frunce el ceño.

—La piel es demasiado irregular. La textura debería ser más suave. Hace tiempo que no los preparo, así que estoy un poco oxidada. Pero no te preocupes. Lo conseguiremos antes del concurso.

Aparte del concurso, me he devanado los sesos buscando otras maneras de generar publicidad para el negocio. La tía Jade siempre está experimentando con recetas diferentes y de vez en cuando añade platos nuevos y elimina otros de la carta. No se dedicó a la cocina para hacer siempre lo mismo y se enorgullece de la variedad de platos que sabe preparar.

—¿Qué te parece si sacamos un menú especial por el Festival del Medio Otoño durante el octavo mes lunar? —pregunto—. Podríamos idear una versión ligeramente diferente de nuestros platos populares con alimentos típicos de la época, como osmanthus, pato, calabaza, pomelo o cangrejo.

A la tía Jade se le ilumina la cara.

—¡Es una gran idea, Dylan! Podríamos preparar arroz frito con huevo y pato. ¿Y la calabaza picada combinaría bien con el chye tow kuay?

—La carne de cangrejo sería perfecta con el hokkien mee frito de gamba —añado.

—Los platos favoritos de los patios de comida de Singapur, edición del Medio Otoño. —La tía Jade hace un gesto para indicar un titular para un menú—. ¿Qué te parece?

Es un poco largo y no lo bastante pegadizo. Ni siquiera estoy seguro de que la mayoría de los neoyorquinos sepa lo que es un patio de comida. Son una peculiaridad de Singapur, complejos al aire libre en el corazón de urbanizaciones públicas con hasta cien puestos de comida que venden todo tipo de productos locales baratos. Cada puesto es minúsculo, así que cada vendedor se especializa en uno o dos platos. La gente compra comida en distintos puestos y come en mesas comunales. Todo el mundo disfruta de la variedad, y los vendedores consiguen mantener los costes bajos.

—¿Qué tal «En otoño sabe mejor»? —sugiero—. La mayoría de la gente está al tanto de que el Festival del Medio Otoño está a la vuelta de la esquina, así que harán la conexión. Megan podría diseñar un cartel especial para ponerlo delante del local y publicarlo en las redes sociales.

—¡Me encanta! Sacaremos la promoción la semana que viene, después de tu fin de semana con Theo. —La tía Jade guiña un ojo—. Te mereces divertirte un poco.

Capítulo 7

Después del último timbre, mientras salgo del instituto, me suena el móvil.

Contesto.

—¿Theo?

—Hola, Dylan —dice—. Tenemos una cita con mi sastre esta tarde.

Parpadeo.

—Perdona, ¿cómo que «tenemos»? ¿Para qué?

—La boda es de etiqueta. Tienen que tomarte las medidas para un traje.

Tengo una chaqueta negra, pero creo que ni siquiera tiene etiqueta. La tía Jade me la compró para el funeral de mi madre, así que no quiero volver a ponérmela.

Me pellizco el entrecejo.

—En tu mundo, probablemente uses los esmóquines a medida como si fueran de usar y tirar, pero, en el mío, los alquilo. Se supone que todo esto va de devolverte el favor, ¿recuerdas? No quiero deberte más cosas.

—Si las reglas dependieran de mí, no necesitarías traje para la boda —responde Theo—. Como si quisieras ir con esa camiseta de nutrias tan mona que llevas.

Agacho la cabeza a la nutria de aspecto bobalicón de mi camiseta, en la que pone «¿Nu tri alegras de verme?». Me doy la vuelta y busco entre los estudiantes que llenan la acera. Algunos señalan al otro lado de la calle...

Theo está apoyado en su Ferrari, con el teléfono en la oreja. Lleva una camisa blanca de manga larga con el cuello levantado y un par de botones desabrochados, más de lo que probablemente esté permitido en su colegio.

Una ráfaga de nervios me atraviesa el pecho y se me asienta en el estómago. Soy muy consciente de cómo me miran mis compañeros mientras cruzo la calle hacia él.

Theo me dedica una sonrisa de medio lado.

—Vamos. Sube.

Pulsa un botón del llavero. El techo metálico plegable se repliega y deja al descubierto unos asientos de cuero rojo. Algunos chicos silban. Megan diría que esto mejorará mi reputación, pero aún me arden las mejillas. No encajo en un coche así.

Me concentro en que no se note mucho que es la primera vez que me subo a un vehículo que cuesta medio millón de dólares. El asiento está más bajo de lo que esperaba y tengo que estirar las piernas para estar cómodo. Me abrocho el cinturón y compruebo que esté bien, como hago siempre que me arrepiento de subirme a alguna montaña rusa terrorífica que Megan me ha convencido de probar.

Theo pisa a fondo el acelerador. Bajamos por la Tercera Avenida como un cohete. El asfalto parece estar a apenas quince centímetros de mi trasero y probablemente lo esté. Me agarro a los bordes del asiento.

Theo me mira.

—¿Estás bien?

El viento me abofetea la cara y me silba en las orejas.

—Sí. Me estoy acostumbrando a que los intestinos me envuelvan la columna.

Se ríe mientras aceleramos para entrar en el túnel Battery.

La verdad es que no me entusiasma la idea de que me tomen las medidas para un traje carísimo. Compro la ropa en rebajas y en tiendas de segunda mano. Mi familia se hace la colada y, cuando llevamos algo a la tintorería, vamos a las de Chinatown, que cobran lo mismo por cualquier tipo de prenda. La visita al sastre de Theo es otro recordatorio de lo diferentes que somos.

Aparcamos delante de una tienda con pinta anodina de Madison Avenue, con paneles de cristal tan oscuros que no se distingue el interior. Evidentemente, no necesitan escaparates para atraer a los clientes. El cartel de «Solo con cita previa» lo confirma.

Cuando nos acercamos, una joven con un traje pantalón a rayas blancas y negras nos abre la puerta.

—Buenas tardes, señor Somers. Pase, por favor. El señor Kashimura lo atenderá enseguida.

—Gracias, Sue —responde Theo—. El señor Somers es mi padre; por favor, llámame Theo.

Dentro, una mesa de trabajo de madera está cubierta de libros con muestras de tela. De los paneles de las paredes cuelgan retales y trajes terminados. Hay un par de sillones antiguos junto a una vitrina de cristal con estantes llenos de gemelos, alfileres de corbata y corbatas. Ninguna tiene la etiqueta con el precio.

Sue nos sirve dos tazas de porcelana con té matcha. Antes de que le dé un sorbo al mío, un hombre de unos sesenta años, con el pelo canoso y una cinta métrica alrededor del cuello, aparece por una escalera al fondo de la tienda.

—¡Ah, Theodore! Me alegro de volver a verte. —Nos estrecha la mano—. Ha pasado... ¿cómo es esa expresión que os gusta usar a los jóvenes? ¿Mogollón de tiempo?

Theo se ríe.

—¿La aprendió de su nieta, señor Kashimura?

El hombre arruga los ojos con cariño.

—Sí. Mi Mika acaba de empezar séptimo curso. —Desvía la mirada hacia mí—. ¿Me dijiste por teléfono que necesitabas dos trajes, uno para ti y otro para tu amigo?

—Este es Dylan —dice Theo—. Los necesitamos para este fin de semana. Perdone por haberle avisado con tan poca antelación. ¿Cree que será posible?

—¿Si será posible? —El hombre arquea una ceja—. Un traje es mucho más que unos trozos de tela cortada cosidos juntos. Cada prenda es una obra de arte. Como cualquier obra maestra, lleva su tiempo. Ojalá no esperaras hasta el último minuto para algo tan importante.

Estoy bastante seguro de que Theo ya tiene algún traje a medida que sus familiares nunca le han visto, así que mi falta de fondo de armario adecuado es probablemente la razón de esta excursión de emergencia a la tienda del Kashimura.

Theo sonríe.

—Todo el mundo sabe que un trabajo apresurado suyo es mil veces mejor que cualquier traje hecho en seis semanas en cualquier otro sitio.

El señor Kashimura me mira divertido.

—Tu amigo tiene una lengua de plata. Es capaz de salirse con la suya en cualquier situación.

Algo en sus palabras me escuece, pero no sé qué.

—Digo la verdad —dice Theo—. E insisto en que añada un recargo por urgencia a la factura.

El sastre se ríe.

—No me atrevería. Cuando llegué a Nueva York y monté la tienda hace veinte años, tu padre fue uno de mis primeros clientes. Decidió confiar en mí y desde entonces he confeccionado todos sus trajes y los tuyos. Por cierto, ¿cómo está?

—Muy bien. —La respuesta de Theo suena vacía—. Ha recibido muchos elogios por el traje que le hizo para su boda.

—¡Ah, me alegra oírlo! —El sastre se descuelga la cinta métrica del cuello—. ¿Empezamos con las medidas?

Theo asiente.

—Dylan, te toca.

Sue deja un taburete de madera en medio de la habitación. Me subo y me siento ridículo con mis deportivas desgastadas y mis vaqueros desteñidos.

—¿Sabes qué tiro llevas, jovencito? —pregunta el señor Kashimura.

—Eh… ¿Una mediana? Creo.

El hombre intercambia una mirada divertida con Theo, que se acerca.

—Creo que el gris marengo le quedará fantástico —dice Theo—. Vamos a optar por unos hombros suaves, solapas de pico y un corte ligero en la cintura.

No entiendo ni una palabra. El señor Kashimura me toma las medidas y las anota en un cuaderno. Los dos siguen hablando de los detalles del traje y, en un momento dado, Theo me pasa una mano por el muslo izquierdo mientras debaten los pros y los contras de un corte entallado o uno más recto.

El contacto me produce un cosquilleo bastante claro. Es el peor momento posible para tener una reacción así.

—Yo optaría por una delantera plana, sin plisado —comenta Theo.

Si no aparta la mano, la delantera de estos pantalones va a ser de todo menos plana.

Por suerte, el señor Kashimura me hace un gesto para que me baje del taburete.

—¿Tiene el joven caballero un par de zapatos de vestir a juego?

—Bien visto —responde Theo—. Inclúyalo todo: zapatos de cuero, camisa de vestir, cinturón y pajarita.

Sue saca un aparato para medirme el número de pie mientras el señor Kashimura comprueba las medidas de Theo y le dice que pase a recoger los trajes el viernes antes de salir de la ciudad.

Cuando salimos de la sastrería y nos dirigimos al coche, Theo me tiende el llavero.

—¿Te apetece ir en el asiento del conductor?

Miro la insignia de Ferrari del llavero.

—No creo que sea una buena idea.

—No te preocupes, es fácil. Solo tienes que tener cuidado con el acelerador, que es bastante sensible, y subir de marcha pronto. —Me guiña un ojo—. La primera vez es incomparable.

El doble sentido de todo lo que dice me excitaría si no estuviera muerto de vergüenza.

—No tengo carnet de conducir.

—Ah. —Se lo toma con filosofía—. Como la mitad de Nueva York.

Conducimos de vuelta a Brooklyn y se detiene frente al local de comida para llevar.

—Hay dos horas de viaje hasta los Hamptons si no hay tráfico —dice—. ¿Te recojo aquí el viernes a las cuatro?

—Claro. —Pongo la mano en el pomo de la puerta—. Haré la maleta la noche anterior para poder salir en cuanto vuelva de clase.

—No te olvides de traer el bañador —añade—. Si sigue haciendo este calor, a lo mejor vamos a nadar.

De repente, rezo para que haga un calor sofocante el fin de semana.

—Me parece bien.

El jueves por la noche, estoy sentado en la cama con un libro de química y un rotulador fluorescente, cuando me lleva una notificación de un correo electrónico del señor Wu, organizador del concurso de pasteles de luna.

Estimado Dylan Tang:

¡Buenas noticias! Entre docenas de solicitantes, usted y su ayudante de cocina, Jade Wong, han sido seleccionados para el concurso de pasteles de luna del Festival del Medio Otoño en el estudio culinario del famoso chef Lawrence Lim. Nos interesan especialmente los concursantes que tienen un papel activo en la escena gastronómica local y su experiencia laboral en Guerreros del Wok...

Megan entra en la habitación sin llamar.

Levanto la vista.

—¿Adivina qué? ¡Me han seleccionado para el concurso!

—¡Genial! —Me quita el móvil y lee el correo—. Lawrence Lim es el bombonazo de *Fuera de carta*, ¿verdad? Demasiado mayor para mí, pero como mi madre va a ser tu acompañante... ¿no sería genial que se enamoraran durante el concurso, como en una comedia romántica? Por no hablar de que le vendría de maravilla al negocio. Tendríamos una cola que daría la vuelta a la manzana. —Se sube de un salto a los pies de la cama—. Hablando de romance, ¿has hecho las maletas para tu fin de semana romántico con Theo?

—No. Y no es romántico...

—Ya, ya. Porque aparecer por el instituto para recogerte con un Ferrari suena superplatónico. —Pone los ojos en blanco—. No sabes la suerte que tienes. Voy a cumplir diecisiete en unos meses, pero mi madre se niega a que me quede a dormir en casa de Hannah porque sus dos hermanos mayores viven allí. ¿Te parece normal? Sin embargo, le da igual que pases un fin de semana entero en los Hamptons con un chico que te gusta y que, probablemente y para sorpresa de nadie, solo haya una cama.

Ni siquiera había pensado en eso.

—¿Quizá se deba a las escasas probabilidades de un embarazo indeseado?

—Qué asco de doble rasero. —Se sienta con las piernas cruzadas y ladea la cabeza—. Esta fiesta va a ser la primera vez que conozcas a la familia de Theo, ¿verdad? ¿Has pensado en cómo deslumbrarlos con tu adorable encanto de clase media, como Rachel en *Crazy Rich Asians*?

Resoplo.

—Le dejan un pez muerto en la cama, con sangre y vísceras por todas partes. Y lo único que se le ocurre decir a su novio es que si eso es todo. Luz de gas de manual.

—Theo consiguió que el alérgico a los idiotas reculara, ¿no? Apuesto a que le suelta un revés a cualquiera que se atreva a lanzarte un comentario malintencionado. Cuando vuelvas, quiero todos los detalles. Y muchas fotos.

—Seguro que saco unas fotos preciosas del amanecer.

—Muy gracioso. Lo digo en serio. Más vale que me dejes vivir a través de ti. —Pone cara seria—. Y si alguno de los parientes de Theo te hace pasar un mal rato, avísame.

Levanto una ceja, divertido.

—¿Y harás qué, exactamente?

—Algo se me ocurrirá. Seguro que Chung tiene contactos con las tríadas en Hong Kong. —Megan se levanta—. Tengo que irme. Tengo que ingresar en la web de las entradas y acampar antes de que la avalancha de gente haga que la dichosa página se caiga.

No ha parado de hablar del concierto de Blackpink desde que anunciaron la gira por Estados Unidos.

—¿Las entradas salen a la venta esta noche? —pregunto.

—Sí. Si no las consigo a la primera, no podré pagarlas en el mercado negro.

—¿El mercado negro? —bromeo—. ¿Y luego vas a probar en el mercado rosa?

—Tonto.

Sale por la puerta.

Cierro el libro de texto y me dirijo al armario. Quizá la razón por la que he estado posponiendo hacer la maleta para el viaje es porque casi todo lo que tengo no vale. La parte del traje está solucionada, pero ¿qué pasa con el resto de mi ropa? Ninguna tiene el logotipo de una marca llamativa. Los pantalones más bonitos que tengo son unos vaqueros de Levi's y unos chinos de Uniqlo.

Meto en la mochila la única camisa de vestir que tengo y unos cuantos polos. Odio llevar camisa cuando hace calor, pero sentirme fuera de lugar por ir mal vestido en un centro turístico de lujo sería mucho más incómodo que un cuello sudado.

Hay algo más que me ha estado molestando. Cuando le pregunté a Theo por qué no se llevaba a Adrian a la boda, me dijo que ya tenía planes. No trató de fingir que yo era su primera opción. Afirma que ya no hay nada entre ellos, pero Adrian tiene un propio tono de llamada y a Theo no le importa estar medio desnudo a su lado. Incluso su familia los ha visto besarse bajo el muérdago. Cuando aparezca con él, me compararán con Adrian; no cuesta adivinar quién encaja mejor en su mundo rico y lujoso.

La tía Jade me ha preguntado qué me frena a lanzarme con Theo. Es capaz de alegrarme el día con solo una sonrisa, pero para él parece tan fácil como darle a un interruptor.

Tu amigo tiene una lengua de plata. Es capaz de salirse con la suya en cualquier situación.

No sé por qué las palabras del señor Kashimura me afectaron, pero mi malestar no ha hecho más que crecer. Porque, cuando Theo apague el interruptor, tendré que enfrentarme a la verdad de que lo que siento por él tal vez sea lo único entre nosotros que no es falso.

Capítulo 8

—¡Dylan! —grita la tía Jade desde la planta de abajo—. ¡Ha llegado Theo!

Estoy delante del espejo de la cómoda, intentando peinarme, pero tengo el pelo demasiado largo y ha perdido la forma. Debería haber ido a la peluquería esta semana, pero no he tenido tiempo.

—¡Ya voy! —Recojo la mochila, bajo las escaleras y freno en seco.

Theo está en medio del local. Lleva unos pantalones caquis, una camisa blanca de Lacoste con el icono del cocodrilo en el lado izquierdo, con las mangas enrolladas, y unas gafas de sol de aviador en la cabeza. Es tan guapo que se me apagan las neuronas por unos segundos.

—Estás aquí —digo como un tonto.

Tim se ríe.

—Es lo que mi madre te acaba de decir.

Intento no parecer un pez fuera del agua al que acaban de devolver a la pecera.

—Creí que se refería a que estaba esperando fuera. En el coche.

—Quería entrar a saludar a tu tía —dice Theo—. Es la primera vez que la conozco en persona.

—Como he dicho, un perfecto caballero —interviene la tía Jade. Me sonríe de oreja a oreja al ver mi conjunto de polo y pantalones chinos—. ¡Qué guapo estás!

Me pongo rojo. ¡Theo está justo ahí!

Megan interviene.

—Son los Hamptons, mamá, no Coney Island.

La tía Jade chasquea los dedos.

—¿Has metido el protector solar?

—Sí. —La abrazo con un solo brazo—. Nos vemos el domingo.

Me da un beso en la mejilla.

—¡Pasadlo bien, chicos!

—¡Mandad fotos! —grita Megan mientras salimos.

Theo abre el maletero, que está oculto tras el techo plegado. Dentro hay varias fundas de ropa, cajas de zapatos y una maleta de mano enorme. Solo para un fin de semana. No quiero ni imaginarme lo que se llevará a un viaje de dos semanas. Dejo la mochila junto al trolley y subo al coche. La tía Jade, Megan y Tim nos saludan por el escaparate.

Theo se ríe.

—Al verlos, cualquiera diría que te vas a la universidad.

—No tenías que aparcar y entrar solo a saludar —digo.

—Bernard dice que es de mala educación recoger a alguien sin parar un minuto para saludar a los padres. —Theo hace una pausa—. ¿Debería haberle traído también un regalo a tu tía? ¿No es lo que se hace?

—No, desde luego que no —aseguro—. La cultura china tiene un montón de tabúes sobre los regalos, así que es mejor presentarse con las manos vacías que con el obsequio equivocado. Una vez, un ministro británico cometió un gran desatino al regalar un reloj de bolsillo al alcalde de Taipéi.

—¿Se supone que es un mal presagio?

Asiento.

—En mandarín, regalar un reloj, *sòng zhōng*, suena igual que asistir a un funeral, lo que implica que esperas que la otra persona se muera. Dudo que fuera el mensaje que el ministro quería enviar.

Theo se ríe.

—Vaya. ¿Algo más que deba saber?

—A ver. La tía Jade dice que las cestas de fruta son seguras, siempre que no contengan peras, porque «compartir una pera» en mandarín tiene la misma pronunciación que «separarse». Y nunca regales nada en múltiplos de cuatro, porque «cuatro» y «muerte» suenan parecido.

—Creo que me limitaré a traer una botella de vino. —Theo arranca el coche—. Debería ser una apuesta segura, ¿no?

—Sí. Ganarás muchos puntos si le traes moscato a mi tía. Le encantará.

Me apoyo en el reposacabezas de cuero mientras nos incorporamos a la concurrida calle que tenemos delante. La gente aún nos mira allá donde vamos, pero empiezo a acostumbrarme a la velocidad, la emoción y la potencia de la máquina en la que viajamos. Esto no va conmigo; normalmente tengo que correr para no perder la línea R. Pero se supone que este fin de semana no tengo que ser yo mismo. Se supone que soy la clase de persona que Theo Somers llevaría a conocer a su familia.

—¿Cómo quieres que actúe delante de tus parientes? —pregunto, ya que la lista de lecturas del último curso no incluye un manual sobre cómo fingir una relación.

Theo se encoge de hombros.

—Nos comportaremos como una pareja cuando estén delante. Cuando estemos solos, seremos nosotros mismos. Cuando no sepas qué hacer, sígueme la corriente.

No me ayuda mucho, ya que todavía no hemos definido lo que supone «ser nosotros mismos». Ahora que soy su novio falso, va a ser aún más difícil no liarnos... eh, es decir, no hacerme un lío.

—Relájate —dice, como si intuyera lo que se me pasa por la cabeza—. Son los Hamptons. Intenta divertirte un poco.

—¿Y tu padre? ¿Cómo va a reaccionar?

Theo niega con la cabeza.

—No estará. Está fuera de la ciudad por negocios, como siempre.

Más allá de haberme conseguido un traje a medida, no parece demasiado preocupado por lo que sus parientes vayan a opinar de mí. Intento dejar de preocuparme. Tampoco es que vaya a volver a verlos después de este fin de semana.

Cuando salimos de Brooklyn y nos dirigimos hacia el este por la autopista de Long Island, Theo pone música. Es difícil hablar con la capota bajada y el viento azotándonos la cara. Su lista de reproducción tiene una buena mezcla de artistas, como Taylor Swift, Sam Smith, Cardi B, Olivia Rodrigo y BTS. Megan sin duda la aprobaría.

Cuando sale un tema de Two Steps from Hell, levanto una ceja.

—¿En serio?

—¿No te gustan las canciones instrumentales épicas? Su música está en un montón de bandas sonoras de películas.

—Me encantan. Es que la mayoría pone a todo volumen algo de Two Steps from Hell para imaginarse que su viejo Honda es un Ferrari.

Theo sonríe y sube el volumen.

La última vez que estuve en los Hamptons fue hace tres veranos. Mi madre quiso hacer un viaje corto antes de que empezara el instituto, así que nos metimos en un coche de alquiler con Clover y nos vinimos aquí unos días. Nos alojamos en un hotelito en East Hampton que permitía mascotas y estaba a un paso de la calle principal y de la playa. La propietaria,

Barbara, era una antigua compañera de trabajo de mi madre y nos hizo un descuento. En aquel momento todavía teníamos a Clover de acogida y aún era muy asustadiza e inquieta. Pero en la playa… algo cambió. Se convirtió en una perrita diferente. Mi madre y yo sonreímos mientras Clover corría en círculos por la arena blanca. En ese instante supimos que queríamos ser su familia para siempre.

Theo atraviesa la calle principal y sigue hacia el norte. Barbara nos había contado que la carretera llevaba al extremo norte de la bahía, donde un puñado de chalés y casas de lujo tienen su propia playa privada.

Theo señala al pasar un cartel que indica que estamos en los Springs.

—¿Qué opinas de Jackson Pollock?

He oído el nombre antes, pero no estoy del todo seguro de quién es.

—Vivió en los Springs —dice Theo, entusiasmado—. El expresionismo abstracto empezó en Nueva York y él fue uno de sus pioneros. Su estudio era un viejo almacén de material de pesca y ahora su casa es un museo. ¿Te apetece ir a echar un vistazo mientras estamos aquí?

—Sí, claro.

No tengo ni idea de lo que es el expresionismo abstracto. Me muevo en un limbo extraño y soy alguien a quien no le interesan especialmente las artes ni los deportes. No sé qué obra ha ganado más premios Tony este año y no tengo ni idea de qué equipo tiene más participaciones en la Super Bowl. Sin embargo, sé decirte la raza o la mezcla de razas de casi cualquier perro, o lo fresco que está un huevo con solo sostenerlo en la palma de la mano.

Llegamos a la puerta principal de una villa gigantesca. Theo muestra la invitación, le dan la bienvenida y lo hacen pasar. Las casas de huéspedes están repartidas por todo el recinto y el edificio principal es una casa solariega de tres plantas con tejado a dos aguas y mosaicos de piedra en las paredes. Es tan pomposo y lujoso como la mansión de Theo, y probablemente por eso no se inmuta.

Se detiene en el camino de entrada cubierto frente al vestíbulo. Un mozo nos ayuda con las maletas y Theo entrega el llavero a un joven aparcacoches junto con una propina. Me quedo ahí plantado, sin saber qué hacer. No estoy acostumbrado a que me atiendan.

Suena una exclamación estridente.

—¿Theo?

Una mujer rubia con tacones de aguja se nos acerca a paso ligero. Lleva un vestido elegante con mangas de volantes y unos pendientes de perlas que deben de haber salido de unas ostras del tamaño de Godzilla. Lo único que desentona con el resto de su aspecto es el surco entre sus impecables cejas. ¿Quizá mi polo y mis chinos no sean lo bastante buenos para ella?

—¿Qué haces aquí? —pregunta. Me doy cuenta de que a quien fulmina con la mirada es a Theo, no a mí.

—Hola, tía Lucia. —Theo le dedica una alegre sonrisa—. Habría sido muy descortés por mi parte perderme el gran día de Nora.

Lucia se cruza de brazos.

—Siento decepcionarte, pero la villa está completa. No hemos previsto invitados inesperados.

Perdona, ¿qué?

Theo levanta la invitación, imperturbable.

—Entonces, ¿no debería haber recibido una de estas?

Lucia se queda mirando la tarjeta. La sorpresa se convierte en enfado.

—Será una broma pesada de Terri.

Mierda. ¿Theo ni siquiera estaba invitado?

—Hablando de Terri, el mes pasado cumplió los veintiuno, ¿no? —A Theo le brillan los ojos—. Yo no tengo edad para beber, pero, por el bien de todos, espero que no hayáis decidido prohibir el alcohol en la boda solo por ella.

Lucia aprieta la mandíbula. No me mira ni una sola vez. Creía que le había ofendido mi ropa, pero soy invisible para ella. Como un fantasma.

—¿Theo? —dice otra voz de mujer—. ¡No me lo creo! ¿De verdad eres tú?

Estupendo. Me preparo para otra avalancha de parientes hostiles cuando dos mujeres de la edad de la tía Jade, una negra y la otra blanca, se acercan a toda prisa. Llevan trajes de pantalón a juego.

—Qué alegría verte, Theo. —Se turnan para abrazarlo—. ¡Cuánto tiempo! ¿Cuándo fue la última vez? ¿Hace dos años?

La mujer blanca se vuelve hacia mí, con una sonrisa tan reluciente como su rizado pelo rojo.

—¿Y quién es este joven tan guapo?

—Tía Catherine, tía Malia, este es Dylan. —Theo me da la mano y casi me provoca un infarto—. Mi novio.

—Encantada de conocerte, Dylan. —Si Catherine se da cuenta de que parece que me acaban de electrocutar con un desfibrilador, no lo demuestra.

Malia lleva las trenzas recogidas con un pañuelo de seda estampado.

—¿Sabías que Theo llevó los anillos en nuestra boda cuando tenía cuatro años?

—No, no lo sabía. —Otro de los muchos detalles que Theo olvidó mencionar convenientemente—. Estoy deseando que me lo cuente.

—Me alegro mucho de que lo hayas invitado —dice Catherine a Lucia y le aprieta la mano—. Lo que pasa entre Malcolm y tú no debería afectar a su hijo.

La expresión de Lucia parece congelada por un chorro de nitrógeno líquido.

Theo se ríe con sequedad.

—Para ser sincero, tía Catherine, no estoy incluido oficialmente en la lista de invitados. Pero echaba de menos a todo el mundo y quería felicitar a Nora y a Angelo en persona. Por desgracia, la tía Lucia nos acaba de decir que no quedan habitaciones libres.

—¡Qué lástima! —exclama Catherine y Malia parece cabizbaja—. ¿No hay ni una sola habitación de sobra en este lugar? ¿Por qué no os alojáis con nosotras?

—No, por favor, no podríamos —dice Theo—. Le debo a la tía Lucia una disculpa por colarme en la boda. Tiene que ser muy estresante que aparezcan invitados inesperados. Dylan y yo buscaremos un hotel en la ciudad...

—Theo, eres igual que tu padre, nunca me dejas terminar lo que intento decir —interrumpe Lucia y se pone las manos en las caderas—. No quedan habitaciones con vistas a la piscina, pero encontraremos alguna de las otras habitaciones para tu invitado y para ti. —Suelta una carcajada perfectamente ensayada—. ¡Menuda tontería! Mi propio sobrino, quedándose en un hotel en la ciudad. Estoy segura de que a Nora le conmoverá que te hayas esforzado tanto para darnos esta... sorpresa.

—¡Excelente! —dice Catherine—. Pues si ya está arreglado, íbamos hacia el bar. Ha sido un largo viaje desde Boston y había un terrible accidente en la I-95...

—Ya te dije que deberíamos haber abordado el ferri Cross Sound —interviene Malia.

—Después de pasar dos horas atrapadas en aquel ferri que apenas flotaba entre Montego Bay y Ocho Ríos, prefiero un transporte que no implique la posibilidad de hundirme en el océano. —Catherine se vuelve hacia Theo—. Un consejo, chico. En caso de duda, haz siempre lo que diga tu pareja. Si el plan no sale bien, al menos te librarás de un «te lo dije».

Malia le da un codazo juguetón y ambas mujeres se marchan entre risas, con los brazos entrelazados.

En cuanto se pierden de vista, la efusiva fachada de Lucia decae. Es evidente que no le apetece nada darnos una habitación. Le hace una señal al encargado, que está esperando con un portapapeles.

—El personal os acompañará. —Su tono me recuerda a un yogur caducado—. Disfrutad de la playa privada si os apetece.

Theo le dedica una amplia sonrisa.

—Me alegro de volver a verte, tía Lucia. —No me suelta la mano—. Estoy deseando ponerme al día con todo el mundo.

Pues yo no, y menos después de haber descubierto que los novios ni siquiera nos han invitado. Por la cara de Lucia, es probablemente lo único en lo que los dos estamos de acuerdo.

Capítulo 9

Cada casa de huéspedes de la villa está dividida en varias suites individuales. El encargado abre la puerta de la nuestra y nos da las llaves-tarjeta.

Entro en la suite, que tiene una distribución abierta. La cama de cuatro postes es tan grande que, si dormimos en lados opuestos, será como estar en camas separadas. En la pared hay una enorme tele de plasma, un vestidor, un diván de terciopelo y un espejo de cuerpo entero enmarcado en oro rosa. El jacuzzi está en el balcón, pero no es lo que más me llama la atención.

En el centro de la habitación, hay una ducha de efecto lluvia. Con paneles de cristal transparente por todos los lados. Ni siquiera están esmerilados.

Se me revuelve el estómago. Compartir una cama grande es una cosa, una que a Megan le encantará, pero no contaba con ver a Theo ducharse. La emoción se esfuma enseguida al darme cuenta de que yo también tendré que ducharme delante de él.

Aparto la idea. Ya lo gestionaré más tarde.

Después de que Theo le dé una propina al encargado y cierre la puerta, me vuelvo a mirarlo.

—¿Vas a contarme qué está pasando? Empieza por la parte en la que se supone que no tendrías que estar aquí. ¿Has falsificado la invitación?

—No, la invitación es real, solo que mi tía no sabía que tenía una —dice con ironía—. Es posible que haya olvidado mencionar que mi padre y ella están metidos en un pleito multimillonario. *The Economist* publicó un artículo hace un par de semanas con todos los detalles. Por eso mi padre y yo no estamos en la lista de invitados.

—¿Así que has decidido colarte en la boda para vengarte de tu tía?

—Ella no es el objetivo. Lo es mi padre.

Parpadeo.

—¿Tu padre? Pero si has dicho que no iba a venir a la boda.

—Y me prohibió que asistiera a ningún evento familiar después de que la mayoría se pusiera de parte de mi tía. Cuando se entere de que he estado aquí, le dará algo.

Deberían haberme saltado las alarmas cuando me dijo que era una boda familiar. Si hay algo que *Crazy Rich Asians* dejó claro es que los ricos están fatal. Mi madre siempre decía que, si no quieres que te coman los tiburones, no te metas en el agua. Pero ya es demasiado tarde. Lo fulmino con la mirada.

—Acepté hacer de novio falso, no ser cómplice de un plan diabólico para fastidiarle el gran día a tu prima.

Theo niega con la cabeza.

—Me he colado en la boda para cabrear a mi padre, pero no tengo ninguna intención de estropear la celebración de Nora.

—La mayoría de los adolescentes sacan de quicio a sus padres saltándose el toque de queda, destrozando el coche o faltando a clase. Cosas así. —La burla me sale un tono más alto de lo que pretendía—. No se presentan en un bodorrio familiar al que no están invitados.

Theo se encoge de hombros.

—Nunca he tenido toque de queda. Me gusta mi coche y me encanta tener una media de matrícula. —Una sombra le cruza el rostro—. Hacer estupideces y poner en peligro tu futuro solo funciona cuando a tus padres les importas lo más mínimo.

A diferencia de lo de deslizarse por la barandilla, mantenerse alejado de los parientes, sobre todo de Lucia, es la única regla que aún le importa al padre de Theo. Y está decidido a hacerla pedazos. ¿Habría hecho lo mismo si su madre aún estuviera viva?

—¿Qué hay de tu prima Terri? —pregunto—. No has sido nada sutil sobre su problema con la bebida delante de su madre. ¿Es la siguiente en la lista de gente a la que quieres fastidiar?

La expresión de Theo se ensombrece.

—Si de verdad quieres saberlo, se emborrachó en una fiesta de una hermandad en Columbia el año pasado y se estrelló con el Benz. Tenía un nivel de alcohol en sangre que doblaba el límite. Podría haber matado a alguien.

La madre de Theo murió en un accidente de coche. No fue un conductor borracho, pero lo de su prima ha debido de tocarlo de cerca. Dejo pasar el tema, pero entonces se me ocurre otra cuestión.

—Si no estabas invitado, no te hacía falta acompañante. —Entrecierro los ojos—. ¿Por qué me has hecho venir? ¿Tu padre se enfadará más por haberte traído a un tipejo de clase media que trabaja en el restaurante de su tía y reparte comida en bicicleta? ¿Por eso me has invitado a mí en vez de a Adrian?

Theo frunce el ceño.

—Claro que no…

—¡Theodore Oliver Somers! —chilla una voz femenina con impaciencia desde el otro lado de la puerta, seguida de unos fuertes golpes—. ¡Sé que estás ahí! Tienes que dar muchas explicaciones.

Me tenso cuando Theo abre la puerta y entra una mujer joven con un refinado vestido de flores y el pelo rubio recogido en un moño destartalado pero elegante. Su ceño fruncido y sus brazos cruzados me recuerdan a Lucia.

—¿Te presentas con un nuevo novio y tengo que enterarme por mi madre? —Se acerca y le da un manotazo en el hombro. Lleva una manicura de mariposas tridimensionales—. ¿Por qué no me lo has contado?

—Quería que fuera una sorpresa, ardillita —responde Theo—. Dylan, esta es mi prima Terri.

—¡Hola, Dylan! —Sonríe de oreja a oreja y me da un abrazo—. Theo no me ha contado absolutamente nada sobre ti, lo que significa que tienes que ser muy especial, porque siempre se guarda las cosas que más le importan.

Theo gime.

—Terri, para. Me va a dar una sobredosis de azúcar.

Ella se ríe a carcajadas.

—A mi madre casi le da algo porque te haya invitado. Me ha gritado por intentar eclipsar la boda de mi propia hermana. En serio, me alegra que hayas venido. Ser un humilde peón al que zarandean en el tablero al servicio de la reina es agotador.

—¿En serio? Nora no me parece la típica novia chiflada —dice Theo.

—Hablo de mi madre. Nora también está a punto de estallar. Hace unas noches, me la encontré haciendo yogur a las tres de la mañana cuando bajé a la cocina a hornear magdalenas como método contra el estrés. Te juro que, si sobrevivo a esta boda y encuentro a alguien con quien quiera pasar por todo esto del matrimonio, me fugaré.

Theo se muestra preocupado.

—¿Seguro que estás bien?

—Claro que sí. ¿Por qué no iba a estarlo? —Terri se encoge de hombros—. A ver, esta noche estaré atrapada en la cena de ensayo, que probablemente durará una eternidad, porque seguro que mi madre querrá repasar el programa al menos veinte veces. La fotógrafa, Georgina Kim, viene a ser la Annie Leibovitz de las bodas de famosos coreanos y quiere empezar con las fotos de la fiesta después del brunch de mañana. Las fotos de familia serán después de la ceremonia. No estás en la lista, obviamente, pero deberías venir de todos modos.

Theo se ríe.

—Tu madre nunca me lo perdonará si quedo inmortalizado en el álbum.

Terri mira la hora.

—Ostras, tengo que irme. Nora no empezará la cena de ensayo sin mí. Si me retraso, Beverly, nuestra reina del cotilleo residente, difundirá el rumor de que estaba ocupada liándome con un camarero guapo o algo así. —Me mira—. Los tres tenemos que encontrar un hueco para vernos este fin de semana. Quiero que me cuentes cómo le has robado el corazón a mi primo favorito.

—No te pases con él —dice Theo con ligereza—. No quiero que lo asustes.

—Si es capaz de aguantarte a ti, seguro que sabe arreglárselas. —Terri se fija en los pétalos de rosa que hay esparcidos por las sábanas—. Hablando del tema… Nora tiene la suite nupcial, pero parece que a vosotros os ha tocado la sexi. Los condones están en el cajón de la cómoda.

Me arde la cara. A Theo parece que le hace gracia.

—Un detalle de boda muy considerado.

Terri le guiña un ojo.

—Queremos asegurarnos de que los invitados disfruten de una estancia maravillosa.

Cuando se va, me vuelvo hacia él.

—¿Es la prima de la que hablabas mal antes?

Theo asiente.

—Pero mi intención no era echarle en cara su problema con la bebida. El comentario iba dirigido a su madre. Si la tía Lucia no se hubiera obsesionado con que sus hijas parecieran perfectas en lugar de dejarlas meterse en líos y ser ellas mismas, tal vez Terri no habría acabado como acabó. Por suerte, el fiscal aceptó retirar los cargos si iba a rehabilitación. Si no, la detención por conducir ebria habría quedado en su expediente el resto de su vida.

—¿Terri también cree que somos pareja? ¿No sabe que estamos fingiendo?

—Se lo contaré después del fin de semana. Ya tiene bastante por ahora. —Tiene la decencia de mostrarse arrepentido—. Mira, siento no haber sido sincero sobre lo de colarme en la boda. Yo soy resistente, evidentemente, pero debería haber pensado en lo incómodo que te sentirías. Si no quieres estar aquí, te llevaré a casa ahora mismo.

—Pero acabamos de llegar. —Ladeo la cabeza—. ¿Qué pensarán todos si se enteran de que tu novio te dejó tirado antes de la boda?

Theo pone cara de humildad.

—Supongo que tendré que recoger a algún camarero guapo en East Hampton a la vuelta y pagarle para que me acompañe mañana.

—Es bueno saber que soy totalmente reemplazable.

—Si quieres la verdad… —Me da la mano y tira de mí para acercarme—. Preferiría estar contigo.

Contengo la respiración. Buena jugada. Primero me toca para desactivarme el cerebro y luego le añade un poco de adulación para allanar el terreno. Me sigue molestando que no dijera que íbamos a colarnos en la boda. Terri lo invitó, pero técnicamente no tenía autoridad para hacerlo y no avisó a nadie. Sin embargo, no voy a dejarlo en la estacada después de que nos ayudase a salvar el negocio. Le debo un favor. Las circunstancias no importan, ¿no?

Aparto la mano.

—De acuerdo. Acepté ser tu novio falso y cumpliré con mi parte del trato. —Hago una pausa—. ¿Cómo acabaron tu padre y tu tía enfrentados en el juzgado? ¿Siempre han sido rivales?

Theo niega con la cabeza.

—De pequeños, mi tía y él eran los que estaban más unidos de los cuatro hermanos. Se llevaban solo un año, como Megan y tú. Y congeniaban tanto que mi abuelo les entregó el control conjunto de su mayor empresa antes de morir. Pero mi tía estaba más interesada en la vida social que en dirigir un negocio y a mi padre le molestaba tener que ocuparse de todo. Hace un par de años, Lucia descubrió que había estado desviando ideas y trabajadores de la empresa hacia un nuevo proyecto propio.

—Supongo que no salió bien.

—Tuvieron una gran pelea y ella lo demandó por daños y perjuicios. —Su semblante se ensombrece—. Pero mi tía no quería dinero. Estaba dolida y enfadada porque hubiese actuado a sus espaldas. Toda la familia sabe que lo que más le importa a mi padre es su reputación. La demanda fue el golpe más efectivo que podía darle.

Y ahora Theo hace lo mismo al presentarse en la boda. Lo que me pregunto es qué ha hecho su padre para que esté tan dolido y enfadado como para vengarse de él así.

Se pone una chaqueta.

—Vamos, te invito a cenar. Prometo que no diré nada si tonteas con el camarero.

Nadie que hayamos conocido hasta ahora, ni siquiera Terri, me ha preguntado por mi familia. Todos parecen dar por hecho que también provengo de una familia adinerada, porque

¿con quién si no saldría Theo Somers? Por su historial, lo mínimo sería un esnob mimado como Adrian.

—Terri no será la única que sienta curiosidad por saber cómo nos conocimos —digo—. No me avergüenza que mi familia tenga un local de comida para llevar, pero ¿estás seguro de que quieres que tus parientes lo sepan? Porque no tenemos ninguna estrella Michelin.

—Eres mi novio falso, pero en ningún momento he esperado que vinieras con una identidad falsa —responde Theo—. Además, no creo que funcionase.

Me cruzo de brazos.

—¿Qué se supone que significa eso?

—Antes me miraste como si pensaras que Jackson Pollock era una especie de pez de agua salada.

Ah. Ups.

—Ya, bueno. No dan historia del arte en mi instituto.

—Por eso debes ser tú mismo. No te preocupes por mi familia. Mi padre es la oveja negra y, por desgracia, a mí me ha tocado cargar con la misma cruz, pero no te lo harán pasar mal.

—¿Cómo lo sabes?

Esboza una sonrisa desquiciante.

—Porque no se lo permitiré.

Capítulo 10

Vamos a cenar a East Hampton. La calle principal está abarrotada de turistas y ya empiezan a formarse colas delante de las discotecas.

—¿Qué tienes en mente? —pregunta Theo.

—Cualquier cosa me parece bien. —Mi familia rara vez sale a comer fuera, porque siempre tenemos montones de sobras, y, si alguna vez lo hacemos, Megan casi siempre elige japonés—. Tú decides.

Espero que se dirija a alguno de los restaurantes de lujo, pero pasamos de largo y se decanta por una hamburguesería. El ambiente es tranquilo y relajado y nos sentamos en una mesa al aire libre. Pido pollo a la parrilla con limón y pimienta, acompañado de ensalada y patatas fritas. Theo opta por una hamburguesa de Black Angus con beicon y pan de brioche.

Su pedido me recuerda que siempre le doy a Clover una chuche de beicon los viernes. No sé si los perros tienen alguna noción del concepto de los días de la semana, pero no quiero que piense que me he olvidado de ella.

Cuando Theo va a pedir, le escribo un mensaje a Megan:

¿Le puedes dar a Clover una chuche de beicon de mi parte?

Miro a Theo de reojo para asegurarme de que siga en el mostrador antes de ponerme a buscar su apellido en Google. Algo que debería haber hecho antes de aceptar venir a los Hamptons como su novio falso.

Google me revela que Malcolm H. Somers es el director ejecutivo de Somers Technology, una empresa de semiconductores incluida en la lista Fortune 500 cuyos principales rivales son Intel y Qualcomm. Su segundo matrimonio con Natalie Cruz, heredera de una de las diez empresas tecnológicas más importantes de Silicon Valley, fue noticia en todo el país el verano pasado, junto con su mansión de veinte millones de dólares en Long Island, diseñada por Moshe Safdie. La actualidad reciente está dominada por el pleito con su hermana, la socialité Lucia Leyland-Somers, con titulares como «Somers contra Somers y la trampa a Britney Spears: disputas familiares en el mundo empresarial».

—Te aconsejo que reduzcas la búsqueda con mi nombre de pila —me dice Theo por encima del hombro—. O solo te saldrán un montón de chorradas aburridas sobre mi padre.

Suelto el teléfono como si quemara.

—No te estaba buscando en Google.

—¿Seguro? —La cadera de Theo me roza el hombro mientras deja el letrero con el número del pedido en la mesa—. Es posible que encuentres una foto mía muy poco favorecedora de tercero de primaria entre los resultados de la búsqueda.

En lugar de sentarse frente a mí, ocupa la silla contigua. Mi sensor de proximidad se activa.

—¿Qué haces?

—He pensado que deberíamos probar un poco de algún método de actuación mientras esperamos la comida. —Theo me mira como si fuera la única persona aquí—. Será un buen ensayo para mañana.

Él no lo sabe, pero lo de hacer de falso novio implica algo diferente para mí: dejar de fingir que no me gusta Theo y empezar a comportarme como si me gustara. Lo cual es mucho más difícil de lo que debería.

Se inclina hacia mí. Sus labios me rozan el lóbulo de la oreja y se me retuerce el estómago en una bola de nervios.

—Oye, si no te ves capaz de actuar como si te sintieras atraído por mí, ¿puedes al menos intentar que no parezca que te estoy clavando un cuchillo en el muslo por debajo de la mesa?

Trago saliva.

—Lo siento. Esto se me da fatal...

—¿Theo? ¿Eres tú?

Se aparta cuando un hombre blanco y delgado se acerca a la mesa. Luce el tipo de vello facial que solo te queda bien si eres Michael Fassbender. A su lado, una mujer india lleva en brazos a un bebé y sostiene un bolso Hermès de manera que se vea bien el logotipo de la marca. Otros cuatro niños corretean a su alrededor.

—Hola, tío Herbert, tía Jacintha. —Theo se levanta y les estrecha la mano en lugar de darles un abrazo, como hizo con Catherine y Malia.

—Hemos estado siguiendo las noticias sobre la demanda —dice Herbert—. Catherine y yo esperábamos que tu padre y Lucia resolvieran el asunto fuera de los juzgados antes de la boda. Es evidente que no ha sido así, pero me alegro de que te hayan invitado.

Me resisto a poner los ojos en blanco. Theo sonríe con serenidad.

—Qué monada. ¿Cómo se llama?

—Asha —dice Jacintha—. Significa «esperanza» en hindi. ¿Quieres sostenerla?

La expresión de Theo es desternillante cuando su tía le pone a la niña en los brazos. Nunca lo había visto tan incómodo. Cualquiera diría que le ha pasado una bomba. Asha se agita y empieza a llorar y Theo se apresura a devolvérsela a su madre.

Reprimo una sonrisa. Por lo visto, solo se le dan bien los niños mayores de diez años que saben tocar el violín.

—¿Has visto a Terri? —pregunta Herbert—. He oído que es una de las damas de honor. ¿Cómo está?

—Está bien —responde Theo—. Pasó por nuestra habitación de camino a la cena de ensayo para conocer a Dylan, mi acompañante.

—Así que tu acompañante. —Parece que Herbert acaba de darse cuenta de mi presencia—. ¿Vas al colegio con Theo?

Lo miro.

—No, nos conocimos en el local de comida para llevar de su tía —dice Theo. Tienen los mejores dumplings de sopa. Deberíais ir a probarlos si pasáis por Sunset Park. El sitio se llama Guerreros del Wok.

Herbert asiente.

—Varios de mis clientes de fondos de cobertura también son de China.

—Mi familia es de Singapur —digo—. Está a seis horas de Beijing en avión.

—¡Anda, Singapur! —Herbert chasquea los dedos—. Nunca noto la diferencia. Sois todos chinos, ¿no? Me encanta vuestra comida, pero a Jacintha le va todo ese rollo de la dieta sana y la cantidad de glutamato de sodio que ponéis en vuestros platos...

Aprieto la mandíbula. Antes de que se me ocurra nada que responder, Theo interviene.

—En realidad, tío Herbert, el glutamato de sodio es un aminoácido natural de los tomates y el queso, que se extrae y se fermenta de forma similar al yogur y el vino. Sé que nada te gusta más que una copa de cabernet sauvignon, así que el mito de que el glutamato de sodio de la comida china es malo para la salud no solo es falso, sino bastante xenófobo.

Herbert parpadea. Jacintha le da un codazo.

—Sí, claro. —Herbert me mira con una risita—. Sin ofender, hijo.

No soy su hijo, pero da lo mismo. Sus verdaderos hijos se han puesto a chillar y a perseguirse unos a otros, y casi arrollan a un camarero que equilibra varios platos de hamburguesas.

—¡Basta! —los reprende Jacintha—. Se acabó, niños. ¡Nos vamos!

Con un bebé en brazos, a Herbert y a ella les faltan manos para agarrar a todos sus hijos.

—¡Nos vemos en la ceremonia! —grita él mientras se llevan a su prole.

Llega el camarero con la comida. Nos dedica una mirada hostil mientras aparta las sillas que los niños han empujado. No lo culpo. Odio cuando la gente deja que sus retoños causen estragos en los bares. Una vez, unos críos se pusieron a correr por el local y tiraron un jarrón antiguo que la tía Jade había traído de Hong Kong. Sus padres ni siquiera se disculparon.

Theo exhala.

—Lo siento. Mi tío a menudo no se da cuenta de lo ofensivas que son sus palabras.

—¿Cómo sabías todo eso sobre el glutamato de sodio? —pregunto—. ¿Vas a clase de química avanzada?

—Qué va, se me dan fatal las ciencias. Leí las memorias de Eddie Huang, *Fresh Off the Boat*, como trabajo extra para la clase de literatura avanzada. Luego vi una de sus entrevistas y mencionó algunos conceptos erróneos fascinantes sobre el glutamato de sodio.

—Eddie Huang y Lawrence Lim son buenos amigos —comento—. Siempre van de invitados al programa del otro.

A Theo le brillan los ojos.

—¿Eso me hace ganar puntos en destreza culinaria?

—Claro. —Le robo una patata frita de su plato; me gustan más las mías onduladas, pero compartir la comida con él es agradable—. ¿Vas a alguna otra clase avanzada?

—Historia de Estados Unidos, psicología, solfeo e historia del arte.

—¿Te preparas para Derecho?

Asiente.

—No es que tenga muchas opciones. Mi padre me lo impuso como requisito si quiero tener acceso a mi fondo fiduciario para la universidad.

Otra regla. Se me viene a la cabeza el bonsái impecablemente podado y achaparrado de la mansión de Theo. Parece que su padre espera que encaje en el molde de la familia Somers de la misma manera.

—Pero te contaré un secreto —añade—. En cuando el último año de matrícula esté pagado, me cambiaré a un doble grado en arte y música.

—¿Qué piensas hacer con esa carrera? ¿Dar clases? ¿Trabajar en un museo?

Se encoge de hombros.

—Aún no estoy seguro. No quiero quedar atrapado en una empresa en la que tenga que pasarme el día con traje. ¿Y tú?

—Voy a clases avanzadas de biología, química, física y cálculo —respondo—. No quería estudiar cálculo, pero el orientador me ha dicho que en la mayoría de las universidades de veterinaria es obligatorio. Espero conseguir una beca para la Universidad de Nueva York.

—¿Por qué veterinaria?

—Mi madre lo era. Trabajaba en una clínica en Greenwood Heights. —Tengo muy buenos recuerdos haciendo de voluntario allí durante las vacaciones—. Se me ocurrió que rescatar animales y cuidarlos sería la mejor forma de seguir sus pasos.

—¿Como Clover? —pregunta Theo—. ¿La adoptaste de la clínica de tu madre?

—Sí. —Me sorprende y me emociona que se acuerde—. Su antiguo dueño la dejaba atada todo el día sin suficiente comida ni agua y mi madre fue una de las voluntarias que la rescató. Cuando la acogimos, siempre estaba llorando, gruñendo o destrozando cosas. Una vez se hizo daño al esconderse detrás de la consola de la tele. Mi madre intentó vendarle la pata y Clover la mordió. Pero no se enfadó. Fue a por el botiquín y se vendó la mano. La perra la estaba mirando. Más tarde, cuando intentó vendarle la pata otra vez, Clover la dejó.

—Diría que Clover entendió que queríais que fuera parte de vuestra familia.

—Por supuesto. Cuando mi madre se estaba recuperando de la quimio, no se separaba de ella. —Me esfuerzo para contener las emociones que amenazan con desbordarse—. Cuando murió, Clover tardó un tiempo en entender que no la había abandonado. Simplemente… no iba a volver.

—Tiene suerte de tenerte —dice Theo—. Serías un veterinario magnífico.

—Esa es la cuestión. —Dudo—. Mi madre siempre supo que quería ser veterinaria y la tía Jade tenía claro que iría a la escuela de cocina. Al principio, aprendí a cocinar por mi cuenta con recetas de YouTube cuando mi madre tenía que trabajar hasta tarde en la clínica y no quería malgastar dinero pidiendo a domicilio. Luego aprendí a hacer sus comidas favoritas para que pudiera relajarse los fines de semana. Después de mudarme con mi tía y mis primos, he pasado aún más tiempo en la cocina, aprendiendo a preparar los platos que mi madre comía y adoraba cuando vivía en Singapur.

—¿Y te preguntas si ser chef no será tu verdadera vocación? —pregunta.

Me muerdo el labio.

—Me encanta cuidar animales, como hacía mi madre. Pero también quiero ayudar a la tía Jade a cumplir su sueño de tener su propio restaurante algún día. El Culinary Institute of America tiene un campus en Hyde Park. Anthony Bourdain estudió allí.

No se lo he contado a nadie, ni siquiera a mi familia. No sé por qué se me ha escapado con Theo, pero no se me hace raro.

Ladea la cabeza.

—¿Así que te estás planteando en serio ir a la escuela culinaria?

—¿Sí? ¿Quizá? No lo sé. Es una elección difícil. Y tendría que cambiar física por estadística.

—¿Sabes qué te ayudará a decidirte? —Su expresión se vuelve traviesa—. Una señal del universo.

Contengo un bufido.

—Suena muy científico.

—No soy yo el que está pensando si dejar la física. —Theo chasquea los dedos—. Qué te parece esto: si te eligen para el concurso en el estudio de Lawrence Lim, es que estás destinado a ser chef.

Sonrío.

—No te lo vas a creer, pero me enviaron un correo anoche. ¡Me han seleccionado!

—¿Qué? —Ríe—. Ahí lo tienes. El universo ha hablado. Estás destinado a un gran futuro culinario.

Reflexiono un momento.

—No lo sé… ¿quizá la señal debería ser más desafiante?

Theo levanta una ceja.

—¿Te refieres a ganar el concurso y que el local de tu tía salga en el programa?

Me siento un poco avergonzado.

—Sí, lo sé, es…

—Perfecto —dice—. Esa será tu señal.

Parpadeo. ¿Intenta convencerme de que elija la facultad de veterinaria o cree de verdad que tengo posibilidades de ganar el premio? ¿O le estoy dando demasiadas vueltas a un comentario que probablemente olvidará en un par de minutos?

Volvemos a la villa después de cenar. Cuando entramos en la habitación, la ducha en el centro me produce otra sacudida. En algún punto del fin de semana, los dos tendremos que quitarnos la ropa y meternos ahí, y el cristal no deja nada librado a la imaginación.

Por ahora, me decanto por retrasar lo inevitable.

Theo se sube de un salto a un lado de la cama y se pone a mirar el teléfono. Me dispongo a ordenar mis cosas, pero, cuando abro la mochila, me detengo horrorizado.

Todas las camisas bonitas que había metido han desaparecido. En su lugar, hay un puñado de mis camisetas favoritas. Rebusco angustiado. Los Levi's siguen ahí, pero todas las camisas han desaparecido, excepto un polo azul claro.

No puede ser. Esto no puede estar pasando.

Saco una camiseta arrugada con un bulldog con gafas de profesor sujetando un hueso y la frase «Creía que era un peroné, ¡pero no!» estampada en el pecho. Se escurre un trozo de papel de carta y cae al suelo.

¡SÉ TÚ MISMO! Las palabras en tinta dorada están garabateadas con la letra de Megan. LE GUSTAS POR CÓMO ERES.

—¿Todo bien? —pregunta Theo desde la cama.

Levanto la cabeza. Arrugo la nota.

—Sí. Todo va bien.

—¿Seguro? Tienes cara de haberte encontrado un lagarto muerto en la mochila.

Guardo la nota de Megan en el bolsillo delantero de la mochila. Voy a matarla cuando vuelva.

—Tengo la sensación de que se me ha olvidado algo importante.

—Me pasa cada vez que me voy de viaje —dice—. No te preocupes. Si te falta algo, nos acercamos a la ciudad a comprarlo.

Estoy dispuesto a apostar a que no hay ningún almacén de ropa de segunda mano en los Hamptons. Debería confesar y contarle lo que ha hecho Megan. También le gastó una broma a él, así que no le costará creerlo. Probablemente se reiría. Pero no quiero que piense en que no habría pasado si hubiera venido con Adrian.

Se levanta y se empieza a desabrochar la camisa.

El corazón se me desboca.

—¿Qué haces?

Se detiene.

—Iba a meterme en la ducha. ¿O quieres ir tú primero?

—¡No! —chillo. Se sobresalta. Ay, por favor. Qué vergüenza—. O sea, adelante. Yo iré a recepción a pedir… otra almohada.

Theo señala el armario.

—Debería haber dos más en el estante superior.

—Necesito más, como cinco. —Theo arquea una ceja y yo añado atropelladamente—: Tengo una manía muy rara. La primera noche que duermo en un lugar desconocido, tengo que estar rodeado de un montón de almohadas.

Me imagino a Megan partiéndose de risa si me oyera. Buen trabajo, Dylan. Ni siquiera se te ocurre una excusa que no te haga parecer un completo chiflado.

Theo se encoge de hombros.

—Podemos llamar al servicio de habitaciones y nos traerán más almohadas.

Es la segunda vez que lo veo sin camiseta y en esta ocasión no tengo la excusa de haberme equivocado de pedido para marcharme de la escena sin quedar mal.

—No, quiero estirar las piernas después del largo viaje —balbuceo y recojo una de las llaves-tarjeta de la cómoda—. Ahora vuelvo.

Antes de que Theo pueda protestar, huyo de la habitación.

Capítulo 11

Los senderos de la villa están bien iluminados por la noche y el aire huele ligeramente al humo de una hoguera. Tomo el camino más largo hasta la recepción para pedir unas almohadas que no necesito. Quizá debería usarlas para construir una muralla en medio de la enorme cama que tenemos que compartir. No quiero darme la vuelta y abrazar a Theo por accidente mientras duermo ni nada parecido.

Al acercarme al patio, oigo unas voces procedentes de la piscina climatizada. Me agacho detrás de un seto alto y echo un vistazo. Hay un grupo de veinteañeros en bikini y bañador en la piscina y beben copas de champán.

—Pásame la botella —dice una morena con un gran hibisco en el pelo.

Uno de los chicos, guapo como Harry Styles, le llena el vaso.

—Oye, Amber, ¿has visto cómo Terri se ha marchado justo después del ensayo? Parecía que estaba llorando.

—Qué más da. —Amber suena aburrida—. Su problemilla con la bebida ya nos fastidió la despedida de soltera. ¿A que sí, Beverly?

—Una aguafiestas total —responde una rubia con mechas azul eléctrico—. En lugar de un fin de semana de borrachera en el yate del padre de Amber, nos fuimos a un retiro en un spa en mitad del bosque. Hicimos yoga junto al lago y un chef francés buenorro nos preparó la comida, pero mi abuela toma más alcohol en misa que nosotras en todo el fin de semana.

Un chico asiático y desgarbado con tatuajes en el pecho y los hombros se ríe.

—Por suerte para nosotros, la familia de Angelo sabe organizar una despedida. Tienen una destilería en el Valle de Guadalupe y tuvimos el sitio para nosotros solos. Barra libre de tequila, bourbon y whisky. Me emborraché tanto que ni siquiera recuerdo cuánto perdí al póquer.

Amber le salpica agua.

—Fanfarrón.

Retrocedo y me escabullo.

¿A esto se dedican los niños ricos? ¿A alardear y hablar mal de la gente a sus espaldas? ¿Así es Theo con sus amigos del colegio? Si tengo que portarme como un engreído para fingir que pertenezco a este mundo, entonces prefiero no encajar. Prefiero volver a ser invisible.

De repente, la villa me resulta sofocante y, cuando paso ante la puerta que conduce a la playa, acerco la tarjeta y la atravieso. Mientras camino por la arena, la brisa me transmite el aroma salobre del océano. Menos mal que es tarde y no hay nadie más.

A diferencia de las playas suaves y aterciopeladas del centro, la orilla de la bahía es más áspera y arenosa. No se ve la luna, lo que significa que estamos al final del mes de los fantasmas hambrientos. Ninguna pareja china se casaría en el séptimo mes. Trae mala suerte.

Más adelante, un muelle de madera sin iluminar se extiende unos cincuenta metros desde la playa hasta el océano. Probablemente para pescar, ya que la plataforma está demasiado alta sobre el agua para que puedan atracar los barcos. No hay barandillas entre los postes, así que la gente puede sentarse con las piernas colgando por el borde.

En un extremo del muelle vislumbro la silueta de una mujer joven. Resulta que al final no estoy solo. En cualquier otro momento pasaría de largo, pero noto algo raro en la forma en que se apoya en uno de los postes. Cuando me acerco, me doy cuenta de quién es.

—¿Terri?

Se da la vuelta, sobresaltada. Me reconoce.

—Ah. Eres tú. —Lleva el mismo vestido que antes, pero tiene el pelo revuelto y una botella de licor en la mano. Está demasiado oscuro para ver lo que hay dentro—. ¿Cómo te llamabas?

—Dylan. —Dudo—. ¿Estás bien?

—¿Por qué la gente no deja de preguntarme eso? —Arrastra las palabras y me agita la botella en la cara—. ¿Por qué no iba a estarlo? Hemos venido a celebrar una boda. No todos los días tengo la oportunidad de ver a mi hermana mayor caminar hacia el altar con mi ex, ¿verdad?

Ostras. Eso no lo vi venir. Después de lo que Theo me contó sobre su accidente con el coche, entiendo por qué antes parecía preocupado.

—Ver al hombre al que amabas cabalgando hacia la puesta de sol con alguien a quien también quieres… Para eso no te preparan en rehabilitación. —Suelta una risita temblorosa y hueca—. No quería ser dama de honor y a Nora le parecía bien, pero, claro, mi madre se negó. «¿Qué dirán los parientes?». Es lo único que le preocupa. Quizá no le habría importado que estrellara el coche si el *New York Post* no se hubiera enterado. Theo te lo contó, ¿no? En esta familia es imposible tener secretos.

Me resulta incómodo saber algo tan doloroso y personal de alguien a quien acabo de conocer. Pero no tiene sentido negarlo. Dejo que el silencio sea mi respuesta.

—Después del accidente, Angelo rompió conmigo. —Terri se frota un ojo y el rímel se mezcla con los rastros de lágrimas en sus mejillas—. Me dijo que tenía suerte de no haber matado a nadie. La siguiente vez que lo vi, después de salir de rehabilitación, estaba dejando a Nora en casa luego de su primera cita. «Raro» es decir poco.

Mierda. Pobre Terri. Ella salió primero con Angelo y ahora tiene que verlo casarse con su hermana. Ser el escándalo de la boda tiene que ser un tormento. Los cotilleos, las miradas... Por la conversación de los amigos de los novios en la piscina, sospecho que ni siquiera han intentado disimular en su presencia. La cena de ensayo habrá sido el colmo.

—Oye, hace bastante frío. —Tengo que sacarla del muelle antes de que cometa una imprudencia—. ¿Por qué no entramos y vamos a buscar a Theo?

—No, no me apetece que mi primo pequeño me suelte un sermón. —Le da otro trago a la botella—. ¿Qué haces aquí solo, por cierto? ¿Os habéis peleado o algo? A veces es inaguantable, pero tiene buen corazón, ¿sabes? —Me da un golpe en el pecho con el dedo.

Se balancea un poco. Alargo la mano para sujetarla, pero me empuja y se tropieza alarmantemente cerca del borde.

Doy un paso adelante.

—¡Terri, cuidado!

Abre los ojos de par en par, retrocede y solo encuentra aire. Sacude los brazos y, antes de que me dé tiempo a agarrarla, se tambalea y cae. El grito se corta con un chapoteo abajo.

—¡Terri!

Corro hacia ella. Aparece y desaparece en el agua bajo el muelle. Me lanzo.

El mar no está muy frío, pero sumergirse es un shock para el sistema. Mover las piernas sin nada bajo los pies da mucho más miedo cuando no estás en la parte más honda de una piscina. Me aparto el flequillo mojado de la cara. Todo está oscuro y no veo a Terri por ninguna parte.

Algo más hace que el pecho se me contraiga de terror.

Los tiburones rondan las aguas de Long Island a finales de verano. La última vez que vine con mi madre, cerraron las playas al baño después de haber avistado un tiburón blanco en alta mar. Y la mayoría cazan de noche.

Cuando imaginé que me devorarían vivo en los Hamptons, no esperaba que la situación acabara siendo literal.

Me sumerjo, pero no veo nada. Muevo las manos en círculos hasta que rozo lo que parece un brazo humano. Espero que sea el de Terri.

Salgo a la superficie, jadeando. Terri está inmóvil. Tiene los ojos cerrados y no sé si respira. Le levanto la cabeza para que no trague otra bocanada de agua. El corazón me late como si intentara enviar una llamada de socorro en código morse. Grito para pedir ayuda, pero solo me responde el estruendo de las olas a nuestro alrededor. La orilla me parece muy lejana. Cuanto más tiempo pasemos en el agua, más difícil será luchar contra la corriente.

Respiro hondo, sacudo las piernas con todas mis fuerzas y nado hacia la orilla. De repente, algo me tira de los pies e intenta arrastrarme hacia abajo. Me asusto y pataleo con frenesí. Pero se me cansan las piernas y Terri me pesa cada vez más…

Unos brazos me rodean el torso y me acercan a una forma sólida. La cara de Theo es un borrón oscuro a centímetros de la mía.

—¿Dylan?

Levanto la cabeza y aspiro aire. Ni siquiera puedo jadear su nombre. El peso de Terri se vuelve más ligero en mis brazos. Juntos, la arrastramos hasta la orilla y a la playa.

Theo se inclina sobre ella y alterna la respiración boca a boca con la reanimación cardiopulmonar. Los codos y las rodillas se me hunden en la arena húmeda y respiro con dificultad. La gente corre hacia nosotros desde la villa y las linternas iluminan la noche.

—¡Que alguien llame a emergencias!

—¿Hay algún médico?

Terri no se mueve. El miedo me atraviesa el pecho como un anzuelo.

—¿Es ella? —grita la voz histérica de una mujer—. ¡Terri!

Lucia llega corriendo, todavía con el vestido cruzado de antes y los tacones. Tropieza y cae en la arena no muy lejos de nosotros, luego se arrastra hasta llegar al lado de Terri.

—¡Ay, Dios, no! —gime—. Mi niña…

El cuerpo de Terri se sacude. Lucia grita. Terri emite un extraño ruido gutural y Theo se apresura a ponerla de lado mientras vomita agua. Un guardia fornido se abre paso y la levanta como a una muñeca de trapo para llevarla de vuelta a la villa. Lucia y los demás corren tras él.

Theo no los sigue. Alguien le da una toalla, con la que me envuelve a mí en vez de a sí mismo.

—¿Dylan? ¿Estás bien? —Me pasa las manos por los brazos y la espalda, como si buscara heridas invisibles—. ¿Estás herido?

Me castañetean los dientes.

—¿Se pondrá bien?

—Creo que sí. Ya respira. —Me aparta el flequillo mojado de la frente. Nunca lo había visto tan pálido—. Mierda, estás helado. Vamos a llevarte dentro.

Siento el aire como agua en los pulmones. No sé si las rodillas me aguantarán. Theo me rodea los hombros con el brazo y me acompaña de vuelta a la villa.

Cuando llegamos a la suite, va hasta la ducha y abre el grifo. Prueba la temperatura como hacía mi madre cuando era pequeño.

—Cuidado, está un poco caliente —dice.

Me quito la ropa empapada con movimientos mecánicos. Acabo de sacar del océano a alguien que no respiraba. Estar desnudo delante de Theo Somers no será lo más peligroso que haga esta noche.

Me meto en la ducha y me sitúo bajo el chorro de agua. Dejo que los cálidos riachuelos me recorran el cuerpo. Me tiemblan los músculos y siento pequeñas sacudidas. La ducha está demasiado caliente, pero no dejo de temblar.

Theo me deja una toalla limpia en el asidero. Me seco deprisa y me pongo un jersey limpio y unos pantalones de chándal. Él también se ha puesto ropa seca y tiene el pelo húmedo de punta. Llaman a la puerta y va a abrir. Todavía siento la angustia en el pecho. Cada respiración me cuesta un esfuerzo mayor que cuando luchaba contra el océano. Los dedos me zumban con una extraña sensación de hormigueo, como si me clavaran agujas.

Theo cierra la puerta. Lleva en los brazos cuatro almohadas grandes y mullidas.

—Las he solicitado al servicio de habitaciones. Me imaginaba que no habías tenido ocasión de pedirlas —dice—. Hay otras dos en el armario y puedes quedarte con una de las mías. ¿Son suficientes nueve almohadas?

Una oleada de emoción me calienta al pecho. No me creo que se haya acordado ahora de esa estúpida mentirijilla.

Deja las almohadas en la cama y se acerca a mí con una camisa de cuadros de talla grande.

—Toma, póntela. Te abrigará. —Veo la etiqueta de Burberry antes de que me pase los brazos por las mangas largas y me abroche algunos botones—. Voy a preguntar si saben algo de Terri. Ahora vuelvo, ¿vale?

Asiento, entumecido. Terri podría haber muerto esta noche. Yo podría haber muerto.

Gracias a Dios los dos estamos vivos, pero estoy agotado, deshecho. Quiero esconderme debajo de las sábanas hasta que acabe la boda.

Cuando Theo se va, me meto en la enorme cama y entierro la cara en una de las almohadas. Pensó que las necesitaba, por ridículo que fuera, y me las consiguió. Quería que me sintiera seguro. Su camisa es cálida, como si me estuviera abrazando. Con cada respiración, el pánico disminuye un poco, como una marea que se aleja de la orilla.

Me acurruco, cierro los ojos y cruzo los dedos para no soñar con que me ahogo.

Capítulo 12

Cuando despierto, estoy enterrado en un mar de almohadas. La luz del sol se cuela por el cristal y me da en los ojos; lo vuelve todo demasiado brillante. No sé muy bien dónde estoy.

En la mesita de noche, hay una cesta gigantesca a rebosar de margaritas de colores. La tarjeta dice:

¡Gracias, Dylan!

Los recuerdos de anoche me vuelven de sopetón: Terri. El muelle. El océano. El frío.

Todavía llevo puesta la camisa de Burberry de Theo. El aroma a limpio y almizcle de la suave franela me recuerda a él. Su lado de la cama está arrugado, lo que significa que ha dormido junto a mí en algún momento de la noche.

Me desentierro de las almohadas y busco el móvil. Menos mal que no me lo llevé cuando salí anoche o estaría en el fondo del océano.

Tengo un montón de mensajes de Megan con fotos de diferentes golosinas para perros: *¿Cuál es la de beicon? ¿Esta? ¿O esta? No importa. Le he dado las tres. Ahora le gusto más que tú.*

También tengo dos mensajes de la tía Jade: *¿Te lo pasas bien? ¡Buenas noches!* Y: *¡Buenos días! ¿Todo bien?*

Levanto la cabeza cuando se abre la puerta del baño. Theo sale.

—Hola. Estás despierto. —Va vestido con unos pantalones azul oscuro y una camisa de rayas finas gris y blanca. Se acerca y se sienta en mi lado de la cama—. ¿Cómo estás? ¿Te encuentras mejor?

—Estoy bien. ¿Y Terri? ¿Está bien?

—Sí. Pasó la noche en el hospital por si acaso. Su padre la está trayendo ahora de vuelta a la villa. —Señala la cesta de flores—. Son de Nora.

Lo miro.

—Ya entiendo por qué Terri te invitó sin contárselo a su familia.

Asiente.

—Quería darle apoyo moral y desviar un poco la atención. Enfadar a mi padre es la guinda del pastel.

No me imagino cómo habrá sido crecer en este mundo reluciente donde el dinero lo compra todo y las apariencias son lo más importante. Lucia ha obligado a Terri a soportar el calvario de ser dama de honor cuando era evidente que no estaba llevando bien la situación. ¿Y para qué? ¿Para quedar bien delante de la familia? Por la forma en que Herbert le preguntó a Theo por Terri, están hablando igual. Sin embargo, la angustia de Lucia cuando se acercó corriendo al cuerpo inmóvil de su hija en la playa fue aterradoramente real.

—¿Seguro que estás bien? —Me toca la frente y el cuello. De repente siento un calor insoportable—. Tu tía me matará si se entera de lo que pasó anoche.

Niego con la cabeza.

—No te preocupes. No le he dicho nada y no tengo intención de hacerlo.

Se pone de pie.

—Si te apetece, aún llegamos a tiempo para el brunch.

Miro el reloj de la mesilla. Las once menos cuarto. El estómago me ruge en el momento justo.

—Sí, me muero de hambre.

Mientras me lavo los dientes, caigo en la cuenta de que no tengo ropa que ponerme para el brunch. Dado lo que lleva Theo, hasta el único polo que sobrevivió a la carnicería de Megan es demasiado informal para el código de vestimenta de este lugar. Estoy condenado para el resto del fin de semana. A lo mejor debería decirle que me duele la cabeza y pedirle que me trajera unos panecillos o algo.

Cuando salgo del baño, Theo se ha puesto una americana azul marino que lleva sin abotonar. Está guapísimo, pero estoy demasiado estresado para disfrutar de las vistas.

—Oye, siento decírtelo ahora, pero no tengo nada que ponerme para el brunch. Te juro que metí en la maleta las camisas más bonitas que tengo, pero a Megan se le ocurrió la graciosísima idea de sustituirlas por… esto.

Pongo una mueca al enseñarle la camiseta del bulldog con gafas de profesor sujetando un hueso. Theo saca una camiseta blanca con una manada de conejitos con el ceño fruncido y la frase «Todos los conejos saben kung-fu».

—Creo que esta es mi favorita —dice.

—No estoy de broma. A tu tía Lucia le va a dar algo si aparezco con alguna de estas. —Le quito la camiseta de los conejos y la meto en la mochila—. ¿Puedes prestarme una camisa? Has tenido que meter al menos diez extras de todo en ese trolley gigante, ¿a que sí?

Theo me señala los Levi's negros.

—Póntelos. Te encontraré algo para combinarlos.

Me pongo los vaqueros y lo sigo al vestidor.

Miro alrededor.

—¿Dónde están los trajes?

—Se arrugaron un poco en las fundas, así que le pedí al personal que los planchara y nos los devolviera antes de la ceremonia. —Señala dos americanas en un perchero, una tostada y otra gris—. Siempre llevo al menos una de más y un par de mocasines. A un camarero se le puede derramar una bebida al servir o puedes pisar una caca de perro en el césped. Me ha pasado.

Para mi sorpresa, me pasa una camiseta blanca de cuello redondo.

—Una camisa no es la única forma de ir un poco elegante —afirma—. Un jersey de cuello alto va de maravilla en invierno, pero, cuando hace más calor, una americana sobre una camiseta lisa también queda bien. Pruébatelo.

—Eres tan bueno en el armario como yo en la cocina —bromeo y espero que no se dé cuenta de lo cohibido que me siento mientras me quito el jersey. Me doy cuenta, demasiado tarde, de cómo ha sonado y me pongo rojo—. ¡No me refería a que estés en el armario! Yo tampoco lo estoy. Me refería a... ¿Sabes qué? Mejor me callo.

Theo se ríe.

—Te he entendido. Somos dos chicos dentro de un armario. Tiene gracia.

Aunque no tengo tiempo de ir al gimnasio, cargar bolsas de arroz de más de veinte kilos y botellas de cinco litros de aceite es un buen entrenamiento, así que no soy escuchimizado ni nada por el estilo. Sin embargo, estar sin camiseta delante de Theo me produce un cosquilleo de ansiedad. Agacho la cabeza y me pongo la camiseta a toda prisa. La mezcla de algodón es suave y lujosa. Probablemente la etiqueta de Tom Ford tenga algo que ver. Descuelga la americana.

—En cualquier emergencia de vestuario, los neutros, las líneas limpias y las capas siempre son una buena opción.

Me sitúo delante del espejo de cuerpo entero mientras Theo me ayuda a ponerme la americana, que combina a la perfección con los vaqueros.

—El truco está en mezclar y combinar sin que parezca que has elegido las prendas en el último momento. —Me mira a los ojos en el reflejo—. Queremos que parezcan hechas para estar juntas.

El tono enigmático me hace preguntarme si se refiere a algo más que a la ropa.

—Gracias —digo—. Eres mi héroe.

Theo niega con la cabeza.

—No, Dylan, el héroe eres tú. Anoche no tuve ocasión de darte las gracias. Por haber salvado a Terri. Lo que hiciste fue… muy peligroso, pero increíblemente valiente.

—No sabía si podría salvarla. Pero tenía que intentarlo.

—No solo la salvaste a ella, sino toda la boda —responde—. De no haber sido por ti, el que debería ser el día más feliz de la vida de Nora habría acabado siendo el peor.

No menciono que Terri estaba bebiendo cuando la encontré. En el hospital le habrán hecho análisis de sangre y les habrán revelado a sus padres su nivel de alcohol, pero nadie más tiene derecho a saberlo a menos que ella decida contarlo.

—¿Cómo sabías que estaba ahí fuera? —pregunto.

—No habías vuelto cuando salí de la ducha, así que salí a buscarte —dice—. Alguien del personal te vio dirigirte a la playa. Cuando estaba cerca del muelle, oí a alguien gritar por encima de las olas. Al principio creí que me había imaginado tu voz.

Terri tal vez no habría sobrevivido si Theo no me hubiera ayudado a arrastrarla hasta la orilla. Y fue él quien la reanimó. No me esperaba que un niño rico que nunca ha tenido que mover un dedo por nada supiera hacer la reanimación cardiopulmonar.

Theo solo calza medio número más que yo y los mocasines de color tostado oscuro completan el *look*. Vuelvo a mirarme al espejo. Debería sentirme como un impostor, con su camiseta y su americana, tratando de infiltrarme en su mundo, pero, por primera vez, no es así.

Se acerca, me ajusta las solapas de la americana y me quita unas motas invisibles de los hombros. Mientras contemplo nuestros reflejos, me atrevo a albergar la esperanza de que tal vez toda esta ostentación y glamur no muestren quién es en realidad. Que su mundo está más cerca del mío de lo que esperaba y, como la camisa de Burberry, que sea un lugar en el que puedo encajar.

Capítulo 13

En cuanto entramos en el comedor, una mujer de unos veintipocos con una elegante toga blanca corre hacia nosotros. Adivino quién es antes de que Theo nos presente.

—Gracias por haber salvado a Terri. —La voz de Nora se quiebra mientras me agarra las manos. Lleva una sencilla manicura francesa que contrasta con las elaboradas mariposas en relieve de su hermana—. No sabes cuánto te lo agradezco. Si no hubieras estado ahí…

Se desmorona y las lágrimas se derraman por sus mejillas. Tiene los mismos ojos azules que Terri, el mismo pelo rubio rojizo… Solo hace falta un vistazo para ver que son hermanas.

Por lo visto, el hombre trajeado que se acerca y la abraza para consolarla pensó lo mismo. Así que este es Angelo, el novio y el ex.

—Nos sentimos muy agradecidos de que estuvieras allí para salvar a Terri. —Angelo me tiende una mano con aire formal, como si fuera a entregarme una medalla—. Tienes nuestra más profunda gratitud.

Le estrecho la mano con frialdad. No conozco toda la historia y él no fue quien empujó a Terri del muelle ni quien le puso la botella de alcohol en la mano, pero ¿tenía que casarse con la única persona del mundo con la que comparte el ADN?

—Nena, deja de llorar o te estropearás el maquillaje —dice una voz chillona.

En vez de bikini, esta vez Amber lleva un vestido de cóctel de color burdeos con un escote pronunciado.

Me ve y suelta un grito.

—¡Tú eres el que rescató a Terri! Derek, ¿verdad?

Levanto la voz.

—Me llamo Dylan.

—Eres el ángel de la guarda de esta boda. —Amber se deshace en elogios—. Todos adoramos a Terri como si fuera nuestra propia hermana. Nos sentimos supermal por no habernos dado cuenta de que no estaba.

Por la conversación que escuché anoche, lo dudo mucho. La miro sin sonreír. Lástima que no se dé cuenta cuando aparecen las otras damas de honor y se llevan a Nora para retocarle el maquillaje.

Theo se ha percatado de mi hostilidad con Amber, pero no tiene oportunidad de preguntar, porque al instante siguiente nos vemos acosados por sus parientes. Están sorprendidos de que haya venido y quieren saber quién soy y qué le ha pasado a Terri.

Theo me presenta y responde al aluvión de preguntas.

Decidimos venir a la boda en el último minuto, pero la tía Lucia ha tenido la gentileza de acomodarnos.

Exacto, pase lo que pase en el juzgado, Nora sigue siendo mi prima, ¿verdad?

Ah, Dylan y yo nos conocimos en el local de comida para llevar de su tía en Sunset Park.

Sí, hemos tenido mucha suerte de que estuviera en la playa anoche.

¿Sabes qué? Los detalles no importan, lo que importa es que Terri está bien.

Me esmero en sonreír. Soy como un cachorrito que alguien ha llevado a la fiesta de cumpleaños de un amigo y al que todo el mundo quiere acariciar. Los nombres y las caras empiezan a emborronarse.

Theo se da cuenta de que me siento abrumado.

—Nos encantaría seguir charlando, pero nos morimos de hambre y esos bagels de ahí no se van a comer solos —dice a sus parientes—. Ya os pondremos al día más tarde, ¿quizá durante el cóctel?

Mientras me aleja de la multitud, lo miro.

—Muy elegante. Gracias.

No me suelta la mano.

—Te prometí que no dejaría que nadie te hiciera pasar un mal rato.

Catherine y Malia nos saludan desde una mesa. Soy consciente de que nos observan aunque no se unen a la multitud. Theo y yo echamos un vistazo al buffet y Malia se nos acerca.

—Una pena que no podáis probar las mimosas, pero echad un vistazo a los parfaits de yogur en copas de martini. No llevan alcohol —dice—. El yogur está hecho con leche de vacas felices que pastan en libertad y pasan el tiempo libre haciendo pilates o algo por el estilo.

La selección de bagels ofrece más de una docena de sabores y el mostrador del pan está repleto de diferentes tipos de confituras y mermeladas. También hay empanadillas de manzana, trenzas de vainilla y croissants de mantequilla extraesponjosos.

Malia señala una cesta con hojaldres cuadrados.

—La abuela de Angelo creció en Cuba y le preparaba estos pastelitos cuando era niño. Están rellenos de guayaba y crema de queso.

Espero a que Theo y Malia se sirvan la comida, por si fuera de mala educación ponerme más de unos pocos trozos cada vez. Pero ambos se llenan el plato, así que hago lo mismo.

—¡Venid con nosotras! —dice Malia—. Tenemos una mesa para cuatro.

Theo me mira para preguntarme si quiero sentarme con ellas. Asiento. Parecen simpáticas. Resulta que Malia es profesora de ciencias políticas en Harvard y que Catherine y ella se conocieron en una de sus conferencias públicas.

—Cuando se bajó del podio, me presenté y le dije que me encantaría invitarla a cenar —cuenta Catherine.

Malia interviene.

—Y yo le respondí: «¿Tú eres Catherine Somers? Si te crees que una donación de seis cifras a la facultad hará que acepte salir contigo, lo llevas claro».

Theo finge llevarse una puñalada al corazón.

—¿Cómo te la ganaste?

—Le cité su trabajo sobre las audiencias de confirmación del Tribunal Supremo —responde Catherine—. Le hablé no solo de las partes con las que estaba de acuerdo, sino también de las que no. Llegamos a tiempo para la reserva que había hecho en un acogedor restaurante marroquí regentado por una familia.

—Me investigó y descubrió que pasé un año sabático en Marrakech —cuenta Malia—. Seguía pensando que era una listilla, pero no iba a dejar pasar una pastela de marisco picante con warqa crujiente. Me sentí como si estuviera de nuevo en la plaza de Jemaa el-Fna.

Nunca he salido de Estados Unidos más que para visitar a mis abuelos en Singapur. Siempre hacíamos escala en Hong Kong de camino. La tía Jade nos llevaba a comer los mejores dim sum (la comida china favorita de Megan) y nos atiborrábamos a tartaletas de huevo (a Tim le encantan) y bollos de piña (mi perdición).

—¿Y vosotros qué? —pregunta Catherine—. ¿Cómo os conocisteis?

—La primera vez que entré en el local de su tía, Dylan estaba preparando xiao long bao —responde Theo—. Los cocinaba al vapor y me explicó cómo se conseguía meter la sopa en las bolas de masa. Por supuesto, estaban deliciosos, pero la mejor parte fue saber que los había hecho con sus propias manos.

Malia sonríe.

—Tiene que ser el encuentro más adorable de la historia.

No sé si tanto como el más adorable, pero desde luego es una historia mil veces mejor que «lo defendí de Adrian, alias el alérgico a los idiotas, en una pelea por el cebollino».

—La comida es el lenguaje universal del amor —añade Catherine.

Se supone que Theo y yo tenemos que actuar como si fuéramos incapaces de dejar de mirarnos el uno al otro, pero yo aparto la mirada. Me siento como el pastelito de guayaba y queso crema que tengo en el plato, con el relleno dulce y pastoso rezumando por los cortes diagonales de la parte superior. No quiero que sospeche que para mí no todo es mentira.

Después del brunch, nos despedimos de Catherine y Malia, que bajan a la playa. El tiempo es perfecto y la mayoría de los invitados pasan el rato bronceándose, jugando al voleibol en la arena o dándose un chapuzón en el agua.

—¿Sabías que las personas chinas se mantienen lejos de lagos y océanos durante el mes de los fantasmas hambrientos? —le digo a Theo antes de poner una mueca irónica—. Lo siento, mi familia y yo somos unos frikis de los orígenes de los mitos y creencias de nuestra cultura.

—¿Estás de broma? Me encanta saber esos detalles —dice Theo. Se me calienta el corazón—. ¿Por qué evitan el agua?

—Creen que los espíritus ahogados pueden lanzar un hechizo y atraerte. Una vez que estás lo bastante cerca, te arrastran a las profundidades para ocupar su lugar. —Anoche, cuando una fuerza invisible me tiró del tobillo en el océano, casi me lo creí—. Pero hay una explicación lógica. El calor aumenta las posibilidades de sufrir calambres en las piernas. Pueden ser bastante incapacitantes.

—¿Dices que los espíritus ahogados son en realidad... calambres musculares?

Me río.

—Desde un punto de vista científico, sí.

—De todas formas, para estar seguros, no nos meteremos en el agua en ningún futuro cercano. —Theo echa un vistazo al reloj—. Nos sobran un par de horas antes de tener que prepararnos para la ceremonia. ¿Te apetece hacer algo? Te advierto que, si me dejas decidir a mí, acabaremos en el museo de Jackson Pollock en Springs. Así que elige con cuidado.

—¿Por qué no vamos a la ciudad, al mercado de agricultores que hay los sábados? —sugiero—. Abren hasta las tres. Fui con mi madre la última vez y había un puesto que vendía moldes para pasteles de luna hechos a mano.

Sonríe.

—Me parece un buen plan. Vamos.

Capítulo 14

El mercado de agricultores de East Hampton es un hervidero cuando llegamos. Hay dos grandes carpas instaladas cerca de la playa y puestos que venden de todo, desde kombucha hasta kimchi. Hay más vendedores racializados que la última vez que vine con mi madre, lo cual me alegra ver en un destino vacacional que es mayoritariamente blanco. Es la hora de comer y los puestos de comida caliente y bollería recién horneada son los que tienen las colas más largas.

El sol está alto en el cielo despejado y dejamos las chaquetas en el coche. Theo no intenta darme la mano. Es verdad. Solo tenemos que actuar como si fuéramos pareja cuando su familia está cerca. No puedo evitar desear que aparezca algún pariente.

Exploramos el mercado, a veces cada uno por su lado. Un puesto vende jabón orgánico en forma de kuih arcoíris, unos postres coloridos del tamaño de un bocado muy populares en el sudeste asiático. A la tía Jade le encantarán. Compro manteca de karité y bálsamo labial de mango para Megan y una suculenta pequeñita en una maceta de cerámica pintada a mano para Tim. Clover se lleva unas galletas gourmet para perros. Le encantarán las de pollo a la barbacoa y queso cheddar.

—¿Qué tienen de especial los moldes que quieres ver? —pregunta Theo.

—La última vez que vine con mi madre, una anciana llamada tía Chan vendía moldes de madera hechos a mano con caracteres chinos grabados —explico—. Espero volver a encontrarla. A lo mejor comprar un par de moldes nuevos me trae buena suerte para el concurso.

Pasamos un rato buscando antes de dar con el puesto de la tía Chan, escondido en un rincón poco visible del mercado. Tiene el pelo corto y rizado y una cara redonda y amable; me recuerda a mi Por Por.

—Hola, tía Chan —saludo—. Probablemente no lo recuerde, pero mi madre le compró unos moldes de agar-agar hace tres años. He vuelto para comprar unos de pasteles de luna para un concurso del Festival del Medio Otoño.

—Ah, ¡sí! Claro que me acuerdo de ti y de tu madre. Me habló en cantonés. —La tía Chan señala los moldes de madera. Algunos son cuadrados, otros redondos. Cada uno tiene grabado un carácter chino rodeado de diseños de pétalos—. Me temo que *zhōng* y *qiū* se me han agotado.

—*Zhōng* significa «medio» y *qiū* significa «otoño» —explico a Theo—. Juntos, forman la palabra *zhōng qiū*, que quiere decir «Medio Otoño».

—Déjame ver qué más tengo.

La tía Chan saca una caja de debajo de la mesa y nos muestra dos moldes cuadrados con los caracteres 團圓.

—¿Qué significan? —pregunta Theo—. Lo siento, no sé leer chino.

—*Tuán yuán* significa «reunión» —responde la tía Chan—. He usado los caracteres chinos tradicionales para este par. Los trazos adicionales los hacen más...¿clásicos? ¿Elegantes?

No sé cómo describirlo en inglés. No los he puesto a la venta porque no quería que alguien comprara uno sin el otro. Deben ir juntos.

—Me llevo los dos —respondo de inmediato—. Me encanta que vengan en pareja. —Otro molde redondo dentro de la caja me llama la atención—. ¿Y este?

—Ah, *niàn*. —La tía Chan me lo tiende—. Este carácter no se encuentra a menudo en los pasteles de luna, pero ninguna celebración sobre la familia está completa sin recordarlo.

Se me forma un nudo en la garganta al observarlo. 念. «Recuerdo».

Nunca he celebrado ninguno de los rituales del mes de los fantasmas hambrientos para mi madre, no solo porque ella no creyera en ellos, sino porque yo no creo que solo esté con nosotros durante un mes al año. Y no quiero recordarla dejando comida en un altar, sino preparando un pastel de luna que le habría encantado.

Theo habla.

—Es precioso.

Se me corta la voz. Esta vez, la oleada de emoción es distinta, casi como si hubiera tallado un trozo de mi dolor y le hubiera dado forma.

—Es perfecto.

Pago los tres moldes y la tía Chan me devuelve más cambio del que debería. Intento devolvérselo, pero me da una palmada en el brazo.

—Eres un buen chico. Seguro que harás unos pasteles preciosos.

—¿Tiene algún consejo? —pregunto.

Se inclina hacia delante con aptitud conspiranoica.

—Tengo un secreto que no comparto con cualquiera. Cuando hagas la masa, no uses agua a temperatura ambiente.

—Le brillan los ojos—. El agua helada hará que la piel sea más suave y aterciopelada.

—Gracias. —Sonrío—. Estoy deseando probarlo.

Mientras nos alejamos del puesto, me suena el móvil con un aluvión de mensajes de Megan.

Has contestado a los mensajes de mi madre, pero no a los míos.

¿ME ESTÁS IGNORANDO?

¿Es que quieres morir?

¿Y las fotos?

Luego añade una ristra de emojis de besos y corazones.

Theo se pone a mi lado y me apresuro a guardarme el móvil en el bolsillo antes de que vea los mensajes de Megan y los emojis incriminatorios.

Nos detenemos en un puesto que vende fresas de cosecha propia. El vendedor tiene preparada una pequeña fondue, así que compro dos brochetas y les doy vueltas hasta que todas las fresas quedan cubiertas por una gruesa capa de chocolate. Le doy una a Theo y nos las comemos frente al mar, llenándonos la boca de chocolate derretido. Ha sido el rato más normal que hemos pasado desde que llegamos.

—Los moldes que has comprado para recordar a tu madre son muy especiales. Seguro que te traerán suerte —dice.

—Eso espero. —Los cinco mil dólares nos dan algo de tiempo, pero necesitamos más para mantener el negocio a flote. Oí a mi tía hablando con el banco para conseguir un préstamo temporal—. No sabes cuánto me gustaría que saliéramos en *Fuera de carta*. Ya has visto las colas que se forman en los restaurantes después de salir en el programa. Sé que parecerá una locura, pero imagínatelo. —Estiro el brazo como si subrayase un titular—: Guerreros del Wok, uno de los diez mejores locales de comida china de Nueva York, en Sunset Park, Brooklyn.

—A mí no me suena a locura —responde—. Oye, ¿podría ayudaros a tu tía y a ti a hacer los pasteles de luna para el concurso? No, espera, borra eso; las reglas dicen que solo puedes tener un ayudante, ¿verdad?

—Sí. Pero puedes venir a vernos —digo con timidez—. Apuesto a que a tu madre le haría feliz saber que estás aprendiendo más cosas de su cultura.

Sonríe.

—Creo que le habría encantado.

Mi madre decía que siempre hay bondad incluso en las peores situaciones y maldad en las mejores. Theo y yo procedemos de entornos sociales y económicos completamente distintos, pero cuando hablamos de nuestras madres, nos entendemos a un nivel que nadie más en nuestras vidas comprende.

Le señalo una mancha en la mejilla.

—Tienes chocolate en la cara.

Se frota la mancha con los dedos y la esparce aún más.

—¿Ya está?

—No, sigue ahí. —Alargo la mano y paso el pulgar por la mancha. Theo me clava la mirada y me recorre una extraña sensación. Retrocedo y dejo caer la mano—. Ya está. Todo bien.

—Gracias.

El viento le azota el pelo y me viene a la mente la sensación de acariciarlo con los dedos. La aparto a toda prisa.

Salimos del mercado y volvemos a la villa para prepararnos para la ceremonia, que empieza a las cinco. Cuando entramos en la habitación, Theo señala la ducha.

—Ve tú primero si quieres —dice, despreocupado.

Anoche estaba demasiado aturdido para sentirme cohibido. Esta vez, no. Intento actuar como si nada mientras me desnudo, pero en el pecho siento un enjambre de mariposas.

Desnudarme delante de otros chicos antes de ir a las duchas después de la clase de Educación Física nunca me ha molestado, pero delante de Theo soy demasiado consciente de cada parte de mi cuerpo. Me meto en la ducha y abro el grifo. Al menos, las gotas que salpican el cristal me dan cierta sensación de intimidad. Theo se mueve por la habitación, mira el móvil, entra y sale del vestidor... No mira en mi dirección.

Ni una sola vez.

Siento una punzada, pero la ignoro. Está siendo educado.

No me fijé en los geles de baño cuando me duché anoche. Son lujosamente espumosos y huelen a mandarina. Lástima que no pueda disfrutarlos, porque estoy decidido a terminar cuanto antes.

Salgo y me envuelvo la cintura con una toalla.

—Eh, la ducha es toda tuya.

—Vale.

Se quita la camisa y se desabrocha los pantalones. No puedo llevarme una tarjeta y escapar como anoche, así que aparto la mirada, murmuro algo sobre ir a vestirme y me pongo a salvo en el armario. Me abrocho mal los botones de la camisa dos veces antes de hacerlo bien.

Veinte minutos más tarde, estoy de pie en medio de la habitación, aún toqueteando los puños de la camisa. Theo ya se ha puesto la pajarita y parece que acabase de salir del plató de una sesión de fotos de Ralph Lauren.

—¿Necesitas ayuda? —pregunta.

—Eh, no sé si es que el sastre cometió un error, pero... Los puños tienen dos ojales y ningún botón.

Se ríe.

—Los puños franceses no tienen botones. Se llevan con gemelos. Toma, te he traído un par.

Saca unos gemelos cuadrados de la caja fuerte. Son de platino pulido con unas rayas negras paralelas. Extiendo las muñecas y Theo los desliza por los ojales y cierra la diminuta barra metálica con habilidad.

Me enseña una cinta de seda burdeos.

—¿Te ayudo o quieres ponértela tú?

Contengo una sonrisa.

—Depende de si prefieres que parezca un cordón de zapato o una pajarita.

Theo me sube el cuello de la camisa y rodea el mío con la cinta de seda; tira de ambos lados para acercarme. Tengo que clavar los talones para contenerme y no lanzarme a sus labios. Se toma su tiempo para perfeccionar el lazo, aparentemente ajeno a la posibilidad de que me desmaye en cualquier momento por olvidarme de respirar.

Levanta la mirada y me examina el pelo rebelde.

—Lo siento —digo—. Debería habérmelo cortado.

Le tiembla el labio.

—Pues hagamos que parezca que no lo has hecho a propósito.

Se dirige al tocador y me deja unos segundos para recuperar el aliento. Pero ninguna técnica de respiración va a funcionar con Theo Somers tan cerca.

Vuelve frotándose un poco de cera entre las manos. Intento quedarme quieto mientras me pasa los dedos por el pelo, pero el tacto me pone los nervios de punta. En lugar de peinarme el flequillo demasiado largo hacia atrás, me hace una raya al lado y me lo peina hasta que queda perfectamente colocado, sujeto con la cantidad justa de producto.

—Ya está. —Da un paso atrás, satisfecho—. Ten cuidado, algunos invitados podrían confundirte con una estrella del K-pop.

Se me encienden las mejillas. Nos colocamos uno al lado del otro frente al espejo y nos ponemos las chaquetas. Mi pajarita burdeos contrasta con el gris del traje, mientras que los que luce Theo son de unos tonos verde oscuro a juego. Lleva unos gemelos de oro con forma de nudo. A su lado, parezco un niño jugando a disfrazarse.

Le guiña un ojo a nuestros reflejos.

—Vamos a colarnos en una boda.

Capítulo 15

La célebre fotógrafa Georgina Kim le hace fotos a la pareja con el cortejo nupcial en los jardines de la villa. Las palmeras se mecen al viento y rústicos barriles de madera rebosan de flores tropicales. Angelo lleva un esmoquin negro y Nora está preciosa con un vestido de novia de escote pronunciado, mangas de encaje y un intrincado bordado en la mitad inferior de la falda. No tiene una de esas largas colas; siempre me ha parecido un poco raro tener a alguien corriendo detrás de la novia para asegurarse de que la cola no se arrugue.

Terri está entre Beverly y Amber. Lleva el mismo vestido azul aturquesado que las otras damas de honor, pero, a diferencia de ellas, no posa con la cabeza ladeada para captar su mejor ángulo. No lo necesita. Peinada y maquillada, nadie sospecharía que ha pasado la noche en el hospital después de que la sacaran inconsciente del océano.

Terri me mira y me da las gracias en silencio.

Sonrío y asiento.

Lucia da vueltas por el patio, persiguiendo a uno de los agotados ayudantes de Georgina, que saca fotos del lugar de la ceremonia antes de que se sienten los invitados. Hay un elegante cenador blanco en la parte delantera. rodeado de círculos concéntricos de sillas blancas. El pasillo está flanqueado por rosas rosadas y de color champán. Un letrero de madera dice: «¡Viva el amor! Siéntate donde te parezca mejor».

A medida que van llegando más invitados, los novios dejan de posar para las fotos y se preparan para la ceremonia. Una mujer con traje de chaqueta, probablemente la organizadora de la boda, le dice algo a la pareja. La cara de Nora se descompone. Lucia se apresura a acercarse y forman un corrillo, con expresión grave.

Le doy un codazo a Theo.

—Creo que pasa algo.

—Vamos a averiguarlo —dice.

Terri es la única que se da cuenta de que nos acercamos. Se separa del resto y se nos une.

—¿Qué ocurre? —pregunta Theo.

—La violinista favorita de Nora, que iba a tocar un solo mientras ella caminaba hacia el altar, acaba de desmayarse en el baño de la villa y se ha dado un buen golpe en la cabeza —explica su prima—. Ya está consciente, pero aun así han llamado a una ambulancia. Evidentemente, no puede tocar en la ceremonia, que empieza exactamente en diez minutos.

—¿No puede cubrirla nadie de la banda? —sugiere Theo—. Ya deberían haber llegado para preparar la recepción, ¿no?

—A Nora le encanta un concierto de Vivaldi en concreto y no estamos seguros de que el violinista de la banda vaya a saber tocarlo —dice Terri—. La organizadora ha ido a comprobarlo. Mi madre está de los nervios porque la ceremonia vaya a retrasarse y le estropee todo el horario. Nora está al borde de las lágrimas. Deberías haberle visto la cara cuando Amber le ha sugerido buscar el concierto en Spotify.

Theo ladea la cabeza.

—¿El movimiento largo del «Invierno» de Vivaldi?

Terri parpadea.

—¿Cómo lo has adivinado?

Theo la esquiva y se acerca a Nora y a Angelo. Terri y yo intercambiamos una mirada perpleja y lo seguimos. Cuando Angelo ve a Theo, intenta fingir indiferencia. Nora sigue angustiada y Lucia entrecierra los ojos, como si pensara que Theo va a regodearse.

—Yo lo haré —dice Theo—. *Las cuatro estaciones* es mi composición favorita de Vivaldi. Me sé el movimiento largo del «Invierno» de memoria.

Nora parece atónita. Incluso Angelo se queda sin palabras. Pero nada iguala la incredulidad absoluta en la cara de Lucia.

—Tomaré prestado un violín de la banda de música —continúa Theo—. ¿Alguien puede ir a buscarlo? Necesitaré unos minutos para afinar las cuerdas.

Todo el mundo se pone en marcha. El doble de Harry Styles sale corriendo. Angelo y su padrino van a colocarle en el frente con el oficiante de la ceremonia. Lucia y las damas de honor acompañan a Nora al lugar donde tienen que esperar a que empiece todo. Terri se queda con nosotros hasta que Harry Styles regresa, sin aliento, con un estuche de un violín en las manos.

Theo saca el instrumento y se lo apoya bajo la barbilla, con el ceño fruncido por la concentración mientras gira las clavijas hacia delante y hacia atrás en fracciones mínimas.

—Bien, estoy listo.

Mientras se dirige al cenador y Terri corre a unirse a las demás damas de honor, Catherine aparece y me agarra del brazo.

—¡Dylan! Ven a sentarte con nosotras.

Me conduce a la tercera fila, donde están sentados Malia, Herbert y Jacintha. No veo a sus hijos por ninguna parte, así que deduzco que la villa ha debido de organizar un servicio de guardería.

—¿Qué hace Theo ahí? —pregunta Malia—. ¿Va a tocar en la ceremonia?

—Ha sido algo de última hora. —Me siento al lado de Catherine y dejo una silla vacía junto al pasillo para Theo—. La violinista ha tenido un accidente y Theo se ha ofrecido voluntario para sustituirla.

Herbert se sorprende.

—¿Y a Lucia le parece bien?

—Ese chico sabe hacerse notar —comenta Catherine—. Ya me imagino la cara de Malcolm cuando se entere.

En cada silla hay un sobre de papel reciclado que pone: «¡Empecemos con un beso y una flor!». Dentro, hay un paquete de semillas. Según la tarjeta impresa, son plantas autóctonas de Long Island. La mía es de rosa silvestre.

—Seguro que es idea de Nora —dice Catherine—. Le interesan mucho la naturaleza y la sostenibilidad.

Sí, Lucia no me parece de las que se desviven por el medio ambiente. Ni de las que les gustan los eslóganes cursis.

El oficiante anuncia que la ceremonia está a punto de comenzar. Todo el mundo se sienta mientras los padrinos entran por la derecha y se colocan junto a Angelo. Theo espera al otro lado del cenador. El oficiante le hace una señal para que empiece.

Se apoya el violín en la barbilla y pasa el arco por las cuerdas. Unas notas ricas y resonantes llenan el aire, fuertes y agudas al principio, y después suaves y tersas. Algunos espectadores sacan el móvil para grabar su interpretación. El rostro de Theo es pura concentración y me provoca una punzada en el cuello. Tiene la misma expresión centrada e inspirada de antes, cuando me pasó los dedos por el pelo para darle forma.

Beverly es la primera dama de honor que hace su entrada con Harry Styles. Terri la sigue con el chico asiático. Cuando se desvía hacia su lado al final del pasillo, no ve que Angelo la sigue con la mirada. Es apenas un segundo, pero me doy cuenta.

Amber, la madrina, sale la última y sonríe a los invitados como si fuera su propia boda.

Nos levantamos cuando aparece Nora, flanqueada por sus padres. Mientras la novia camina hacia el altar, Malia le da un codazo a Catherine.

—Te lo dije, es Oscar de la Renta.

Cuando termina la música, el padre de Nora pone la mano de su hija en la de Angelo.

Theo baja el violín y Nora le dedica un gesto de agradecimiento con la cabeza.

Cuando el oficiante empieza a hablar, Theo sale por un lateral del cenador y desaparece. Unos minutos después, se desliza en la silla contigua a la mía tan de repente que no me da tiempo a quitar el sobre de semillas antes de que se siente encima.

Catherine estira la mano por encima de mí y le aprieta el brazo. Herbert le levanta el pulgar.

Theo me sonríe.

—¿Qué me he perdido?

Me encojo de hombros.

—No mucho. Alguien ha tocado el violín mientras la novia caminaba hacia el altar.

—¿Era guapo? —La expresión de Theo se vuelve pícara—. ¿Es tu tipo?

Contengo una sonrisa.

—Tienes un paquete de semillas debajo del culo, por cierto.

—Ah. —Theo saca el sobre y mira dentro—. Ciruela de playa. ¿Y tú?

Una anciana de la familia de Angelo nos manda callar. Theo pone cara de arrepentido, pero, cuando la señora se vuelve hacia el frente, se inclina.

—No has respondido a la pregunta —me susurra al oído.

—Rosa silvestre.

—Esa no. —Sus labios me rozan el borde del lóbulo de la oreja—. La otra.

El corazón se me acelera. Me muerdo el interior de la mejilla y mantengo la vista al frente. Por el rabillo del ojo, veo que Theo sonríe y se acomoda en la silla.

Cuando Angelo le pone el anillo en el dedo de Nora, Terri aparta brevemente la mirada. Pero cuando el oficiante los declara marido y mujer, aplaude con los demás mientras los recién casados se besan y su sonrisa parece genuina, como si se sintiera realmente feliz de estar aquí.

Al final de la ceremonia, Nora se nos acerca, radiante.

—Ay, Theo, cómo has tocado el movimiento largo... —Se lleva una mano al corazón—. Nunca había oído nada tan bonito. ¿Cómo sabías que era mi favorita?

—La has tocado al piano algunas veces en reuniones familiares —responde.

—¡Te acuerdas! —Lo abraza, con los ojos llorosos. Una ráfaga de flashes de cámaras disparan a nuestro alrededor—. Gracias. Después de todo, mi violinista favorito tocó en mi ceremonia.

Theo sonríe.

—Es lo menos que podía hacer después de haberme colado en la boda.

La expresión de Nora decae un poco.

—Me siento muy mal por no haberte invitado. Quería hacerlo, pero mi madre se negó. Y la dejé salirse con la suya. —Mira a Terri, que está charlando con Catherine y Malia—. Debería haberle plantado cara en muchas cosas.

Angelo le da las gracias a Theo antes de que los ayudantes de la fotógrafa se los lleven a Nora y a él. Mientras tanto, el personal de la villa ha transformado todo el patio, que ha dejado de ser el lugar de la ceremonia para convertirse en un espacio para el cóctel. Los camareros se pasean con copas de vino y bandejas de aperitivos. Atrapo un higo con beicon y chile mientras Theo y yo nos dirigimos al bar junto a la piscina. Nos servimos cada uno un vaso de sangría de fruta de la pasión sin alcohol aromatizada con rodajas de naranja, kiwi y carambola.

La cabeza de Terri aparece entre los dos.

—¿Qué hacéis aquí? —pregunta—. Todo el mundo está esperando.

Nos agarra del brazo y nos aleja de la zona del cóctel para llevarnos a los jardines, donde están sacando las fotos de familia. Los parientes de Theo ya están colocados alrededor de Nora y Angelo.

—Terri, espera —protesta él y da un paso atrás—. No creo que deba…

—Quieto ahí. —El tono cortante de Lucia nos detiene en seco—. ¿A dónde te crees que vas?

Capítulo 16

No me había fijado en el atuendo de Lucia cuando acompañó a Nora al altar, pues todos estábamos centrados en la novia. Parece casi etérea con el vestido dorado de lentejuelas y mangas largas acampanadas, pero su mirada bastaría para estrellar un avión.

—Estas fotos serán recuerdos para toda la vida del día especial de Nora. —Fulmina a Theo con la mirada—. Qué desconsiderado de tu parte

Parece avergonzado.

—Lo siento, tía Lucia, no tenía pensado…

—Qué desconsiderado hacer que todos tengan que esperarte —lo interrumpe—. Ve y ponte al lado de tu tía Catherine. Date prisa.

Theo es incapaz de disimular la sorpresa. Terri lo agarra de la muñeca y lo arrastra hacia el grupo.

—¡Dylan, tú también! —grita Nora.

Ahora soy yo el que se queda de piedra. No lo dirá en serio. No saben que soy el novio falso de Theo, lo que me hace sentir aún más incómodo. Lo miro y espero que les diga que sigan sin mí.

En vez de eso, me hace señas para que me acerque.

—¡Vamos, Dylan!

Lucia me mira exasperada.

—No quiero ser grosera, jovencito, pero haz el favor de moverte y ponerte al lado de Theo ahora mismo. Se nos está haciendo terriblemente tarde.

Lucia se apresura a su sitio y yo me dirijo hacia Theo. Me acerca a él y enlaza nuestros brazos. No me da tiempo ni a comprobar si tengo bien el traje antes de que la cámara dispare varias veces y así paso a formar parte para siempre de la boda más elegante a la que nunca me han invitado.

Cuando volvemos a la zona del cóctel, el resto de los invitados, que se han sacado fotos antes de la ceremonia, hablan en voz alta y ríen cerca de la barra. Amber se toma una copa de vino tinto. Cuando paso a su lado, gira la cabeza hacia mí.

—¡Madre mía! —Me agarra la muñeca—. ¿Theo te ha dado estos gemelos?

—Eh, sí.

Me duele cómo me clava las uñas. Intento apartar la mano, pero se niega a soltarme.

—Son de la última colección de Cartier. Quería comprárselos a mi prometido, pero se agotaron el primer día. —Mira a Theo—. ¿Cómo te las arreglaste para conseguirlos?

Theo me libera la muñeca.

—Mi mayordomo tiene muy buenos contactos. Es capaz de conseguir casi cualquier cosa.

Amber hace un mohín.

—Menuda decepción me llevé. O sea, solo costaban diez mil… ¡no me extraña que volaran tan rápido!

Se va revoloteando. Me vuelvo hacia Theo con los ojos como platos. Parece incómodo. Lo agarro por el codo y lo arrastro lejos de la gente.

—¿Los gemelos son de Cartier? —siseo—. ¿Te has vuelto loco? ¿Y si se me caen?

—Tranquilo, me aseguré de ponerlos bien…

—He venido a la boda por los cinco mil con los que me ayudaste. ¿Y te pareció buena idea ponerme unos gemelos que cuestan diez mil dólares?

—Dylan, lo siento. —Parece un niño al que han regañado—. Tienes razón. Debería habértelo dicho. No pretendía incomodarte…

—Volvamos a la habitación a meterlos en la caja fuerte. —Dos trocitos de metal con un valor de cinco cifras deberían estar detrás de una cerradura con combinación, no colgados en los puños de mi camisa, donde podrían caerse en cualquier momento—. Ahora mismo.

Algunos invitados nos miran con disimulo. Respiro hondo y suavizo la expresión para que no parezca que nos estamos peleando.

—Tengo una idea. —Theo se acerca y me pone una mano en la cadera—. La gente se dará cuenta si nos vamos de repente, así que ¿por qué no fingimos que nos escabullimos de vuelta a la habitación para enrollarnos? Cuando aparezcas en la recepción sin los gemelos, supondrán que te has olvidado de ponértelos después del encuentro.

Teniendo en cuenta que estaba enfadado con él hace apenas dos segundos, no debería sonarme tan tentador como me suena.

Nos alejamos de la piscina y volvemos a la habitación sin cruzarnos con nadie por el camino. Theo cierra la puerta y yo le tiendo las muñecas para que me quite los gemelos.

—Siento no haberte dicho que eran de Cartier. —Me mira arrepentido—. No quería que pensaras que te estaba utilizando para impresionar a mis parientes. Y desde luego, no pretendía convertirte en alguien que no eres.

—No estoy acostumbrado a llevar cosas que cuestan más dinero del que ha tenido mi familia en toda su vida. —Me señalo el traje—. Sé que es parte del código de vestimenta, pero llevar unos gemelos de diseño no hará que me sienta menos fuera de lugar.

—Lo sé. Lo siento mucho. —Vuelve a meter los gemelos en la caja fuerte.

Ahora que estamos solos, lejos de miradas indiscretas, me siento mal por haber sido tan brusco hace unos minutos. No lo culpo. Está acostumbrado al lujo. Todo en su vida cuesta más de lo que debería.

Un destello de picardía en los ojos de Theo me pone nervioso.

—¿Qué pasa?

—Si queremos que piensen que nos hemos escabullido para enrollarnos, tiene que parecer que intentamos ocultar algo. —Ladea la cabeza—. ¿Alguna idea?

Se me seca la boca. No me creo que esté convirtiendo esto en una versión subida de tono de *Elige tu propia aventura*.

—Vale, yo primero. —Se inclina—. Empezamos a besarnos en cuanto entramos por la puerta, así que lo primero que nos quitamos son las chaquetas. —Pasa las palmas por mis solapas y las arruga, para luego volver a alisarlas—. Quedan algunas arrugas que no se pueden arreglar. Tu turno.

Incluso a través de dos capas de ropa, no me cabe duda de que siento los latidos de mi corazón desbocado. Levanto una mano, le toco la pajarita y la desvío una fracción.

—No has tenido tiempo de anudarla con el mismo cuidado que antes —susurro.

—Brillante. Y yo te paso las manos por el pelo y lo despeino. —La voz de Theo es grave y burlona, mientras me roza la cabeza, antes perfectamente ordenada—. Has intentado arreglarlo al terminar, pero no ha quedado igual.

Me recorre un zumbido embriagador, como si estuviera en lo alto de una montaña rusa esperando la caída, solo que en vez de cerrar los ojos, quiero mantenerlos abiertos hasta el final. Estamos tan cerca que veo cómo se le rizan las pestañas y, si ambos nos moviéramos al mismo tiempo, nuestros labios se encontrarían...

Suena un pitido. La puerta se abre y entra la mujer de la limpieza. Nos ve y da un grito ahogado.

—¡Lo siento mucho, señores! —exclama nerviosa—. Creía que todo el mundo estaba en la boda y el cartel de «No molestar» no estaba en la puerta...

—No se preocupe, llega en el momento oportuno. —Theo retrocede despacio. Camina hacia ella con una sonrisa encantadora, se saca la cartera y le da un billete de cien—. Mi acompañante me ha recordado que se nos había olvidado dejar propina y hemos vuelto para hacerlo.

Mientras salimos por la puerta, la limpiadora echa un vistazo a las diez almohadas de la cama. Me arde la cara. Seguro que piensa que anoche las usamos para alguna actividad pervertida.

Una vez fuera, Theo me recorre con la mirada.

—Se creerán que somos incapaces de quitarnos las manos de encima.

Quién iba a decir que no besarnos sería lo más excitante del mundo. Theo parece impasible, como siempre, pero el leve rubor de sus mejillas es imposible de ocultar.

Contengo una sonrisa. He hecho que Theo Somers se sonrojase y pienso aceptar la victoria.

Capítulo 17

Cuando regresamos, la hora del cóctel casi ha terminado y la mayoría de los invitados han entrado en la mansión principal para la recepción. Mientras nos dirigimos al salón de baile, la chica encargada del fotomatón nos hace un gesto para que nos acerquemos.

—En lugar de un libro de visitas, los novios han optado por un álbum de fotos divertidas de los invitados —dice—. Elegid un par de accesorios y entrad.

Theo se pone un sombrero de copa y me entrega un cartel con las palabras: «Sí, quiero». Entramos en el fotomatón de estilo antiguo. Me pasa un brazo por los hombros, aunque no hace falta que nos arrejuntemos para entrar en el encuadre. Soy demasiado vergonzoso para hacer poses graciosas, así que me limito a sonreír y levanto el cartel cuando se dispara el flash.

Cuando salimos, la trabajadora nos entrega una foto a cada uno.

—¡Estáis geniales!

En la imagen tengo una sonrisa bobalicona, mientras que Theo consigue parecer indiferente incluso con el ridículo sombrero de copa. Me fijo en los gemelos que me faltan, en las arrugas de las solapas y en la inclinación apenas perceptible de su pajarita, que probablemente nadie más notará.

Me da un codazo en el hombro.

—Ya tenemos nuestra primera foto juntos.

Sonrío sin contenerme.

—Me encanta.

Hasta ahora, todo en la boda ha sido una ilusión perfecta de esplendor y glamur y el salón de baile no es distinto. Las mesas del banquete están dispuestas en largas filas perpendiculares a la mesa nupcial para que todo el mundo pueda ver a la pareja. Junto a la mesa de los novios está la tarta, una formidable torre de confitería con siete pisos de cobertura blanca ribeteada con glaseado dorado y remolinos plateados. Cerca de la pista de baile, hay instalada una banda de música y una cantante entona una melodía de jazz que no reconozco.

Ocupamos nuestros asientos, señalados con tarjetas. Catherine y Malia se sientan frente a nosotros. Sobre cada mantel individual hay un gran plato de porcelana con los bordes dorados, cuatro tenedores, tres cuchillos y dos cucharas. A la tía Jade le daría un ataque si usáramos tanta cubertería para una comida. Como no estábamos oficialmente en la lista de invitados y, por lo tanto, nunca se nos preguntaron nuestras preferencias para la cena, un camarero nos ofrece con discreción las opciones para el plato principal: carne, pescado o vegano. Me siento un poco raro, ya que normalmente soy yo quien recibe los pedidos que Tim nos lanza por la ventanilla de servicio.

Elijo el filete de lubina al horno y polenta de parmesano con verduras mediterráneas asadas. Theo opta por el filet mignon de wagyu con salsa de chalota y vino tinto. La ternera wagyu salteada con cebollino y jengibre es una de las especialidades de la tía Jade, pero a doscientos dólares el kilo, solo prepara el plato para la cena de reunión. En China, las familias numerosas se reencuentran una vez al año, cuando los hermanos que viven y trabajan en distintas provincias regresan a su ciudad natal para celebrar el Año Nuevo Lunar. Para las personas chinas, la cena de Nochevieja es la comida familiar más importante que hay y nunca hemos faltado a ninguna.

El maestro de ceremonias anuncia que el cortejo nupcial está listo para hacer su gran entrada. La banda interpreta una enérgica versión instrumental de *Viva la vida* mientras Lucia y su marido entran en primer lugar, seguidos de los padres de Angelo. Terri nos sonríe al pasar.

—Y ahora —dice el maestro de ceremonias—, demos la bienvenida a Angelo y Nora, ¡los nuevos señores Sanchez!

Todo el mundo se pone en pie, aplaude y vitorea. Angelo lleva un esmoquin blanco con las solapas negras y Nora está radiante con un vestido de noche blanco sin tirantes y unos atrevidos bordados negros a lo largo del dobladillo.

—Vera Wang —dicen Catherine y Malia al unísono.

Tras el primer baile de la pareja, los camareros sirven los aperitivos y la banda toca una canción alegre que reconozco enseguida. Le doy un codazo a Theo.

—Eso es de…

—*Cómo entrenar a tu dragón.* —Sonríe cuando me sorprendo—. ¿Es que pensabas que solo conozco a Vivaldi y a Mozart? Me he enamorado.

Un camarero me pone delante una ensalada gourmet recién hecha. Quiero enseñársela a Megan, pero nadie de la mesa está haciendo fotos. Observo de reojo qué tenedor usa Theo y hago lo mismo. El cuchillo para la mantequilla con la punta roma y el tenedor y la cuchara de postre son bastante obvios, pero los demás cubiertos me parecen más o menos iguales. La ensalada está crujiente y agridulce, con lechuga tierna, endivias, pistachos tostados y vinagreta de cítricos.

Mientras comemos, los camareros se acercan con copas de champán. Theo y yo tomamos sidra espumosa sin alcohol. En la mesa nupcial, Terri es la única que también opta por ella. Menos mal que nos sirven la comida mientras se van sucediendo los brindis, porque al cabo de un rato todos los discursos suenan igual. Cuando Terri se levanta, se hace el silencio en el salón y el tintineo incesante de los cubiertos se desvanece. Todos deben de saber que es la hermana menor de la novia y que antes salía con el novio. Una mezcla de lástima e intriga se refleja en algunos rostros.

—Cuando era niña, le conté a mi madre que nadie se atrevía a meterse con mi mejor amiga porque tenía un hermano mayor. —La voz de Terri es clara, pero esconde una nota frágil, como un cristal fino—. Mi hermana era un ratón de biblioteca aburrido que nunca quería salir a jugar. No era justo. ¿Por qué no tenía un hermano mayor?

En cualquier otra boda, habría conseguido alguna que otra risita, pero todo el mundo sigue en silencio. Angelo agacha la mirada. Nora no parece saber cómo reaccionar. Lucia le dedica a su hija una mirada que convertiría en piedra a cualquier otra persona. Catherine y Malia se miran. No sé qué cuchillo debería usar para cortar la tensión.

—Mi madre me arropó las manos y me dijo que, aunque mi hermana no fuera la más divertida, había algo que debía saber de ella —continúa Terri—. Fui seis semanas prematura y, el día que nací, mis padres habían planeado llevar a Nora a Disneyland. Tenía cuatro años y estaba muy emocionada. Cuando nuestra madre la llevó a la unidad de neonatos, le preguntó si estaba enfadada porque el viaje se hubiera cancelado por culpa del bebé. Pero Nora le dijo: «No estoy enfadada. Es mi hermana. La quiero. Le daría todo mi mundo».

Terri mira a Nora.

—Ahora me toca a mí. —La sonrisa de Terri brilla más a través de un velo de lágrimas—. Te quiero, hermanita. Te daría todo mi mundo.

Y lo había hecho. Por cómo Nora esconde el llanto con la mano y Angelo aparta la mirada mientras le tiende un manojo de pañuelos, los dos lo saben bien. Lucia tiene los ojos vidriosos por la emoción.

Todos aplauden vacilantes y beben un trago más largo de champán.

Los camareros sirven el segundo plato y observo qué cubiertos selecciona Theo para el filet mignon. Sigo su ejemplo.

—Error —murmura sin apenas mover los labios.

Me detengo.

—Pero son los mismos que estás usando tú.

—Has pedido pescado. Como es un filete, usa el tenedor de pescado con el cuchillo de la cena. Mi cuchillo es para carne. Al camarero se le habrá olvidado recoger el tuyo.

Hago el cambio rápidamente y espero que nadie se haya dado cuenta. Theo asiente.

—Perfecto.

La lubina está cocinada a la perfección y, al cortarla, se deshace en láminas firmes pero tiernas. En el Año Nuevo Lunar, siempre preparamos una lubina entera al vapor, sazonada con jengibre, cebollino, salsa de soja ligera y aceite de sésamo. La palabra para referirse al pescado es *yú*, tanto en mandarín como en cantonés, y suena igual que «abundancia». Comer un pescado cocinado con la cabeza y la cola es una tradición popular para augurar que el nuevo año será auspicioso de principio a fin.

—Dylan, mira esto. —Malia me enseña una foto con el móvil—. Menos mal que colgamos las fotos de nuestra boda en Facebook o no lo habría encontrado.

Theo tiene unos tres o cuatro años. Va vestido con un traje y una pajarita turquesa y sujeta un pequeño cojín con dos anillos sujetos con cintas.

—Tía Malia —protesta.

—La primera vez que se puso un esmoquin, aunque fuera con una corbata de clip. —Catherine se ríe—. ¿No es la cosa más mona que has visto nunca?

Sonrío.

—Sí que lo es.

Malia me da una palmadita en la mano y se queda mirando el hueco vacío donde deberían estar mis gemelos.

—Tu novio ha evolucionado mucho desde ese inocente niño de la foto.

Se me calientan las mejillas.

Catherine se inclina hacia delante.

—Voy a ser la tía insufrible que te hace pasar un mal rato. Dime: ¿qué te gusta de mi querido sobrino?

—Si rompe conmigo después de este fin de semana, os culparé a ti y a la tía Malia —dice Theo, aunque no hay rencor real en su tono.

La pregunta de Catherine me toma desprevenido. Apenas me he acostumbrado a actuar como si fuéramos pareja; admitir en voz alta lo que me gusta de Theo me da más miedo que saltar del muelle anoche.

De todos modos, me lanzo.

—Hay un dicho chino que a mi tía le encanta: *Yǒu yuán qiān lǐ lái xiāng huì.*

—¿Qué significa? —pregunta Catherine.

—«Nuestro destino es encontrarnos a través de mil kilómetros». —No me atrevo a mirar a Theo—. Así me sentí cuando nos conocimos. Nuestros caminos se cruzaron de forma tan inesperada que no pude evitar pensar que algo en el universo debía de haberse alineado.

Casi siempre estoy en la cocina con la tía Jade en vez de en una moto repartiendo pedidos. Excepto la noche en la que vi a Theo por primera vez.

A Malia se le iluminan los ojos.

—¡Me encanta! Cuando os caséis algún día, tenéis que contar esa historia.

—Si no lo hacéis, seré la tía loca que salta de la silla y hace un brindis aunque no esté en la lista de discursos —añade Catherine.

—Por favor, nada de saltos, a ver si te va a dar un tirón —bromea Theo.

Catherine levanta el brazo por encima de la mesa y Theo esquiva el manotazo que intenta darle. Otros invitados se vuelven a mirar al oír la conmoción.

Malia les sonríe.

—Tenía un mosquito enorme.

El hombro de Theo choca con el mío y, bajo la mesa, me apoya la mano en la pierna. Contengo la respiración. Incluso a través de la tela, su tacto irradia calor… y algo más. Antes de que reaccione, aparta la mano y vuelve a enderezarse, riendo entre dientes. Catherine lo fulmina con la mirada, aunque sonríe.

Tras el baile con los padres y después de cortar la tarta, la banda empieza a tocar una mezcla de canciones clásicas y otras más actuales para levantar tanto a los invitados mayores como a los más jóvenes. Catherine y Malia se dirigen a la pista, donde Amber sube demasiado la temperatura con su prometido.

Theo y yo visitamos la mesa del affogato. Un barista sirve dos pequeñas bolas de helado de vainilla en un vaso de parfait, vierte un chupito de expreso por encima y añade un poco de chocolate negro rallado y avellanas picadas para coronar.

—Ah, helado y café. —Theo admira la combinación de colores del oscuro expreso y el helado en el vaso—. A quien se le ocurriera es un genio.

—Me tomé un montón de esos en bodas cuando era adolescente —dice la voz de una joven detrás de nosotros.

Nos damos la vuelta. Es Beverly, la reina del cotilleo.

Mueve las cejas.

—¿Qué se siente al ser la pareja más popular del evento?

Theo no duda.

—Pensaba que ese título les pertenecía a Nora y Angelo.

Se ríe.

—¡Ya sabes a qué me refiero! —Se acerca a él y baja la voz con aire de conspiración—. Te aseguro que no quería espiar ni nada, pero en la hora del cóctel, me pareció oír a tu acompañante que solo había venido porque le habías dado ¿cinco mil dólares? ¿De qué va eso? ¿Acaso fingís ser pareja?

Miro a Theo, pero su expresión no revela nada. Si se descubre que pagó a alguien para que fuera su novio falso... No quiero que pase vergüenza delante de todo el mundo. Las palabras incriminatorias salieron de mi bocaza, así que tengo que arreglarlo.

—Lo oíste bien —le digo a Beverly y mantengo un tono tranquilo—. Me gusta ocuparme de mis propios gastos, pero Theo insistió en que el señor Kashimura nos hiciera los trajes a medida a los dos. —Le pongo una mano en el hombro y deslizo la palma a propósito por su bíceps. No sé si son imaginaciones mías, pero se queda muy quieto con el contacto—. Si no fuera por los cinco mil que me dejó, no habría tenido nada lo bastante elegante para esta fiesta.

—Ay, cariño —Theo me sigue el juego—. ¿Creías que no te iba a regalar nada por nuestro primer mes?

Se inclina y me acaricia el cuello, lo que me incapacita para responder.

Beverly hace un mohín, claramente esperando algo más jugoso.

—¿Así que estáis juntos de verdad?

Theo me da la mano y finge sorpresa.

—¿Y los gemelos de Cartier?

—Porras. Debo de habérmelos dejado cuando volvimos a la habitación. —Hago como que me lo pienso—. Seguro que están en la cómoda. Me los quité antes de… ya sabes.

—Me acuerdo de esa parte. —Theo sonríe.

Beverly pone los ojos en blanco.

—Voy a por una copa.

Mientras se escabulle hacia la barra, suelto el aire. Nos hemos librado por un pelo. Compruebo tres veces que no haya nadie cerca.

—Lo siento. Casi nos descubro.

—Has pensado rápido —responde—. Estoy impresionado.

—Me alegro de que lo hayas notado. Sacar los gemelos a colación ha sido un buen toque.

Sonríe.

—Formamos un buen equipo.

Empiezan a sonar los primeros acordes de *Perfect*, de Ed Sheeran. Las parejas de la pista de baile se acercan y rodean con los brazos el cuello o la cintura del otro.

Theo me tiende la mano.

—Vamos. Me encanta esta canción.

Se me forma un nudo en la garganta. Es esa clase de canción.

—¿Quieres bailar? ¿Conmigo?

—Eres mi acompañante. No creo que deba pedírselo a nadie más.

La gente nos mira. Se me acelera el pulso.

—Nunca he bailado una lenta antes.

—Es fácil. Solo tienes que balancear los pies de un lado a otro. —Me guiña un ojo—. Sígueme.

Me chupo los labios, nervioso, y le doy la mano. No le hace falta hacer esto para llamar la atención; ya está en las fotos de familia, por no hablar de la grabación de su solo de violín en la ceremonia. Entonces, ¿por qué me saca a bailar delante de todo el mundo?

Cuando entramos en la pista de baile, nos abren un hueco. Catherine y Malia nos dedican gestos de aliento emocionadas.

Theo me mira. No tengo ni idea de qué tengo que hacer con las manos. Él me pone una palma en medio de la espalda y la otra en el brazo, cerca del hombro. Lo imito. Somos más o menos de la misma altura, pero aun así me siento raro. Me acerca y la parte delantera de mi traje roza la suya.

Mientras suena el estribillo, cierro los ojos y dejo que los demás sentidos tomen el mando. El peso de sus manos en mi cuerpo. Su barbilla apoyada en mi hombro. Su respiración cerca de mi oído, tranquila y constante. Mientras nos movemos en círculo, imagino que somos dos planetas en la misma órbita y que su gravedad es lo único que me sujeta.

Cuando termina la canción, abro los ojos. La cara de Theo está a escasos centímetros de la mía.

Se inclina y me besa.

Me quedo en blanco. Apenas noto el leve roce de sus labios. Después se retira y esboza una media sonrisa. La gente que nos rodea aplaude y vitorea. Estoy clavado en el sitio, como un ciervo deslumbrado por los faros de un coche.

Ay, madre. Theo Somers me acaba de besar.

El maestro de ceremonias anuncia que van a servir la tarta y la mayoría de los invitados regresa a sus asientos. La cabeza me da vueltas mientras caminamos hacia la mesa.

Malia sonríe.

—Sois adorables.

Pero ¿qué significa? ¿Me besó solo para demostrar que somos pareja, por si había más escépticos como Beverly? ¿Solo era parte de la farsa?

Hay dos sabores de tarta nupcial; yo elijo la de vainilla con caramelo salado y Theo, la de ganache de chocolate con mantequilla de cacahuete.

Corta un trozo y lo pincha con el tenedor.

—Toma. Prueba la mía.

Claro. Las parejas comparten la comida. Casi lo olvido. Catherine y Malia también han elegido los dos sabores y Catherine corta los trozos para que tengan una mitad cada una.

Me como la tarta de chocolate del tenedor de Theo y le ofrezco un poco de mi tarta de vainilla. Se lo come con gusto, saca la lengua y se lame una manchita de crema del labio.

La recepción termina tras la canción de despedida y los camareros sacan bandejas de campanas doradas adornadas con cintas de raso con el monograma N&A. Nos alineamos en el pasillo y las hacemos sonar; el aire se llena de una sinfonía de tintineos mientras Nora y Angelo hacen su salida de cuento de hadas.

Ya son las once y al menos la mitad de los invitados también se marchan. Herbert y Jacintha se despiden con la mano mientras se van a recoger a sus hijos de la guardería. En la mesa nupcial, Lucia y su marido se marchan con los padres de Angelo.

El padrino toma el micrófono.

—Damas y caballeros, ¡la verdadera fiesta empieza ahora!

Una canción de Cardi B suena en los altavoces, Amber se sube de un salto a la mesa nupcial y se pone a bailar. Los demás acompañantes del novio descorchan botellas y rocían con champán a las jóvenes de la pista de baile, que chillan. Me siento mal por el personal de limpieza.

—Oye. —Theo me da la mano—. Vámonos.

Me sorprende.

—¿No quieres quedarte?

—Para serte sincero, la fiesta no me va mucho.

Me río entre dientes.

—Curioso que la única fiesta del mundo a la que no te han invitado sea a la que decides colarte de la forma más dramática posible.

Theo tuerce el gesto.

—Al parecer, siempre quiero lo que no puedo conseguir.

Mientras nos vamos, me pregunto si aún se refiere a invitaciones a fiestas.

Capítulo 18

El aire nocturno es agradable y está impregnado del aroma de la sal y la lluvia. No hay luna en el cielo y las estrellas están ocultas tras pesados nubarrones. Se avecina tormenta.

Mientras nos apresuramos a volver a nuestra casa de invitados, Theo me mira de reojo.

—Siento no haberte avisado de lo del beso —dice—. Me pareció que era lo que una pareja de verdad haría después de un baile romántico. Así que me lancé.

—Ah. Claro. —Solo de pensar en el brevísimo roce de sus labios con los míos se me vuelve a poner la piel de gallina—. A mí también me pareció muy natural.

—Bien. Me preocupaba que hubiera sido incómodo.

No, no fue incómodo. Solo me provocó un cortocircuito en un montón de vías neuronales del cerebro, nada más. Ya se regenerarán.

Un trueno retumba cuando llegamos a la habitación. Theo deja la chaqueta del traje en el diván, se afloja el nudo de la pajarita y arroja la tira de seda sobre la cómoda. Voy a quitarme también la mía, pero me detengo antes. No quiero tirar del extremo equivocado y acabar con un enredo imposible.

—¿Te alegras de que la boda casi haya terminado? —pregunto.

—Te resultará difícil de creer, pero dudo que nada pueda ser peor que la última boda a la que fui —responde—. La de mi padre.

Me pica la curiosidad. Me encantaría saber de qué va todo el lío con su padre.

—¿Qué pasó?

—Celebraron una ceremonia privada en el Valle de Napa. Bernard y yo éramos los únicos invitados del lado de mi padre. —Se frota el cuello y se despeina la nuca—. Cuando fui a la fiesta de inauguración de su nueva casa en Long Island, ¿adivina cuántas fotos mías tenía en toda la casa? Una. En la esquina de la repisa de la chimenea. De cuando tenía cinco años.

No se me ocurre nada que decir para suavizar ese golpe.

—El retrato que hay en el pasillo de tu casa es una foto preciosa de los tres.

Theo niega con la cabeza.

—No como las fotos que tienes con tu madre, tu tía y tus primos en la pared del restaurante. Ese retrato no es más que una instantánea del pasado. Incluso antes de que mi padre se volviera a casar, casi siempre estaba fuera de la ciudad por negocios. Bernard era el que animaba desde las gradas cuando gané mi primer torneo de tenis juvenil. —Suelta un resoplido sin gracia—. Es como si después del día en que murió mi madre, hubiera dejado de importarle. Bueno, salvo cuando me exige que rehúya a mis parientes y me ponga de su parte en un escándalo público.

Ahora ya entiendo por qué el vacío no solo llenaba la mansión de Theo, la impregnaba. Creció entre esas paredes, con todas las necesidades cubiertas y rodeado de todo lo que uno podría desear... excepto la familia. Mi padre apenas ha formado parte de mi vida desde que se marchó a Shanghái, pero la diferencia es que yo aún tenía a mi madre. Y ella hizo todo lo posible para asegurarse de que supiera que me querían. El padre de Theo debería haber hecho lo mismo después de que perdiera a su madre.

Se acerca al minibar y saca dos botellitas.

—¿Quieres algo? Tenemos vino tinto y blanco, vodka y tequila.

—No, gracias. —Una vez probé un poco de alcohol en una fiesta y me dio dolor de cabeza—. Tú disfruta. Mientras no me acuses de aprovecharme de ti.

Se ríe.

—Viendo lo difícil que me ha resultado hasta ahora que te aprovecharas de mí, no creo que tenga nada de qué preocuparme.

Me quedo confuso un segundo hasta que caigo en que habla de la subvención falsa, la razón por la que he venido a la boda con él para empezar.

Theo abre una de las minibotellas y se bebe el vodka sin toses ni arcadas.

—¿Cómo es una boda china? —quiere saber—. Nunca he estado en una.

—Depende de a quién le preguntes —digo—. En las familias tradicionales, la ceremonia del té es incluso más importante que la boda en sí. Mi madre me contó que en la antigua China creían que la planta del té solo podía crecer a partir de una semilla. Por eso se supone que el té representa un amor para toda la vida.

—Suena romántico. —Le brillan los ojos—. Como ese dicho que les contaste antes a mis tías, el del destino. ¿Cómo era?

Se acuerda. Siento una punzada de emoción.

—*Yǒu yuán qiān lǐ lái xiāng huì.*

—*Yǒu yuán qiān lǐ lái xiāng huì* —repite—. ¿Lo he dicho bien?

Me río por su acento.

—Bastante.

Theo avanza y se acerca más de lo que deberían dos personas que en realidad no tienen ningún tipo de relación.

—¿Crees en el destino, Dylan?

Me mira a los ojos; hay algo impredecible en los suyos, magnético. Aunque nuestros labios se tocaron en la pista de baile, ahora el ambiente está todavía más cargado y crepita con otro tipo de expectación.

Trago saliva.

—Creo que, cuando el destino une a dos personas, nada podrá separarlas.

Levanta la mano hacia mi pajarita y tira ligeramente. El nudo perfecto que había hecho se deshace. No respiro cuando sus dedos me rozan la piel y me desabrocha el botón superior del cuello. La presión de la ropa se afloja, pero tengo un nudo en la garganta. Es como si la tormenta de fuera hubiera electrizado las moléculas invisibles del aire, forzándolas a chocar y crear un desequilibrio que espera descargar en cualquier momento.

«¿Qué te gusta de él?», me preguntó Catherine. Una parte insensata de mí quiere enseñárselo a Theo ahora mismo. Avanzar hasta que nuestros labios vuelvan a tocarse, pasarle las manos por el pelo y besarlo hasta dejarlo sin sentido.

Da un paso atrás y, así sin más, el momento se desvanece.

Mira la montaña de almohadas sobre la cama.

—Dijiste que solo necesitabas muchas almohadas la primera noche que dormías en un sitio nuevo, ¿verdad?

—Eh… sí.

El corazón aún me resuena en los oídos.

—Perfecto. Vamos a librarnos de algunas. —Tira al suelo la mitad de las almohadas, busca el mando de la tele y salta al centro de la enorme cama. Va pasando los canales, pero se detiene cuando sale Lawrence Lim en *Fuera de carta*—. ¿No es el tipo que patrocina el concurso de pasteles de luna?

Asiento.

—Es una repetición del episodio de la semana pasada.

—Tienes buen gusto —dice Theo con aprobación—. Está bueno. Otra motivación para ir al programa.

Me río.

—Es un poco mayor para mí. Megan cree que deberíamos emparejarlo con la tía Jade.

—¿En serio? —Theo ahueca la almohada que tiene detrás—. Resulta que yo también tengo debilidad por los chefs guapos.

El estómago me da un vuelco. O más bien una torpe voltereta hacia atrás.

Theo palmea el sitio a su lado.

—Ven, acércate. Así, si Terri pregunta, podrás confirmar que se me da de lujo acurrucarme.

Me subo a la cama. Me pasa un brazo por los hombros, me atrae hacia él y no me resisto a inclinarme hacia su brazo.

Mientras Lawrence presenta un restaurante indonesio de Queens con el mejor nasi goreng que ha probado nunca, estiro una pierna y dejo que mi pie roce la espinilla de Theo.

No se aparta y yo tampoco.

Capítulo 19

Cuando despierto, estoy solo en la cama. Otra vez. Las sábanas en el lado de Theo están arrugadas y hay una hoja de papel con el logo de la villa en la almohada.

Buenos días, dormilón. He salido a correr.
El brunch es a las 11.

Las cortinas están abiertas y la luz del sol inunda la habitación. El cielo está azul y despejado. Hace un día precioso. Como nuevo. No hay rastro de la tormenta de anoche, salvo por algunas manchas de agua seca en el cristal del balcón.

Unos minutos más tarde, suena una tarjeta en el exterior. La puerta se abre y entra Theo, con camiseta y pantalones cortos de deporte. Sonríe.

—Hola. ¿Has dormido bien?

Me paso una mano por el pelo, que sospecho que debe de parecer un nido de pájaros.

—Sí, gracias. ¿Y tú?

—Bastante bien —dice—. Vamos a dejar la habitación antes de ir al brunch, así que deberíamos hacer las maletas.

Ya son las diez. Voy al baño y, cuando salgo, Theo se está duchando. Aparto la mirada, pero el chapoteo del agua me evoca una imagen increíblemente detallada que me hace sentir que yo también necesito una ducha. Una fría.

Meto en la mochila los moldes de pasteles de luna y los regalos que he comprado para la tía Jade y mis primos. Cuando guardo la chaqueta en el portatrajes, algo cruje en el bolsillo interior.

Saco la foto del fotomatón. El brazo de Theo me rodea los hombros y tengo una sonrisa bobalicona mientras levanto el cartel de «Sí, quiero». Vuelve a invadirme el pecho esa sensación ondulante, pero ahora también la acompaña un vacío.

Anoche, cuando Theo me preguntó si creía en el destino, sentí que estábamos al borde de algo… inevitable. Todavía lo siento, como una pregunta que ha quedado suspendida entre los dos. Y no sé si llegaremos a descubrir la respuesta.

Meto la foto en la cremallera delantera de la mochila.

Optamos por llevar ropa informal al brunch, ya que después todo el mundo se marcha a casa. Me pongo el polo azul claro que escapó al huracán Megan y lo combino con los mismos Levi's de ayer. Espero que nadie se dé cuenta.

Theo sale de la ducha con una toalla alrededor de la cintura.

—Pensaba que te pondrías la camiseta de los conejos. —Me guiña un ojo—. Quizá la próxima vez.

Mientras se mete en el vestidor, me pregunto si lo dice en serio. Si habrá una próxima vez.

Al principio, quería que el fin de semana terminara lo antes posible. En un par de horas, nos iremos a casa. De vuelta a nuestras vidas diferentes. Nuestros mundos diferentes. Yo ayudo en el negocio de mi tía, mientras que el padre de Theo es dueño de una empresa de la lista Fortune 500. Su familia sale en las noticias, mientras que yo apenas tengo tiempo de leer la prensa porque estoy demasiado ocupado intentando compaginar el trabajo y los estudios. Dejamos las maletas en recepción y vamos al comedor. La mayoría de las mujeres llevan vestidos de verano y los hombres no se han puesto chaqueta ni americana. Mientras saludamos a Nora y Angelo en la entrada, aparece Terri. Lleva un vestido de estilo bohemio con mangas abullonadas y una falda de volantes que le encantaría a Megan.

—¿Dónde os habíais metido? —Terri nos agarra del brazo—. ¡Os he estado buscando por todas partes! Venga, vamos a comer algo. Estoy famélica.

Nora le sonríe con cariño mientras entramos. Angelo parece aliviado de no tener que entablar una conversación trivial.

Terri nos conduce al bufé. La barra de desayuno con los productos favoritos de todos tiene un tema colorido: bagels arcoíris, tortitas con virutas de confeti y azúcar glas, y gofres multicolores con pollo frito. Hay otra mesa con ostras. Terri se prepara un batido de acai con semillas de chía, copos de coco y miel. Un grupo de invitados con resaca se agrupa en torno a la barra del café.

—¿Has sabido algo de tu padre? —pregunta Terri a Theo mientras se sienta frente a nosotros.

—Nop. Quizá me envíe una carta de cese y desistimiento para exigirme que publique una disculpa a toda página en el *New York Times*. —Deja en la mesa un plato cargado hasta arriba de tostadas francesas y pizza de prosciutto. ¿Cómo consigue mantener los abdominales?—. Voy a por un cóctel virgen. ¿Queréis algo?

Terri le echa un vistazo a un tipo guapo de piel oscura que está junto a la barra de los cócteles sin alcohol. No consigue contener la sonrisa.

—No, gracias.

Theo me mira.

—¿Dylan? ¿Te apetece un Beso en la Playa?

Casi me atraganto con el primer bocado de tortita.

Terri se ríe.

—La versión sin alcohol del Sex on the Beach.

Theo no disimula la risa.

—Con un zumo de naranja me vale, gracias —digo con voz ronca.

Cuando Theo se va, Terri se pone seria.

—Oye, Dylan, no hemos tenido ocasión de hablar a solas —dice—. No recuerdo nada después de que me caí del muelle, pero gracias por lo que hiciste. —Me aprieta la mano, igual que Nora ayer—. Me salvaste la vida. Nunca lo olvidaré.

—Me alegro de que estés bien. —Espero que lo de beber fuera algo puntual porque estaba abrumada por culpa del fin de semana—. Estuviste genial en la boda, por cierto.

—Después de lo que pasó, Nora y mi madre me dieron permiso para no ser dama de honor —dice Terri—. Llevaba mucho tiempo intentando dejarlo.

—Pero al final no dejaste el cortejo nupcial.

—Ya. No fue por mi madre, ni siquiera por Nora. Lo hice por mí. Necesitaba mirar a Angelo a los ojos y luego hacerme a un lado y dejar que mi hermana se casara con él. De alguna manera, encontrar la forma de ser feliz por ellos. —Se encoge de hombros—. Después de eso, me sentí liberada. Como si por fin pudiera pasar página.

—¿Y el John Boyega de la barra de cócteles vírgenes te ayudó a conseguirlo? —bromeo.

Terri esboza una amplia sonrisa.

—Ay, sí que podría ser su hermano pequeño, ¿verdad? Se llama Lewis y va a la universidad con Angelo. Nos pusimos a hablar en la fiesta de después y... ¡resulta que la semana pasada empezó un máster en Geología en Columbia!

Miro a Lewis, que está hablando con Theo en la barra.

—¿Le ofreciste una visita privada al campus?

—Habría sido muy descortés no hacerlo. —Sonríe—. Por suerte, la Biblioteca de Psicología, donde paso casi todo el tiempo, está en el mismo edificio que la de Geociencias. ¿Quién me iba a decir que las rocas serían tan sexis?

Me río. Cuando Angelo rompió con ella después del problema con el coche, debió de pensar que tomaba la decisión más segura al distanciarse de su problema con la bebida, pero también estaba optando por el camino fácil. Espero que Terri encuentre a alguien dispuesto a capear el temporal con ella.

Apoya los codos en el borde de la mesa.

—Sabes, nunca había visto a Theo tan feliz como este fin de semana contigo —dice—. Ha estado muy solo… no solo después de que su padre se mudara, sino desde que perdió a su madre. Veros juntos y pasándolo bien ha sido toda una alegría.

Recuerdo lo que sentí cuando compramos los moldes de pasteles de luna en el puesto de la tía Chan y comimos las fresas cubiertas de chocolate fundido, y cuando vimos juntos *Fuera de carta*. Tampoco había vuelto a disfrutar así de un fin de semana desde antes de que muriera mi madre. Theo nunca llegó a conocerla, pero pasar tiempo con él me ha ayudado a pensar en ella sin culpa ni pena. Tal vez este sea el auténtico significado de recordar.

Theo vuelve con el cóctel sin alcohol y un zumo de naranja y me devuelve al presente.

—¿Qué me he perdido? —pregunta.

Terri sonríe.

—Le contaba a Dylan el incordio que eres a veces.

—Seguro que ya lo sabe. —Se inclina hacia ella—. Tu nuevo amigo estaba muy interesado en saber de qué nos conocemos. El alivio ha sido evidente cuando le he dicho que soy tu primo.

Terri sonríe y levanta el vaso de agua con gas con una fresa dentro.

—Por pasar página.

—Por pasar página —repito. Brindamos.

Al final del brunch, Catherine y Malia nos dicen adiós con un abrazo. Cuando nos despedimos de Nora y Angelo, Lucia se adelanta.

—Este año la fiesta de Navidad de la familia será en nuestra casa —dice a Theo—. Tu padre sigue sin ser bienvenido, pero te aviso con antelación para que no tengas excusa para no asistir. —Me mira—. Dylan, nos encantaría que también vinieras.

Ni siquiera sé si volveré a ver a Theo después de este fin de semana. Pero sonrío y asiento con la cabeza.

—Gracias. Lo estoy deseando.

Terri nos acompaña al vestíbulo. Un aparcacoches trae el Ferrari y Theo le da una generosa propina.

Ella me abraza con cariño.

—Me alegro mucho de que Theo te trajera a la boda. Y no solo porque me hayas sacado del agua. —Se vuelve hacia su primo—. Gracias por guardarte el sermón para otro momento en el que no esté delante tu novio.

Theo le da un codazo juguetón.

—Nada de sermones. Estoy orgulloso de ti, ardillita.

—¡Uf! sabes que odio que me llames así. Me arreglé los dientes hace años.

Se ríe y salta al abrazo de Theo, que le tiende los brazos.

Sonrío. Me alegro de que tenga a Terri, como yo tengo a Megan y a Tim.

Nos subimos al coche y ella nos despide con la mano.

—¡Nos vemos pronto!

Su figura se encoge y desaparece por el retrovisor mientras dejamos atrás la villa.

En la carretera que lleva de vuelta a East Hampton, miro a Theo.

—Vayamos a visitar ese museo de Jackson Pollock por el camino.

Me mira sorprendido.

—¿Seguro? Te vas a aburrir.

—Fuiste conmigo al mercado de agricultores para comprar los moldes —respondo—. Deberíamos hacer algo que te apetezca a ti antes de volver a casa.

No necesita que insista más. Nos detenemos en casa de Jackson Pollock y echamos un vistazo al viejo cobertizo que usaba como estudio. Theo se arrodilla para admirar las tablas del suelo, cubiertas de salpicaduras y vetas de pintura.

—¿Te lo imaginas? —dice y las toca casi con reverencia—. Estamos en el mismo lugar en el que Pollock creó sus famosas pinturas de goteo.

—¿Así se llaman? ¿Pinturas de goteo? —pregunto—. Me esperaba que los expresionistas abstractos hubieran pensado en un nombre más sofisticado.

Se ríe.

—¿Quién dice que la sencillez no puede ser sofisticada?

Salimos del cobertizo y entramos en la casa, reconvertida en un centro de estudios y una biblioteca de investigación con dos mil volúmenes sobre arte moderno americano. Theo pasea admirando las obras de Pollock y su colección de discos de jazz. No me va mucho lo de apreciar el arte, pero apreciarlo a él es otro tema.

Cuando salimos de los Hamptons, el sol de la tarde brilla en lo alto. Mientras circulamos por la autopista de Long Island, lo miro de reojo.

—Deberías hacerlo, ¿sabes?

—¿El qué?

—Estudiar arte y música. No solo en el último curso, sino desde el principio. Cuando tocaste el violín en la ceremonia… daba igual si había una persona o cien o toda una sala de conciertos escuchando. Fue increíble. Mucha gente se pasa toda la vida sin encontrar nada que les apasione y que se les dé bien.

Levanta un poco las comisuras de los labios.

—En ese caso, deberías elegir la escuela culinaria. No me malinterpretes, creo que serías un gran veterinario y sé que aún estamos esperando a que el universo se manifieste, pero estoy seguro de que tu madre habría querido que siguieras tus propios deseos, no solo sus pasos.

Suelto una risita.

—Sí, ella sabía lo mal que se me da la física.

—Nada te impide ser voluntario en clínicas de animales y grupos de bienestar en tu tiempo libre —añade—. Quizá podrías organizar una campaña de adopción el día de su cumpleaños o algo así.

—Es una idea fantástica.

Me invade una sensación de ligereza y de repente veo clara la carrera que debo elegir.

Demasiado pronto, nos detenemos frente a Guerreros del Wok. Entre las tres y las cinco de la tarde el ritmo de los pedidos se ralentiza, así que Megan está detrás del mostrador con los auriculares puestos, probablemente viendo un episodio de algún drama coreano en el teléfono.

Theo me saca la mochila del maletero.

—¿Seguro que no hay forma de convencerte de que te quedes el traje? ¿Quizá para la próxima boda a la que te inviten?

Niego con la cabeza.

—En mi mundo, los adolescentes no llevan trajes hechos a medida que cuestan más de lo que gana su familia en un mes.

Además, le dije a la tía Jade que Theo me había invitado a una fiesta, no a una boda. Llevarme el traje me descubriría.

—Ah, casi lo olvido. —Theo se saca algo del bolsillo. Es una pulsera de cuero con un frasquito de cristal—. Te lo compré en el mercado de agricultores. Siempre había creído que la escritura de arroz era originaria de China, pero el vendedor me explicó que en realidad venía de Turquía.

Me pone la pulsera en la muñeca y cierra el broche. Hay un único grano de arroz blanco suspendido en un líquido incoloro dentro del frasco. La palabra escrita en tinta negra es tan minúscula que tengo que levantar la mano a la luz para verla con claridad. Es mi nombre.

—El aceite del vial conserva la tinta en el grano —añade.

Sus ojos son inescrutables, como si quisiera decir algo, o estuviera esperando a que yo lo haga. Pero tengo la lengua pegada al paladar.

—Gracias. —Disimulo los nervios con una risa forzada—. Supongo que ya estamos en paz, ¿no?

Su expresión es difícil de leer.

—No me debes nada, Dylan. Nunca lo has hecho.

Me quedo plantado en la acera mientras vuelve al coche. No sabía que mi corazón pudiera sentirse tan lleno y tan vacío al mismo tiempo.

Los eclipses no duran mucho, pero desearía que este se alargase un poco más.

Capítulo 20

Suena la campanilla de la puerta cuando entro en el local. Megan se quita los auriculares y sonríe.

—Has vuelto. ¿Qué tal tu fin de semana romántico con Theo?

—Ha estado bien.

—¿Bien? ¿Y ya está? ¿Seguro? —Levanta las cejas—. Has tardado horas en responderme los mensajes. Debíais de estar muy ocupados.

—¡Dylan! —La tía Jade sale de la cocina—. ¿Te lo has pasado bien? ¿Dónde está Theo?

—Me ha traído y se ha ido —digo.

La tía frunce el ceño.

—¿No te ha acompañado?

—No. ¿Por qué iba a hacerlo? Ni que fuera mi novio.

Las dos intercambian una mirada cómplice. Megan saca un ejemplar del *New York Post* de debajo del mostrador.

—Supongo que también estabais demasiado ocupados como para leer el periódico.

Encima de una foto de portada en la que salen Theo y Nora sonriendo y abrazados, se lee un titular en letras mayúsculas blancas: «Un sorprendente giro de los acontecimientos en la disputa familiar de los Somers». Y el subtítulo dice: «El hijo desafía a su padre y asiste a la ceremonia de su prima».

Debajo, sale una foto de Theo besándome en la pista de baile.

Una sacudida eléctrica me atraviesa.

—Una fiesta familiar, ¿eh? —dice la tía Jade.

Las miro con culpabilidad.

—Yo... no sabía cómo decíroslo.

—Dejar que nos enteremos por las noticias es una forma de evitarlo —comenta Megan—. La tía Heng ha venido hace un rato, con el periódico en la mano mientras parloteaba sobre que ahora eres famoso.

—Siento no haberte dicho la verdad —digo a la tía Jade—. Me preocupaba que no me dejarías ir si lo sabías y ya le había dado mi palabra a Theo...

—Bueno, es la primera vez que no has sido sincero conmigo —responde—. Lo que significa que este chico debe de ser especial.

—No —salto—. No estamos juntos...

—¿Seguro? —Megan abre el periódico por la página dos—. «Las fuentes informan de que Theo estaba totalmente encandilado con su novio, Dylan, del que se rumorea que procede de una familia de inmigrantes de clase trabajadora. Se lo vio luciendo unos gemelos de la colección de edición limitada y agotada de Cartier. También se oyó a Theo agradecerle a su novio su presencia en la boda: "Dylan es mi inspiración. Solo he venido porque él me ha recordado que debo estar con la familia, la verdadera"».

Me pongo rojo.

—¡Es la prensa rosa! Publican cualquier cosa con tal de vender más ejemplares. Por eso los demandan todo el tiempo.

—En realidad, *E! Online* ha sacado la historia. Y CNBC también. —Me enseña el teléfono—. ¡Ostras, tu primer beso se está haciendo viral! Era tu primer beso, ¿verdad?

Todavía me arde la cara.

—¡No era real! Theo quería un novio falso para que sus parientes no intentaran emparejarlo con todos los jóvenes ricos y gais que conocieran. Como nos ayudó con el papeleo de la subvención, acepté ir con él. Solo para devolverle el favor.

—¿Qué hay de esa disputa familiar de los Somers? —pregunta la tía Jade—. ¿Su padre no se enfadará cuando se entere de que Theo estuvo en la boda? ¿No te salpicará a ti por haberlo acompañado?

—No te preocupes, dudo que a Malcolm Somers le importe lo más mínimo quién soy —digo—. Estará furioso con Theo. Como he dicho, el beso era mero espectáculo. No hay nada entre nosotros.

Debo de sonar bastante convincente, porque Megan se encoge de hombros y vuelve a reproducir el capítulo del drama coreano. Mientras la tía Jade se marcha a la cocina, me quedo mirando la imagen de Theo y yo en la portada. Obviamente, no está al nivel de Georgina Kim, sino que alguno de los invitados o de los camareros debió de sacar fotos y vendérselas a la prensa.

¿De verdad parecía enamorado de mí? ¿Cuándo les dijo a sus parientes eso de que era su inspiración? ¿Lo decía en serio?

Bajo la vista a la pulsera que llevo en la muñeca. No esperaba que me regalara un recuerdo. Yo no le he comprado nada. Aunque no es la única sorpresa que me he llevado. Anoche, la expresión de sus ojos cuando me preguntó si creía en el destino, la forma en que se inclinó y me aflojó la pajarita… En ese momento, lo único que no sabía era quién besaría primero a quién.

Un sentimiento agridulce se me instala en el pecho. Nunca imaginé que fuera a salir nada de fingir ser el novio de Theo. Pero ya no estamos en los Hamptons.

Por fin estamos en casa.

Estoy en el piso de arriba, en el sofá del salón, intentando estudiar. Han pasado dos días, pero no dejo de pensar en Theo. En el fin de semana en los Hamptons. Cómo dormimos en la misma cama durante dos noches sin tocarnos… Me duele el pecho, como si me hubiera dado un tirón muscular. El corazón es un músculo bastante importante, así que supongo que no es una mala analogía.

Me llega un mensaje. Me sobresalto, pero no es de Theo. No sé nada de él desde el domingo por la tarde, después de llegar a casa. Me dijo que le esperaba una semana muy ocupada con los estudios y el tenis. Le escribí un par de veces para preguntarle cómo estaba, pero no me ha contestado.

Clover se me acerca y llama mi atención golpeándome con la patita en la pierna.

—¿Te acuerdas de Theo, el chico que vino por aquí el otro día? —digo—. Deberías haberlo visto con traje. Guau.

La perra me mira como si no estuviera usando el ladrido bien. Le ladra a la bolsa de chuches de pollo a la barbacoa y queso cheddar del mercado, claramente más interesada en una golosina que en mi vida amorosa.

—Vale, probemos algo. —Saco una chuche—. ¿Me convenzo de que lo que pasa en los Hamptons se queda en los Hamptons, e intento olvidarme de él? —Saco una segunda galleta con la otra mano—. ¿O le digo que el chico del violín es totalmente mi tipo y espero que él sienta lo mismo?

Clover avanza y se come las dos golosinas. Suspiro.

—Muchas gracias, colega.

—Prueba con preguntas más estructuradas. Como ladrar dos veces para «sí», una para «no». —Megan aparece en lo alto de la escalera y se cuela por la verja de seguridad que impide que Clover baje al local—. Aunque debo decir que pedir consejos sobre relaciones a tu mascota es señal de que necesitas un descanso. ¿Qué tal un reparto? Un paseo en bici te despejará la cabeza.

La tía Jade no me ha pedido ayuda con las entregas desde el incidente con Adrian. Debemos de estar cortos de personal. Cierro el libro de texto. Tampoco estaba estudiando mucho.

—¿A dónde?

Megan sostiene la hoja del pedido.

—Preguntó específicamente por ti.

Es la dirección de Theo. El corazón me da un vuelco.

—Date prisa y ponte una camiseta limpia. —Megan me levanta de un tirón—. Por cierto, tienes el pelo hecho un cuadro. Hace tiempo que deberías habértelo cortado.

El pelo me sobresale hacia todos lados con obstinación y la humedad me estropea el flequillo. Intento arreglármelo con un poco de cera, pero queda raro y plano y sigue de punta.

Tim me saluda desde el mostrador cuando Megan y yo salimos. La tía Jade asoma la cabeza por la ventanilla.

—¡Ve con cuidado!

Megan me da el casco.

—Hablando de ir con cuidado, tienes condones, ¿verdad?

La miro con recelo.

—¿Por qué iba a necesitarlos para un reparto?

—Seguro que Theo tiene en mente algo más que un poco de comida para llevar. —Sonríe—. Ya sabes cómo va lo de sofá y Netflix. ¿O debería decir mejor IMAX y clímax?

—¡Meg!

Miro por encima del hombro para ver si Tim la ha oído. Ella se ríe a carcajadas.

Me coloco el casco, me subo a la bici y me pongo en marcha. El aire de la noche me refresca la cara y la media luna en el cielo me recuerda a un pastel de luna con piel de nieve partido por la mitad. Siento como si alguien acabara de destapar un tarro de mariposas dentro de mi pecho. Ya no estamos en los Hamptons y todo resulta más... real.

Pedaleo más rápido de lo habitual y, cuando llego a la mansión de Theo, tengo algunos círculos de humedad en la espalda de la camiseta y bajo los brazos. Saco la comida de la bolsa térmica y llamo al timbre.

—Entrega para Theo —digo.

Me abren sin preguntar. El camino hasta la mansión se me hace más largo que la última vez. Antes de que llame a la puerta, se abre...

Y sale Adrian.

Se me congela la sonrisa.

—Espero que esta vez el pedido esté bien. —Lleva unos pantalones cortos y una elegante camisa de cuadros desabrochada. Hace una pausa, como si se diera cuenta de mi expresión de asombro—. Un momento, esperabas que Theo abriera la puerta, ¿a que sí?

Soy incapaz de apartar la mirada de la camisa Burberry de Theo que lleva puesta. Intento tragarme el dolor y la incredulidad, pero no puedo.

Adrian suelta una carcajada desdeñosa.

—¿Crees que es tu novio porque te besó? Siento decírtelo, pero no eres más que una obra de caridad para él. Le da pena tu familia, eso es todo. —Me arrebata la bolsa de comida—. Como vuelva a tener cebollino, recibirás una carta del bufete de mi padre.

Vuelve dentro sin molestarse en cerrar la puerta. Me quedo clavado en el sitio.

Aparece Bernard y dedica una mirada desaprobatoria en la dirección por la que se ha ido Adrian.

—Tendría que haber sido yo quien abriera la puerta. —Me dedica una sonrisa comprensiva que no le llega a los ojos—. Le diré a Theo que le mandas saludos.

Se me hace un nudo en el pecho.

—No hace falta.

La camisa que Theo me prestó, con la que dormí y me hizo sentir seguro... Ver a Adrian con ella ha sido como un puñetazo en las tripas que me ha dejado sin aliento.

No sé cómo consigo mover las piernas hasta el final del camino de entrada y llegar a las puertas. Me pican los ojos y se me nubla la vista mientras busco a tientas el candado de la bici. Consigo abrirlo al tercer intento. La cabeza me da vueltas y noto un sabor amargo en la garganta al darme cuenta de la realidad.

Nunca iba a haber una próxima vez para nosotros.

Capítulo 21

El sistema de ventilación vuelve a estropearse y el casero se niega a hacer nada porque seguimos atrasados con el alquiler. La tía Jade tiene que pagar las reparaciones y cerramos el local por un día para arreglarlo. Después de ayudarla a limpiar, aprovechamos el tiempo libre para zambullirnos en una segunda sesión de preparación de pasteles de luna.

La tía admira los moldes de madera que le compré a la tía Chan.

—Son muy especiales. —Señala el molde redondo con el carácter 念 —. Sobre todo este.

Siento una punzada en el pecho. Después de comprar los moldes en el mercado de agricultores, Theo llegó a decirme que le gustaría ayudarme a hacer los pasteles. El séptimo mes lunar ha terminado, pero a los tipos como él se les da bien hacer de fantasmas todo el año.

—¡Muy bien! Empecemos con el relleno de pasta de semillas de loto —dice la tía Jade—. Tengo todo lo necesario: agua alcalina, azúcar, aceite de cacahuete, maltosa y, por supuesto, semillas de loto. La mayoría de las tiendas las venden sin la cáscara, ya que quitarla da mucho trabajo, pero las semillas pierden sabor una vez expuestas, así que es mejor comprarlas sin pelar.

Algunas tiendas de Chinatown venden la pasta ya hecha, pero, igual que con los xiao long bao, la tía Jade nunca usaría ese atajo.

—La piel de los pasteles de luna causa la primera impresión, pero el relleno es el alma de la receta —añade—. Hacer la pasta de semillas de loto desde cero te da la oportunidad de ponerle un poquito de la tuya.

Me entregué en cuerpo y alma a que las cosas salieran bien con Theo y mira cómo resultó. Lo peor es que ni siquiera soy capaz de culparlo. Fue claro conmigo desde el principio en que solo iba a fingir ser su novio. Se suponía que no era más que un trato, sin ataduras ni sentimientos. Fui un idiota por pensar que podríamos construir algo real a partir de una mentira.

Nadie sabe que Adrian me abrió la puerta en la entrega. Ni siquiera Megan. Cuando volví, le dije que Theo estaba con unos amigos en casa. Lo cual no era del todo mentira. Subí las escaleras, me quité la pulsera y la arrojé al fondo del cajón de la cómoda. Debería haberla tirado a la basura, pero no me atreví.

Hervimos las semillas de loto. La tía Jade no bromeaba sobre el trabajo que cuesta quitarles la cáscara. También tenemos que arrancar el brotecito verde que hay dentro de cada una. Si los dejamos dentro la pasta saldrá amarga. Cuando terminamos, volvemos a hervir las semillas y las trituramos hasta obtener un puré suave. Anoto la cantidad justa de azúcar y aceite de cacahuete que debo añadir. La tía Jade me observa mientras sofrío el puré con maltosa hasta que la mezcla se espesa en el wok.

—Sigue removiendo para que la pasta no se queme —me recuerda—. No la saques hasta que esté lo bastante espesa como para tener que rasparla de las paredes del wok.

Después de sacar la pasta, vierte unas semillas de melón blanco grisáceas en una sartén y las fríe rápidamente antes de añadirlas a la pasta.

—¿No son las semillas de melón que comemos en el Año Nuevo Lunar? —pregunto.

—Sí. Se supone que traen buena suerte, pero las cáscaras son muy duras. Tu Gong Gong intentó una vez abrir una con los dientes y se rompió una muela. No se sintió nada afortunado cuando vio la factura del dentista. —Levanta un paquete de polvos blancos—. Adivina. He descubierto qué hicimos mal con la piel la otra vez. Tendríamos que haber usado almidón de trigo, no harina de trigo. Examen sorpresa: ¿cuál es la diferencia?

Frunzo el ceño.

—La harina de trigo contiene almidón y también otras partes del trigo, como el gluten y las proteínas. El almidón de trigo es almidón puro y no contiene gluten.

—Te he enseñado bien, joven padawan. —La tía Jade abre el paquete—. El almidón de trigo es también un espesante, que le confiere a la piel de nieve un brillo translúcido. La masa hecha con almidón es menos elástica que la hecha con harina. Así conseguiremos la textura suave y lisa que nos faltaba.

—La señora que me vendió los moldes de madera me dio otro consejo —comento—. Usar agua helada en vez de agua a temperatura ambiente para la masa.

La tía Jade lo medita.

—No recuerdo que tu abuela lo mencionara nunca, pero ¿por qué no lo intentamos?

Añado el almidón de trigo y el resto de ingredientes a la harina de arroz glutinoso cocida junto con el agua helada antes de amasar la mezcla.

—Vale, ya está bien. —La tía Jade pincha la masa para comprobar la consistencia—. Si la amasas demasiado le exprimirás la humedad. Queremos que quede suave y elástica. Asegúrate de extenderla de forma uniforme. Cuando éramos niñas, tu Por Por siempre protestaba porque la piel de los pasteles de luna de tu madre era demasiado fina y la mía gruesa como una galleta.

Envolvemos la pasta casera de semillas de loto con la masa y ponemos las bolas en los moldes. Cuando terminamos, le doy un mordisco a un pastel. El relleno es suave, más parecido al helado, y la piel de nieve es más tersa y aterciopelada que en el primer intento.

La tía Jade parece satisfecha.

—La pasta huele muy bien y has aportado un muy buen tip; el agua helada le da a la piel la textura perfecta. Bien hecho. La próxima vez probaremos con el relleno de trufa de chocolate blanco, ¿vale? Tengo que ir a comprar algunas cosas a la tienda antes de preparar la cena.

—Deja que vaya yo —ofrezco.

El aire es más fresco, pero aún húmedo, lo que me deja el pelo con menos forma todavía. En vez de ir directamente a la tienda, doy un rodeo hasta la peluquería. Estoy harto del flequillo. Cuando me lo peino hacia un lado, recuerdo cómo Theo me lo colocó con los dedos y es como si una mano invisible me atravesara el pecho y me arrancara el aire de los pulmones.

—¿El mismo estilo, pero más corto? —pregunta el peluquero.

Necesito un cambio radical.

—Córtame el flequillo. No quiero ni verlo.

Una parte de mí esperaba que Theo intentara explicarme qué hacía Adrian en su casa, pero han pasado dos días y no he sabido nada de él. Una subvención falsa, un novio falso... Por mucho que odie admitirlo, Adrian tenía razón. Theo solo quería ayudarnos con el negocio. Nada más.

Salgo de la peluquería con un corte militar con los lados rapados. Cuando vuelvo al local, la tía Jade está preparando la cena y oigo a Megan en la cocina. El aroma de las chuletas de cerdo fritas de Hainan chisporroteando en el wok sale por la ventana. Me rugen las tripas. Es mi plato favorito: lonchas de lomo de cerdo con un rebozado suave, fritas y cubiertas con una espesa salsa de kétchup salteada con cebolla, guisantes y tomate.

Llevo las bolsas de la compra a la despensa. Cuando vuelvo al local, suena la campanilla de la puerta.

—Lo siento —digo sin mirar—, pero estamos cerrados…

En la puerta, vestido con vaqueros y camisa gris, y con una botella de vino en la mano, está Theo.

Capítulo 22

S e me contrae el pecho. Es una repetición de la mañana en la que entró por primera vez en el local, salvo que aquella vez todavía no me había destrozado el corazón.

—Hola, Dylan. —Theo esboza una sonrisa vacilante—. Te has cortado el pelo.

Me quedo mirándolo.

—¿Qué haces...?

Megan debe de habernos oído, porque sale corriendo de la cocina.

Me ve y suelta un grito.

—Por Dios, Dyl... ¿Qué te has hecho en el pelo? Te dije que te lo arreglaras un poco, ¡no que lo cortaras todo! ¡Uf! En fin, es tu cabeza. Haz lo que quieras. —Le sonríe a Theo y grita por encima del hombro—: ¡Mamá, ha venido Theo! ¡Y te ha traído vino!

Mi cerebro no consigue reaccionar.

—¡Theo! —La tía Jade aparece limpiándose las manos en el delantal. Él le tiende la botella con las dos manos—. Vaya, ¿cómo has adivinado que el moscato es mi favorito? ¿Te lo ha dicho Dylan?

—Sí, lo mencionó —dice. ¿También se acordaba de eso?—. Bernard tenía una botella a mano en nuestra bodega.

—Theo llamó después de que te fueras a comprar, así que lo invité a cenar —explica la tía Jade—. Cuando le pregunté si tenía alguna petición especial, me dijo que «cualquier plato que sea el favorito de Dylan».

—Ay, por favor, qué tierno —comenta Megan.

La tía Jade me pasa la botella de vino.

—¿Por qué no subes con Theo? Y mete esto en un cubo con hielo, por favor. Después de repasar los libros con el contable esta mañana, me vendría bien una copa. La cena estará lista en diez minutos.

Megan me guiña un ojo mientras sigue a tía Jade a la cocina. La fulmino con una mirada reservada especialmente para primas traidoras.

Cuando ya no nos oyen, me doy la vuelta para mirar a Theo.

—Menudo coraje tienes, para aparecer así. —Mantengo la voz baja y un tono duro—. ¿Qué pasa? ¿Adrian está ocupado esta noche?

Theo frunce el ceño.

—Estaba preocupado por ti. Quería saber si estabas bien.

Un sofoco me sube por el cuello. ¿Ha venido para asegurarse de que no me he quedado destrozado después de encontrarme con Adrian en su casa? ¿Como si además de su caridad necesitara su compasión?

—Estoy bien. Ya que tienes tu respuesta, la puerta está ahí. Le diré a mi tía que has tenido que irte…

—¡Theo! ¡Has llegado! —Tim aparece al pie de la escalera con el violín—. Meg me ha dicho que venías a cenar.

—Hola, Tim. Te he traído esto. —Se saca del bolsillo un objeto pequeño con forma de goma de borrar—. Es la marca de colofonia de la que te hablé. Funciona de maravilla.

—¡Gracias! —Tim suena muy emocionado—. Estoy practicando la primera contradanza de Mozart para el examen de violín. ¿Quieres oírme tocar? Así me dices si me equivoco en alguna nota.

—Claro. —Theo me dedica una mirada comedida—. Si a Dylan le parece bien.

Tim me mira con impaciencia. Mierda. Adiós a la posibilidad de librarme de Theo.

—Claro, adelante —digo con los dientes apretados.

A Tim se le ilumina la cara.

—¡Genial! Vamos al salón.

Mientras Theo sube las escaleras con Tim, voy al congelador de la parte de atrás y meto un puñado de cubitos de hielo en un cubo. Fantaseo con echárselos a Theo por la cabeza en vez de meter la botella de vino dentro.

Cuando llego al piso de arriba, Clover está rondando la puerta de seguridad. Normalmente se muestra cautelosa cuando viene gente a casa, pero parece tranquila con Theo, que le está enseñando a Tim a usar la colofonia en el violín.

—Asegúrate de poner un poco en el último centímetro, donde la cuerda entra en la clavija —dice Theo—. No eches demasiado.

—¡Abrid paso! —La tía Jade aparece al final de la escalera con una gran bandeja cargada de platos—. Tim, ¿has puesto la mesa?

Le abro la puertecita mientras mi primo corre a poner cubiertos para cinco. Solo hay dos taburetes de madera a cada lado de la mesa, así que añade un quinto. La tía Jade hace un gesto y señala el asiento junto a Theo, pero opto por sentarme en la diagonal opuesta, lo más lejos posible de él. Megan se sienta a mi lado, Tim ocupa el asiento extra y la tía Jade acaba al lado de Theo.

—He añadido un plato extra de pollo con sésamo y miel por si no te gusta el cerdo —dice la tía Jade y le sirve el trozo de chuleta más grande y jugoso. Al lado hay arroz blanco, gajos de patata y brócoli salteado con aceite de oliva y ajo—. Mi padre, el abuelo de Dylan, vendía carne de cerdo en el mercado, así que sé distinguir los mejores cortes.

Clover trota hacia Theo y le tironea del puño de los vaqueros con actitud juguetona. Él se agacha para acariciarle la cabeza.

—Me parece que quiere un poco de esta deliciosa comida.

La perra no solo no le muerde la mano, sino que menea la cola.

—Clover, para —digo, molesto.

La llevo en brazos al otro extremo del salón. Ladra en señal de protesta, pero se calla en cuanto le doy un puñado adicional de las chuches gourmet que tanto le gustan. Cuando miro por encima del hombro, Theo ha abierto la botella de vino y le sirve una copa a la tía Jade. Megan se ríe de algo que acaba de decir y Tim lo mira como si fuera el hermano mayor que nunca ha tenido.

Por lo visto Clover no es el único miembro de la familia al que tengo que alejar de Theo. El problema es que con los demás no me bastará con ofrecerles unas golosinas.

Cuando vuelvo a la mesa, soy consciente de que Theo no deja de mirarme. Me concentro en diseccionar la chuleta de cerdo que tengo en el plato con la precisión de un asesino. Está perfectamente dorada y la salsa es aromática y ácida, pero no tengo apetito con él sentado delante de mí. No quiero que esté con mi familia. Quiero que esta cena acabe y que se marche lo antes posible.

—Los de la reventa lo han vuelto a hacer —dice Megan—. Compraron todas las entradas para el concierto de Blackpink. Esperé una eternidad a que salieran a la venta, pero tenemos una conexión a internet pésima y, para variar, se me colgó la página. Amy consiguió cuatro entradas y prometió venderme una. Pero adivinad qué ha pasado hoy.

—¿El organizador vendió entradas de más y se las canceló? —pregunta Theo—. A mí me pasó una vez.

—No. —La expresión de Megan se ensombrece—. Otra chica le ofreció cien dólares más y le vendió mi entrada. ¿Y sabéis lo que me dijo? «Lo siento, Meg, no es nada personal». Perdona, ¿qué? En primero, cuando un niño le pisó el sándwich, ¿acaso yo le negué mi comida y le dije «no es nada personal»?

—Tienes que tener cuidado, Meg. —Fulmino a Theo con la mirada—. Hay gente en la que no se puede confiar.

La incomodidad se le refleja en la cara.

Cuando terminamos de comer, la tía Jade va a la nevera.

—¡Tenemos pasteles de luna de postre! —anuncia y los deja en el centro de la mesa con una floritura—. Los ha hecho Dylan.

Se me encoge el corazón.

Tim interviene.

—¿Sabíais que un pastel de luna horneado tiene tantas calorías como una hamburguesa doble con queso y un helado de chocolate?

—A nadie le gustan los aguafiestas, Tim. —Megan le sonríe a Theo—. Tienes que probar uno de los pasteles de Dylan. Te encantarán.

Le doy una patada por debajo de la mesa, pero la esquiva con sus reflejos entrenados por el taekwondo y sin querer hago contacto con el tobillo de Theo. Él levanta una ceja. Desvío la mirada.

La tía Jade nos da un tenedor a cada uno. Theo va a por el pastel de luna con el carácter 念.

Instintivamente, lo aparto con el tenedor.

—Ese no. Come uno de los otros.

Megan y la tía Jade me miran extrañadas. Elegí ese molde especialmente para mi madre. Después de todo lo que me ha hecho Theo, no soporto la idea de que se coma un pastel con la palabra «recuerdo» impresa encima. En lo que a él respecta, solo quiero olvidar.

Tim se vuelve hacia Theo.

—Los pasteles de luna siempre me recuerdan a Chang'e. ¿Conoces la historia?

—Solo he oído retazos —dice—. ¿Algo sobre un arquero y la diosa de la luna?

Megan gime.

—No lo animes.

A Tim se le ilumina la cara e ignora a su hermana.

—Esta es la leyenda. Hace mucho tiempo, había diez soles en el cielo. La gente, las plantas, los animales, todo se moría de calor. Un arquero llamado Hou Yi usó su arco y sus flechas para derribar nueve de los diez soles. Como recompensa por haber salvado al mundo, los dioses le dieron un elixir que lo haría inmortal…

—Los emperadores chinos estaban obsesionados con esas cosas —interviene Megan—. Algunos llegaron a morir por beberse una mezcla mala que resultó ser mercurio.

—Meg, deja de interrumpirme con trivialidades. Estoy contando la historia. —Tim la atraviesa con la mirada—. ¿Por dónde iba? Hou Yi consiguió la poción…

—Has dicho que era un elixir —interrumpe Megan.

—Elixir, poción, qué más da. ¿No es lo mismo?

—Sí, pero un buen narrador no debe cambiar de palabras. Confunde al público.

—Tampoco está siendo un público muy bueno si no deja de interrumpir al narrador —replica Tim.

—¿Por qué no lo llamamos «zumo de la eternidad»? —sugiere Theo.

La tía Jade se ríe. No levanto la vista del tenedor y me pregunto si apuñalar a Theo o a mí mismo hará que esta pesadilla termine antes.

—Hou Yi no quería beberse el zumo de la eternidad y volverse inmortal —continúa Tim—. Quería quedarse en la Tierra con su esposa, Chang'e. Pero un día, cuando Hou Yi no estaba en casa, uno de sus alumnos intentó robar el zumo. La única opción que le quedó a Chang'e para detenerlo fue bebérselo ella misma. En vez de flotar al mundo de los cielos, se elevó hasta la luna, lo más cerca que podía estar de su marido en la Tierra.

Los ojos de la tía Jade brillan de emoción.

—La redondez de la luna llena representa el reencuentro, no solo entre familiares, sino también entre amantes. En las dinastías chinas, había toques de queda estrictos y a las mujeres no se les permitía salir por la noche salvo en ocasiones especiales. Las jovencitas se disfrazaban y salían para conocer a hombres jóvenes. Comían pasteles de luna y se enamoraban. Por eso a veces también se conoce al Festival del Medio Otoño como el Día de San Valentín chino.

—¿Vas a ir al festival? —pregunta Tim a Theo—. ¡Podrías venir con nosotros!

—No, deberías ir con Adrian. —Lo miro con frialdad—. Podéis daros la mano y pasear bajo la luna llena. Será muy romántico.

Tim parece confuso. La tía Jade y Megan intercambian miradas de preocupación.

Theo hace una mueca.

—Ya te he dicho que Adrian y yo solo somos amigos...

—Deja de actuar, ¿quieres? —estallo—. ¡Abrió la puerta de tu casa con tu camisa puesta cuando fui a llevar el pedido que hiciste!

Mi voz resuena en el abrupto silencio. Clover se acerca, con las grandes orejas levantadas. Me muerdo el labio con fuerza. No quería explotar delante de todos, pero no he podido contenerme.

—¿Sabéis qué? —La tía Jade fuerza un tono distendido—. Debería limpiar a fondo la cocina. Y desatascar el fregadero. Y fregar el suelo. —Les dirige a mis primos una mirada significativa—. Estos platos no se lavan solos.

—Te ayudamos —dicen Megan y Tim al unísono.

Los tres se levantan de un salto, recogen todos los platos que pueden y desaparecen escaleras abajo para dejarnos a solas.

Capítulo 23

El plato de pasteles de luna que hay entre los dos permanece intacto. Clover observa atentamente a Theo, con el pelo erizado.

Theo me mira desconcertado.

—Dylan, ¿qué te pasa? ¿Qué pedido? ¿Y qué tiene que ver todo esto con Adrian?

—Todavía tengo el recibo del martes por la noche. Con tu dirección. —Suelto un bufido mordaz—. Sé que solo estábamos fingiendo, así que no hace falta que actúes como si te importaran mis sentimientos mientras me lo restriegas por la cara...

—No tengo ni idea de qué... Espera, ¿has dicho el martes por la noche? —Frunce el ceño—. Ni siquiera estaba en casa. Estuve en un campamento de tenis con mis compañeros de equipo hasta la medianoche... Pero Adrian me mandó un mensaje para decirme que iba a pasarse a usar mi piscina porque estaban limpiando la de su edificio.

Estoy incrédulo.

—¿Me estás diciendo que Adrian fue a tu casa cuando no estabas e hizo un pedido haciéndose pasar por ti? ¿Esa es la historia que quieres contar?

La frustración destella en los ojos de Theo.

—No sé qué más decirte para convencerte de que yo no hice ningún pedido. Cuando me ignoraste después de que volvimos, no sabía qué pensar…

—¿Que yo te ignoré? Estoy seguro de que fue al revés.

—Compruébalo tú mismo. —Theo me pasa el teléfono por encima de la mesa—. Por eso he llamado hoy al local. Me preocupaba que te hubiera pasado algo.

Echo un vistazo de mala gana a la pantalla. Hay más de una decena de mensajes que nunca recibí.

—No me ha llegado nada de esto. —Le enseño los mensajes sin respuesta que yo le envié en mi móvil—. Tampoco me respondiste a ningún mensaje.

Theo abre mis datos de contacto.

—Este es tu número, ¿no?

—No, no lo es. —Frunzo el ceño—. Un momento, ¿alguien ha cambiado mi número en tu teléfono? —Toco el nombre de Theo en mis contactos y le doy al botón de llamada, pero su teléfono no suena y a mí me salta directamente el buzón de voz.

Se da cuenta de algo. Busca en la lista de contactos bloqueados.

—¿Ves tu número?

Sí, está ahí. Ahora todo tiene sentido: no podíamos comunicarnos porque mi número real estaba bloqueado en su móvil y el mío se lo habían cambiado por uno falso. Los mensajes que él me envió fueron a parar a ese teléfono y los míos nunca llegaron.

—Parece que Adrian ha vuelto a meterse en tu móvil —digo—. Pero esta vez ha hecho algo más que cambiarte el tono de llamada.

La expresión de Theo se ensombrece.

—Tenemos que hablar con él.

SHER LEE • 189

Niego con la cabeza.

—No pienso meterme en esto. ¿Por qué iba a tomarse tantas molestias si no hay nada entre vosotros?

—Dylan, te juro que Adrian y yo no estamos juntos. —Theo estira la mano por encima de la mesa para tocar la mía. Clover le suelta un gruñido de advertencia—. Sí, tenemos una historia. Nunca he intentado ocultártelo. Pero pertenece al pasado. Y te aseguro que ahora no nos estamos enrollando. Tienes que creerme.

Me froto la frente con la mano. Se me hace raro no tener flequillo. Sin embargo, por primera vez en días, el nudo de dolor que me atenaza se afloja un poco. Aún no sé qué somos Theo y yo, si amigos o algo más, pero me gusta lo suficiente como para querer darnos la oportunidad de averiguarlo.

Observa mi reacción. Cruzamos una mirada.

—De acuerdo.

Clover ladra. Se da cuenta de que se ha roto la tensión. Trota hacia mí meneando la cola. Le acaricio la cabeza.

—Buena chica.

Cuando bajamos, la tía Jade, Megan y Tim nos miran ansiosos por la ventanilla de servicio.

—Vamos a arreglar un par de asuntos —digo mientras me pongo la chaqueta—. No me esperéis levantados. Tengo llaves.

Subimos al coche de Theo y conducimos hasta el ático de Adrian en la setenta y cuatro. Jamás pensé que volvería al lugar donde nos conocimos.

Cuando entramos en el vestíbulo, el portero saluda a Theo con la cabeza.

—Buenas noches, señor Somers. —Se fija un mí un instante. Dudo que reconozca al repartidor de hace un par de semanas.

—Viene conmigo —responde Theo.

—Desde luego. Avisaré al señor Rogers de que está subiendo.

—Por favor.

Pasamos por delante de la recepción y llegamos a los ascensores. Parece que Theo está en la lista de visitantes permitidos. Debe de venir a menudo. ¿Se queda a pasar la noche? Aparto el pensamiento cuando se abren las puertas del ascensor en la última planta.

Adrian está apoyado en el marco con una camiseta de Balenciaga y unos vaqueros rotos.

—Oye, colega, ¿por qué no me has mandado un mensaje para avisarme de que…?

Se interrumpe cuando me ve. Su expresión lo dice todo: le han descubierto.

Theo se le acerca y levanta el teléfono.

—Si no me das una buena explicación para lo que has hecho, pienso bloquearte de mi vida como tú has intentado bloquear a Dylan.

—De acuerdo, me has descubierto. Pero solo lo hice por tu bien. —Adrian lanza una mirada desdeñosa en mi dirección—. En serio, Theo, podrías tener al chico que quisieras ¿y te enamoras del repartidor de comida?

—Insúltalo una vez más y te parto los dientes. —El tono de Theo es asesino—. Y cuando tu madre me pregunte por qué lo he hecho, se lo contaré todo. ¿Quieres apostar de qué lado se pondrá?

—Oye, relájate, deja a mi madre fuera de esto, ¿vale? —Adrian lo fulmina con la mirada—. Por si piensas que intento robarte del chico de los repartos porque estoy celoso, bórratelo de la cabeza. Nos conocemos desde siempre. Acordamos que nuestra amistad es más importante que un polvo.

Theo le da un empujón en el hombro.

—Entonces, ¿por qué quieres meterte entre nosotros?

Una punzada de calor me sube por la nuca. ¿Nosotros?

—No es eso, imbécil. —Adrian levanta la vista al techo—. Mierda, qué desastre. Debería haberme negado a ayudar.

—¿Ayuda? —Theo entrecierra los ojos—. ¿De qué hablas?

Adrian saca su móvil y le enseña un número en la pantalla.

—Este es el número que creías que era de Dylan. Cuando has llamado, ¿alguien ha respondido?

—No. Lo sabes bien, ya que fuiste tú quien intercambió los números. Si piensas ser abogado como tu padre, deberías leerte la Quinta Enmienda, porque acabas de incriminarte.

—Querías una explicación, ¿no? —Adrian pulsa el botón de llamada y activa el altavoz—. Espera y verás.

Los timbrazos llenan el silencio antes de que alguien responda.

—¿Qué pasa, Adrian? —dice una voz masculina que me resulta familiar con un marcado acento británico—. Se supone que no debes llamar a este número a menos que sea una emergencia.

Me quedo mirando a Theo, incapaz de ocultar la sorpresa. Se queda pálido como un fantasma.

—He hecho todo lo que me pediste —responde Adrian, aburrido—. Aun así, se ha dado cuenta.

La mirada de Theo es de piedra cuando le quita el teléfono.

—Hola, Bernard —dice—. Estoy bastante seguro de que esto califica como emergencia.

Capítulo 24

Es la segunda vez que entro en la mansión de Theo. En la entrada hay una vitrina de cristal en la que no me fijé la última vez. Todos los trofeos y placas del interior llevan grabado el mismo nombre: Malcolm H. Somers.

Bernard nos espera. Me dedica una mirada antes de volverse hacia Theo, resignado.

—Si tienes algo que decirme, preferiría que habláramos en privado.

—No —responde él con rotundidad—. Renunciaste a ese derecho cuando metiste a Dylan en todo esto. Darme una puñalada por la espalda es una cosa, Bernard, pero cruzaste la línea al involucrarlo. ¿Se te ha ocurrido pensar en el daño que podrías hacerle?

—¿Y a ti? —El tono de Bernard es tranquilo—. Te advertí que no le escupieras en la cara a tu padre al asistir a la boda. Te negaste a escuchar. Podrías haber ido solo, pero decidiste meter a Dylan en la refriega.

—¿Así que has intentado separarnos haciendo venir a Dylan hasta aquí y asegurándote de que Adrian abriera la puerta con mi camisa puesta? —La mirada de Theo se oscurece—.

Creía que había sido Adrian el que había cambiado el número de Dylan en mi teléfono y lo había bloqueado, pero fuiste tú, ¿verdad?

Debería dejar de dar su contraseña a diestro y siniestro.

Bernard hace una mueca.

—Mostrar tu apoyo públicamente a tu tía no influirá en el juicio, pero para tu padre, lo que has hecho es la peor de las traiciones. Y gracias a esa cita periodística sobre cómo Dylan te inspiró para «estar con la verdadera familia», ahora sospecha que él te convenció para ir a la boda y así ganar sus quince minutos de fama.

Me quedo atónito.

—Eso es…

—Cierto —dice Theo con naturalidad—. Dylan me dio la idea de colarme en la boda.

Me vuelvo a mirarlo.

—¿Cómo?

—No tenías ni idea, por supuesto —continúa—. Pero cuando entré en vuestro local aquella mañana y vi todas las fotos de la pared, empecé a pensar en que mi padre solo tenía una foto mía en su nueva casa. En que apenas me menciona en las entrevistas con los medios. Decidí recordarle que el hijo al que parece haber olvidado puede conseguirse un par de titulares por sí mismo.

—Tu padre también sabe lo de los cinco mil dólares que diste al negocio de la tía de Dylan. —Bernard se muestra preocupado—. Malcolm ha lidiado con su buena ración de aprovechados que han intentado acercarse a él por la riqueza y la influencia de su familia. Y la batalla judicial con tu tía es la prueba de que puede ser… despiadado cuando se lo provoca. Me preocupaba a qué medidas extremas sería capaz de recurrir, así que intervine y le prometí que me ocuparía del asunto.

Las secuelas de la boda eran inevitables; al fin y al cabo, ese era el objetivo de Theo. Sin embargo, nunca pensé que me vería atrapado en medio. Resulta que la intención de Bernard era calmar la situación y, por supuesto, Adrian accedió a ayudar porque no cree que sea lo bastante bueno para su mejor amigo.

El tono de Theo se suaviza de forma notable.

—Actuar a mis espaldas e intentar que Dylan me odie es una forma muy retorcida de demostrar que estás de mi lado, Bernard.

—Lo lamento. —El mayordomo exhala con pesadez—. Pero esto es mucho más complicado que hacer que cambien una vidriera rota después de haberte dicho que no jugaras con una pelota de tenis en casa.

—Pues hagamos que mi padre crea que su plan ha funcionado. —A Theo le brillan los ojos—. Dile que Dylan y yo hemos tenido una gran pelea por culpa de Adrian y que hemos roto. Podría montar un numerito, quizá romper algunos de sus trofeos de golf. Dylan podría, no sé, prenderle fuego al bonsái.

Bernard pone los ojos en blanco, pero parece menos tenso.

—Las plantas son inocentes, Theo. Dejémoslas al margen.

—¿Así que ahora tenemos que fingir que nos odiamos? —pregunto.

Theo sonríe.

—Algo así. Aunque encontraremos la manera de seguir viéndonos sin que mi padre se entere.

—Pero sigue pensando que soy el malo —señalo—. Prefiero no ir por ahí con una diana en la espalda.

—Deja que yo me preocupe de eso. —Theo me aprieta la mano—. Se está haciendo muy tarde, así que Bernard te llevará a casa, ¿vale? No quiero que tu tía se agobie. Ya se nos ocurrirá algo. No voy a dejar que mi padre gane.

Las comisuras de los labios de Bernard se elevan ligeramente.

—Te pareces a tu padre mucho más de lo que crees.

Salgo con Bernard y me dirijo a su Audi. Bonito coche. Quizá debería hacerme mayordomo en vez de chef.

Cuando nos detenemos delante del restaurante, apaga el motor.

—Te debo una disculpa, jovencito —dice—. Mi prioridad es y siempre será proteger a Theo, pero no debí utilizar a Adrian para alejarte de él. No estuvo bien. Espero que puedas encontrar en tu corazón la bondad para perdonarme.

—Sé que se preocupa por Theo, tal vez como si fuera su propio hijo —respondo—. Pero a mí también me importa. Toda mi familia lo adora, hasta mi perra, y ella no confía en casi nadie. Parece que el señor Somers es el único incapaz de ver lo increíble que es su hijo. Y no pienso dejar que se interponga entre nosotros.

Bernard se queda mirando al infinito.

—¿Te contó Theo cómo murió su madre?

—Me dijo que otro conductor perdió el conocimiento y chocó con su coche.

—El accidente ocurrió cuando iba a recoger a Theo a la guardería. Malcolm fue corriendo al hospital y se olvidó de él. —Bernard suspira—. Para cuando la escuela consiguió contactar con él, el pobre llevaba horas esperando. Sin saber por qué su madre nunca había ido a recogerlo. Sin saber por qué era el único niño que se había quedado solo.

Bernard no lo dice, pero ambos sabemos que ese sentimiento lo ha seguido acompañando siempre. Cuando pierdes a un ser querido, siempre recuerdas, con una claridad indeseada, dónde estabas exactamente y qué estabas haciendo cuando recibiste la noticia. Cuando llamaron del hospital para avisarnos del estado de mi madre, yo llevaba puesta la camiseta de «Sin dramas, llama». Nunca me la he vuelto a poner.

Cuando Theo perdió a su madre, debió de sentirse muy asustado y confundido, abandonado. Tal vez todavía se culpe a sí mismo dado que tuvo el accidente cuando iba a recogerlo.

Miro a Bernard.

—El padre de Theo confía en usted. Si no le importa la pregunta, ¿cómo se conocieron?

—Cuando Malcolm tenía diez años, su padre trasladó a toda la familia a Londres durante unos años —responde Bernard—. Mi padre era su mayordomo y vivíamos en una casa anexa en la finca. Cuando murió su esposa, Malcolm me pidió que me uniera a la familia y cuidara de su hijo a tiempo completo. Me ofreció el doble de mi sueldo como gerente de hotel, pero no le dije que sí por eso. —Hace una pausa—. El abuelo de Theo se ocupó de mis estudios universitarios. Mi familia nunca habría podido pagar las cuotas.

—¿Así que le devolvió su amabilidad cuidando de su nieto?

El vínculo entre Theo y Bernard tiene aún más sentido ahora.

Asiente.

—Durante los últimos doce años, he visto crecer a Theo, y tienes razón: no tengo hijos, pero lo quiero como si lo fuera. —Se le forma una arruga en la frente—. También admito que al principio tenía mis dudas sobre tus motivos para acercarte a él.

—¿Y ahora? —pregunto—. ¿Por qué nos ayuda a engañar a su padre?

—No hay mucho que pueda darle a un chico que lo tiene casi todo. Si hay algo, o alguien, que lo haga feliz... Haré todo lo posible para que lo tenga. —Me sostiene la mirada—. Siempre que la otra persona esgrima los motivos correctos.

Abro la puerta del coche.

—¿Esta es la parte en la que jura solemnemente cazarme y darme una paliza si le hago daño a Theo?

Me sorprende cuando se ríe.

—Empiezo a entender por qué le gustas tanto.

Capítulo 25

Megan muerde la tostada.

—No me creo que podamos decir que fue el mayordomo.

—Yo no me creo el descaro de ese hombre. —La tía Jade frunce el ceño—. ¿Cómo ha intentado enfrentaros a Theo y a ti? Debería darle vergüenza.

Rompo los huevos poco cocidos en un bol.

—Theo perdió a su madre y ahora está en guerra con su padre. No le quedan muchas personas que se preocupen por él y no quiero que pierda a otra. Lo que hizo Bernard fue horrible, pero estoy dispuesto a perdonarlo.

—Tú también tienes gente que se preocupa por ti —replica la tía Jade—. Si alguna vez me encuentro a esa niñera glorificada, pienso decirle un par de cosas.

Megan se acerca el cartón de leche y me mira.

—Deberías haberte visto la cara en la cena. Parecía como si quisieras comerte a Theo. Y no con una cuchara, más bien arrancándole la carne del hueso.

—Siento haber estallado así. Me sentía demasiado avergonzado para contaros lo que pasó en el reparto.

—Ya nos imaginamos que algo iba mal cuando volviste —dice Megan.

—Incluso Clover lo sabía —añade Tim—. Empezó a traerme la pelotita de pinchos a mí en vez de a ti.

La tía Jade remueve el café.

—Pensamos que os habíais peleado y que os hacía falta un poco de tiempo para calmaros. Por eso invité a Theo cuando llamó. Esperaba que arreglarais las cosas. —Frunce el ceño—. ¿Crees que su padre intentará algo más drástico si se entera de que os seguís viendo?

—Hemos fingido que nos peleábamos —digo—. Pero Theo dice que encontrará la manera de que pasemos tiempo juntos.

—En fin, me alegro de que hayáis hecho las paces —dice Tim—. De lo contrario, Megan nos iba a obligar a llevar camisetas de «Equipo Theo» hasta que recuperases la razón.

Me río.

—¿Me dais una a mí también?

De vuelta en mi habitación, abro el cajón de la cómoda donde tiré la pulsera de Theo después de volver de la fatídica entrega. Acerco el frasquito de cristal a la luz fluorescente. La arena flota alrededor del grano de arroz con mi nombre.

Anoche Theo y yo no tuvimos ocasión de hablar de nosotros. Pero por ahora, la mezcla de emoción y esperanza me basta.

Me pongo la pulsera en la muñeca y cierro el broche. De vuelta a donde debe estar.

El sábado por la noche, el primer día del otoño, tengo una cita con un wok lleno de fideos fritos.

El hokkien mee frito de gamba con pomelo es uno de los platos estrella de nuestro menú especial del Festival del Medio Otoño. Ninguno hemos dominado el arte de mezclar el arroz frito con huevo sin que caiga ni un solo grano fuera del wok, pero al menos he aprendido a cocinar el plato por mi cuenta. La tía Heng, una de nuestras clientas habituales, encargó dos cajas grandes.

Se saltean fideos gruesos de trigo y fideos finos con brotes de soja, gambas, huevo, calamares, lonchas de panceta y dados crujientes de cerdo (no es la opción más sana y algunas personas nos piden que no añadamos los dados, pero creedme cuando os digo que marcan una gran diferencia en cuanto al sabor del plato). A continuación, se dejan cocer los ingredientes en caldo de gambas durante un par de minutos con una tapa encima del wok, para que el sabor se impregne bien en los fideos.

Solemos servir el plato con calamondín, una fruta parecida a la lima y el limón, pero esta vez le he echado pomelo pelado para darle un toque crujiente que encaje con la temática del Festival del Medio Otoño. El pomelo también es un cítrico, con un sabor dulce y amargo único. ¿El último paso? Servir con una cucharada de pasta de chile sambal.

La tía Jade ha ido a la despensa a por más satay para la parrilla y, mientras abro el frasco de pasta de chile sambal, la voz de Megan resuena por la ventanilla de servicio.

—¡DYLAN! —grita—. ¡Ven aquí ahora mismo!

Ups. La última vez que gritó mi nombre así fue cuando se me coló por accidente un calcetín de color en la lavadora de blanco. Antes de eso, fue la vez que no tenía un boli a mano y usé su lápiz de cejas para garabatear la nueva contraseña del wifi.

Salgo de la cocina temblando. La tía Jade está en el pasillo con un paquete de satay congelado y las cejas levantadas. Megan está en el mostrador y sonríe.

Theo está en medio del local. Está guapísimo con un traje oscuro y corbata. Cuando me ve, esboza una sonrisa que casi me hace tirar al suelo el frasco de pasta de chile que sostengo.

—Hola, Dylan —dice—. Vengo a llevarte al baile.

—¿Perdona?

—Un acto benéfico en el Met —añade—. El tío Herbert y la tía Jacintha no van a poder ir porque uno de sus hijos se ha comido un lápiz de colores y han tenido que llevarlo a urgencias. La tía Catherine me llamó y me preguntó: «¿Qué vais a hacer Dylan y tú esta noche?». Y he pensado: ¿por qué no?

Me miro. Tengo un par de cáscaras y patas de gamba pegadas en el delantal.

—¿Te refieres a ahora mismo?

—Ajá. El evento empieza dentro de una hora. Te he traído el traje con una de mis camisas y otra corbata.

Sigo confuso.

—¿Qué ha pasado con lo de fingir que nos odiamos?

—Ese era el plan, pero… cuanto más lo pensaba, más me disgustaba la situación y todo el secretismo. Les he preguntado lo que opinan a tu tía y a tus primos y están de acuerdo en que no deberíamos escondernos. No tenemos nada que ocultar. —Theo me dedica una sonrisa pícara—. Además, te he echado mucho de menos.

—Ay, qué mono. —Megan le quita el portatrajes a Theo—. Yo me encargo. Tú espera aquí mientras yo arreglo esto. —Me señala de pies a cabeza.

Tim suelta una risita. La tía Jade me quita la botella de chile mientras Megan me arrastra arriba.

Me meto en la ducha y me froto con los restos del jabón que me llevé de los Hamptons. (Soy la clase de persona que corta por la mitad un tubo aplastado de pasta de dientes para sacar hasta la última gota). Me apresuro a meterme en mi habitación con una toalla en la cintura, oliendo a mandarina. El portatrajes que me ha traído Theo está tendido sobre la cama.

Megan, que me estaba esperando en la puerta como una carcelera, irrumpe en cuanto me subo la cremallera de los pantalones. Me aborda con un secador de pelo.

—Si está Taylor Swift, más vale que me consigas un autógrafo.

Me retuerzo cuando una ráfaga de aire hirviente me golpea en la cara.

—Si está Taylor, sospecho que preferirá disfrutar de la velada a que la acose un donnadie.

—No te me pongas digno, Dyl. —Blande el cepillo—. No estás en posición de negociar. Tengo un rizador de pestañas y no dudaré en usarlo.

Soy mucho más fácil de peinar desde que me corté el flequillo. La siguiente arma de Megan es una brocha de maquillaje. Intento esquivarla, pero me pasa un par de toques de polvos bronceadores por la nariz.

—Qué guapo estás cuando te arreglas —dice, satisfecha.

Me pongo la chaqueta del traje y volvemos abajo. La tía Jade ha terminado de preparar el hokkien mee para la tía Heng, que charla con Theo y lo mira con admiración.

—Hola, tía Heng —saludo—. He pelado las gambas como le gustan.

—¡Dylan! —exclama—. Casi no te reconozco, ¡qué guapo estás!

—Lo está —asiente Theo.

Me sonrojo.

Megan le da la corbata de color carbón y el pañuelo a rayas.

—Te dejo que le des los últimos toques. No quiero que el pañuelo de bolsillo parezca una grulla de origami.

Theo se acerca y me rodea el cuello con la larga tira de seda. Es igual que cuando nos vestimos para la ceremonia en los Hamptons, pero esta vez estamos en mi mundo, no en el suyo. No deja de mirarme mientras hace el nudo, ajusta la hendidura y me mete el pañuelo doblado en el bolsillo.

Saca unos gemelos; no son los de Cartier, pero no me atrevo a preguntar de qué marca son. Mientras me los pone en los puños, solo de pensar en lo que pasó la última vez que me los quitó me entran calores.

—¡Vamos, daos prisa! —dice Megan—. Por muy bueno que esté nuestro pollo con miel y sésamo, no querréis que el olor a grasa se os pegue a la ropa.

Salimos y la tía Jade nos hace fotos con el móvil como si fuéramos al baile de graduación. Theo me abre la puerta del coche con una sonrisa y, mientras nos alejamos, no puedo evitar sonreír como la media luna que cuelga sobre nuestras cabezas.

Capítulo 26

He venido al Met antes, pero cuando salgo del coche en la Quinta Avenida, está claro que nunca he estado de verdad. Así no.

Un aparcacoches se lleva el coche de Theo. Los fotógrafos que rodean el edificio vuelven los objetivos hacia nosotros mientras subimos la emblemática escalinata. Me da la mano y casi doy un respingo. No nos hemos dado la mano en público desde que volvimos de los Hamptons. Después de todo lo que ha pasado, su palma en la mía me resulta fresca y emocionante, como la primera vez.

—Bernard se compró un abono anual y los niños menores de doce años entran gratis. —El asombro en los ojos de Theo me recuerda lo cautivado que estaba en el estudio de Pollock—. Veníamos de visita los domingos por la tarde y después comíamos un cucurucho de helado en la escalinata. Me encantaban las galerías de instrumentos musicales de la segunda planta.

Recuerdo un dato al azar de una visita al museo en el primer año de instituto.

—Tienen expuesto el piano más antiguo del mundo, ¿verdad?

Asiente.

—Un Cristofori. ¿Sabías que la mayoría de los instrumentos antiguos del museo aún funcionan? Mataría por tocar uno de sus violines Stradivarius.

Catherine y Malia vienen hacia nosotros. Catherine lleva un elegante traje pantalón de color marfil y Malia luce un vestido amarillo de lentejuelas que resalta su piel morena.

Intercambiamos abrazos antes de que Catherine aparte a Theo para decirle algo al oído.

Malia me sonríe.

—¡Me encanta tu nuevo corte de pelo!

Mientras las tías de Theo van a saludar a otros invitados, él me da un codazo.

—Antes de entrar, hay algo que deberías saber.

—¿Que no lama las esculturas de hielo? —bromeo.

—Mi padre también ha venido.

—Tu pa... ¿Qué? —Me doy la vuelta como un animal enjaulado. ¿Cuán rápido puede traer el aparcacoches el coche de Theo? O quizá deberíamos cruzar corriendo la calle y saltar al primer autobús que pase—. Fingir que somos novios delante de tu familia en la boda ya bastó para que a tu padre se le fuera la olla. ¿Cómo crees que reaccionará si aparecemos juntos delante de sus narices?

—Escúchame un momento. —Theo levanta una mano—. Mi padre piensa que eres un aprovechado, lo cual es totalmente falso, pero eso es porque no te conoce...

—Me gustaría que siguiera siendo así.

—Le he dicho a tu familia que no quiero esconder lo nuestro e iba en serio. —Suena muy serio, pero estoy demasiado estresado para preguntarle qué significa «lo nuestro» exactamente para él—. Esta es la oportunidad perfecta para demostrarle que se equivoca contigo. Que no estás conmigo por algún motivo oculto.

No tiene sentido huir. Los paparazzi ya nos han inmortalizado llegando. Parecería que estamos *jiàn bu dé rén*, como decía mi madre. «Demasiado avergonzados para dar la cara».

Reúno fuerzas.

—Está bien. Pero si me ve y saca un cuchillo de carnicero, me largo.

Theo sonríe.

—No te preocupes. Sé dónde está la exposición de armas y armaduras.

Entramos en el gran salón. Los altos techos abovedados son cavernosos y se entrevén círculos de noche a través de las claraboyas. De los pilares cuelgan focos de color azul eléctrico que iluminan unas veinte mesas en el centro, cubiertas con manteles blancos y provistas de cubiertos y platos. Las mesas VIP de la parte delantera están adornadas con manteles de un color dorado pálido y uno de los invitados me resulta sorprendentemente familiar.

Malcolm Somers parece que acabara de salir del retrato de su mansión. El pelo rubio oscuro le ralea un poco, pero sigue luciendo como si se lo hubieran cortado con una regla. Tiene un aire distante que, en cierto modo, me recuerda a Theo. Sus ojos azules nos fulminan como láseres desde el otro extremo de la sala.

Theo se detiene. Catherine y Malia intercambian una mirada. No sé cómo reaccionar.

—Mi padre está en la mesa VIP —murmura sin mover los labios—. La nuestra estará en el centro. Espero que no te importe.

En qué mesa se sentará su padre no es el problema. Preferiría no estar en el mismo edificio. Si fuera posible, ni en el mismo estado.

—Vamos. —Theo no me suelta la mano—. A por ello.

Malcolm levanta la barbilla mientras caminamos hacia él. Se forma un silencio repentino en el salón. Decenas de ojos se clavan en nosotros. Me suben punzadas de incomodidad por la nuca.

—Hola, papá —dice Theo.

Malcolm hace una mueca.

—Deberías haberme dicho que venías, Theodore. Natalie se encuentra mal, así que queda un asiento VIP libre para la familia.

Theo se pone rígido. No sé si es por el uso de su nombre completo, por la mención a su madrastra o por el tono frío y calmado de su padre al pronunciar la palabra «familia».

—Gracias, pero tenemos asientos para dos. —Theo me acerca a su lado. Quizá sea por la seriedad de sus rostros, pero hay un gran parecido entre padre e hijo. Por el retrato, diría que Theo tiene la sonrisa de su madre. Aunque nunca he visto la de Malcolm—. He venido a presentarte a Dylan. Fue conmigo a la boda el fin de semana pasado.

Malcolm mira en mi dirección. De repente me invade el pavor de un insecto bajo un rayo de sol que pasa a través de una lupa.

—Me preguntaba cuándo conocería al chico que tiene a mi hijo obnubilado. —Su tono es apacible—. Veo que el traje de Kashimura te sienta bien.

—Le queda muy bien, pero ¿sabes qué? Se negó a quedárselo. —Theo mira a su padre—. Si te preocupan sus intenciones, puedes estar tranquilo. No es esa clase de persona.

Un par de flashes se disparan desde los lados antes de que los fotógrafos que nos rodean se vuelvan hacia la entrada. Lucia y su marido acaban de ingresar en el salón.

—Ah, ha llegado tu tía favorita —dice Malcolm con frialdad—. Debe de estar impaciente por saludarte. No la hagas esperar.

Theo lo fulmina con la mirada antes de alejarse.

—¡Theo! ¡Dylan! —Lucia viene hacia nosotros con un movimiento de caderas perfectamente coreografiado. Algún periodista cínico quizá la describiría como un pavo real, pero tengo que admitir que tiene cierta elegancia que me recuerda a un cisne. Mientras nos besa las mejillas, los flashes se disparan otra vez—. ¡Qué maravilla volver a veros tan pronto!

Una periodista se acerca.

—Señora Leyland-Somers, felicidades por la boda de su hija el pasado fin de semana. —Se gira hacia Theo—. Señor Somers, ¿qué lo impulsó a asistir a la boda de su prima a pesar del pleito en curso entre su tía y su padre?

Suelto la mano de Theo cuando Lucia lo empuja hacia el centro de atención.

—Theo y sus primos son uña y carne desde que eran niños —responde ella, aunque la pregunta iba dirigida a él—. Mi querido sobrino es un violinista consumado y Nora estuvo encantada cuando se ofreció a tocar en la ceremonia.

—La tía Lucia tuvo la gentileza de invitarme —añade Theo—. Fue un honor formar parte del día especial de Nora.

Me alejo, sin que nadie se dé cuenta, y me dirijo fuera. El viento es frío, pero me hace falta tomar el aire.

Que el único hijo de Malcolm se posicione públicamente del lado de su oponente es como clavarle un cuchillo en la espalda y a Lucia no le disgusta dar un espectáculo ante las cámaras en su presencia. Se me ha puesto la piel de gallina, pero Theo le ha seguido el juego sin pestañear.

Tu amigo tiene una lengua de plata —dijo el señor Kashimura—. *Es capaz de salirse con la suya en cualquier situación.*

—Hola —dice la voz de Theo—. ¿Estás bien?

Me doy la vuelta cuando se detiene a mi lado.

—¿Te han hecho acupuntura alguna vez?

Niega con la cabeza.

—¿Cómo es?

—Primero te clavan un montón de agujas en los meridianos. Luego conectan un cable a cada aguja. El cable envía impulsos eléctricos que bajan por la aguja hasta el punto de presión. Las agujas se dejan clavadas durante veinte minutos.

—Suena incómodo.

—Nada comparado con lo horrible que ha sido quedar atrapado entre tu tía y tu padre. He sentido cómo los carámbanos se formaban en el techo.

—Ya sabes que la tía Lucia es un poco teatral. —Theo suena apenado—. Y ahora has visto de primera mano lo imbécil que es Malcolm H. Somers.

—¡Porque cree que quiero aprovecharme de su hijo! —Señalo alrededor con la mano—. ¿Qué hacemos aquí, Theo? ¿Sigo fingiendo que soy tu novio? ¿O estamos…?

Me interrumpo. No me atrevo a terminar la frase.

—Dímelo tú, Dylan. —Me mira a los ojos—. ¿Qué te gustaría que fuéramos?

Me muerdo el labio. ¿Por qué me obliga a decirlo en voz alta?

—Creo que ya lo sabes.

Antes de que responda, Catherine asoma la cabeza.

—¿Chicos? ¿Qué hacéis ahí? La cena va a empezar.

Cuando su tía desaparece dentro, Theo me mira.

—¿Quieres irte? La decisión es tuya.

Para empezar, ni siquiera quería venir. Pero si nos vamos, a Malcolm le encantará y creerá que he huido porque me ha pegado donde duele. Le daría otra razón para convencerse de que soy culpable de lo que imagina.

Suspiro.

—Irnos nos hará quedar mal. Acabemos con esto.

Volvemos al gran salón y nos sentamos. Estoy entre Theo y Malia. A diferencia de los Hamptons, donde la comida estaba preparada a la perfección, el pollo a la parrilla está un poco pasado. Las marcas de carbón en la parte superior se habrían ganado una mirada reprobadora de la tía Jade y la textura de la carne está seca en lugar de jugosa. Todo lo que se cocina a la parrilla hay que vigilarlo de cerca y voltearlo en el momento preciso. El chef debe de haberlo dejado sin vigilancia demasiado tiempo.

Después de la comida, Catherine quiere presentar a Theo a algunos conocidos. Mientras él la acompaña, Malia se inclina hacia mí.

—Me alegro de que hayas venido esta noche —susurra—. Así no tengo que esquivar charlas intrascendentes fingiendo que compruebo el estado del mercado cuando en realidad estoy jugando a Pokémon.

Hago un gesto alrededor.

—¿Alguna vez te acostumbras a todo esto? ¿A la ostentación y el glamur?

—La verdad es que me costó acostumbrarme —responde Malia—. Mi familia tiene recursos, pero mis padres me enseñaron a comprobar las facturas antes de pagarlas y a pensármelo dos veces antes de derrochar en cosas que realmente no necesito. Pero este es el mundo de Cat: los paparazzi, los coches llamativos, los excesos. Estar con ella implica formar parte de toda esta farándula.

Hago una mueca.

—Creo que el padre de Theo estaría dispuesto a cualquier cosa para asegurarse de que yo nunca llegue a ser parte de esto.

Malia me da unas palmaditas en la rodilla.

—Mira, es un asco que Theo y tú hayáis quedado atrapados en medio de este lío entre Malcolm y Lucia. Sin embargo, no dejo de pensar en ese dicho chino que nos dijiste en la boda… ¿me recuerdas cómo era?

—*Yǒu yuán qiān lǐ lái xiāng huì.* «Nuestro destino es encontrarnos a través de mil kilómetros».

Malia asiente.

—Theo es un gran chico. Y su corazón sabe lo que hace. Y al menos para Cat y para mí, es evidente que te has abierto un hueco en él.

Una tímida espiral de esperanza nace dentro de mí. Hay dos posibilidades: Theo y yo somos tan buenos actores que hemos engañado a todo el mundo, incluso a sus parientes más cercanos que lo conocen desde que era un bebé. O hay algo real entre nosotros y ambos tenemos demasiado miedo para reconocerlo. Estamos al borde de… algo. Me pregunto qué habría pasado si Catherine no nos hubiera interrumpido antes.

La presentadora anuncia que la subasta benéfica está a punto de comenzar y Catherine y Theo vuelven a la mesa. Él me pone una mano en el hombro y se sienta a mi lado.

—El Museo Metropolitano de Arte está recaudando fondos para Art from the Heart, una organización sin ánimo de lucro que ayuda a jóvenes de escasos recursos a perseguir una carrera en las artes visuales y escénicas. —Señala una vitrina que hay en el escenario, que contiene una roca de tamaño mediano cubierta de salpicaduras de pintura—. Vamos a subastar una obra de arte muy especial creada por nuestros jóvenes beneficiarios en ciernes. La puja inicial es de quinientos mil dólares.

Casi me atraganto, pero lo disimulo con una tos.

Malcolm levanta la mano.

—Setecientos mil.

—Un millón —contraataca Lucia.

—Uno coma cinco —dice Malcolm.

Se levanta un murmullo entre la multitud. Theo apenas puede contener la mueca.

—Uno coma ocho —dice Lucia.

—Dos coma cinco —replica Malcolm.

Catherine suspira con exasperación y se levanta.

—Tres millones —anuncia y mira a sus dos hermanos mayores—. En nombre de la familia Somers.

Sorprendentemente, Malcolm y Lucia no continúan, aunque sus expresiones son de fastidio.

—Vendido —declara la presentadora. Todo el mundo aplaude y se pone en pie—. Nuestra más profunda gratitud por su generosidad, señora Catherine Somers.

Catherine se sienta y resopla.

—Ahora soy la dueña del pisapapeles más caro del mundo.

Theo me da un codazo.

—Los discursos van a ser un aburrimiento. Vayamos a ver las exposiciones.

Miro hacia la entrada.

—Pero el cartel dice que el resto del museo está cerrado.

Theo sonríe.

—Eso nunca me ha detenido.

Nos excusamos y nos dirigimos al baño, pero en el último momento nos escabullimos por otro pasillo. Un tramo de escaleras nos conduce a la colección de arte asiático de la primera planta.

Theo señala la caligrafía china expuesta.

—Los conservadores del museo van rotando las obras regularmente porque la seda y el papel son muy sensibles a la luz.

Atravesamos una entrada circular flanqueada por dos leones de piedra y nos encontramos dentro de un patio recreado de la dinastía Ming, con vigas de pino y techos de tejas con los aleros apuntando hacia arriba.

—Esta es mi favorita. —Paso junto a las formaciones rocosas y me detengo ante la pagoda en miniatura—. Me siento como en el plató de una serie de artes marciales, como *Word of Honor*.

Theo sonríe.

—Solo faltan los actores chinos guapísimos vestidos de época.

Volvemos a la planta baja y deambulamos por galerías repletas de artefactos egipcios antes de entrar en un ala espaciosa de techos altos. Las luces están atenuadas porque la zona está cerrada, pero la iluminación de Central Park se cuela por la pared de cristal de un lateral. En el centro, sobre una plataforma, hay un pabellón de estilo egipcio con dos imponentes arcos de piedra. Está rodeado por una extensión de aguas reflectantes. A cierta distancia, un par de esfinges montan guardia como centinelas silenciosos.

—El Templo de Dendur —dice Theo—. Vamos, entremos.

Pasamos bajo uno de los arcos y nos detenemos ante los pilares del templo. Encima de la entrada hay imágenes del sol y de una figura alada volando, y las paredes están cubiertas de tallas de un rey que hace ofrendas a numerosas deidades.

Vine una vez en una visita escolar, pero todo se veía diferente a la luz del día, rodeado de estudiantes riendo y correteando. Ahora, la penumbra envuelve el espacio en un aire de misterio. Durante la mayor parte de mi vida, nunca me he metido en líos y he seguido las normas como un buen chico asiático; ahora, estar donde no debería me resulta emocionante, prohibido.

—¿Hola? —resuena la voz de un guardia de seguridad.

La emoción se convierte en pánico. Theo me agarra del brazo y tira de mí hacia el interior del templo. Nos apretujamos en un rincón y nos quedamos muy quietos, ocultos en las sombras.

Los pasos del guardia se acercan a la entrada.

Me olvido de respirar. No hay espacio entre el cuerpo de Theo y el mío. De repente, no me importa si el guardia nos descubre. ¿Qué es lo peor que podría pasar? Nos dirá que no deberíamos estar aquí, nos disculparemos por habernos perdido y nos escoltará de vuelta al gran salón. Suena mucho menos peligroso que estar arrinconado contra la pared con un chico que me atrae, sin dejar lugar a la imaginación en la forma en que mi cuerpo reacciona al tenerlo tan cerca.

Empiezo a apartarme, pero me agarra la muñeca.

—No te muevas —susurra y me roza la oreja con los labios.

El calor me recorre por dentro. Esto es una tortura. Intento desesperadamente pensar en otra cosa, cualquier cosa que no sea el olor de su afeitado y el cosquilleo de su pelo en la mejilla.

—¿Estado? —crepita otra voz a través del *walkie-talkie* del guardia.

—Me ha parecido oír algo en la exposición del templo —dice—. Se habrá vuelto a colar alguna rata en los conductos de ventilación.

Los hombros de Theo tiemblan en silencio, como si intentara no reírse. Lo golpeo en las costillas para que pare, pero solo consigo que se acerque más a mí y hunda la cara en mi cuello.

El cono de luz de la linterna del guardia se aleja varios metros.

—Todo despejado. Vuelvo a mi puesto.

—Recibido, cambio.

Exhalo aliviado cuando el guardia se retira. Espero que Theo retroceda, pero no lo hace.

—Hueles bien. —Apoya los codos a ambos lados de mí y su barbilla me roza el hombro—. No sé por qué, pero me recuerda a los Hamptons.

El gel de ducha. Pero no se lo digo, porque la proximidad me ha robado la capacidad de respirar; de hablar, ya ni pensarlo. A esta distancia, tiene las pestañas oscuras y sus ojos son como el espejo de agua que nos rodea. El cálido revoloteo que siento en el estómago cada vez que estoy a solas con él se transforma en algo más punzante e intenso.

—Dylan… —pronuncia mi nombre como nunca lo había hecho.

Me inclino hacia él y lo beso.

No se mueve; estoy seguro de que he cometido el mayor error de mi vida, pero entonces su boca se abre y mi mundo se desvía de su órbita de la mejor forma posible.

No hay nadie más, estamos los dos solos en el interior de un templo egipcio de dos mil años de antigüedad; no hay ninguna otra razón para que me devuelva el beso, salvo que quiera hacerlo.

Cuando nos separamos, Theo suelta un suspiro muy suave. Levanta las manos y me sostiene la cara entre las palmas.

—La última noche en los Hamptons, tenía muchísimas ganas de besarte —dice—. Pero la espera ha merecido la pena.

Sus palabras me provocan un calor intenso hasta la punta de las orejas. No es nuestro primer beso, pero lo parece.

—¿Seguro? —bromeo—. Ni siquiera me miraste en la ducha.

—Créeme, lo hice —dice con sorna—. Pero no hice nada porque no quería presionarte. Me dejaste bastante claro que solo eras mi acompañante para devolverme un favor.

—Cuando estuvimos viendo la tele en la cama —susurro—, también quise besarte.

Theo sonríe.

—Me alegra que lo hayamos aclarado. —Me da la mano—. Venga. Salgamos de aquí.

Nos colamos por la salida de emergencia y aparecemos en un rincón apartado de Central Park. El aire es frío, pero la mano de Theo en la mía me provoca una euforia embriagadora.

Dejo de andar y él también. Estamos en la penumbra entre dos farolas; la luz se acumula a nuestro alrededor y se detiene justo al lado de las sombras que rodean nuestros pies.

—¿Y ahora qué? —pregunto—. ¿Esto es real?

Theo asiente sin dudar.

—No quiero ocultarnos. Sobre todo de mi padre. —Me rodea con los brazos y me estrecha—. Que me aparte de su vida si quiere, pero no permitiré que decida quién está en la mía.

Me permito unos segundos para procesar a la persona que es cuando baja la guardia. Ya lo había visto así cuando estuvimos solos en los Hamptons y, aunque me sentí atraído al instante por el chico que nunca pierde detalle y siempre lo tiene todo bajo control, este es el Theo del que me estoy enamorando.

Le rodeo el cuello con los brazos. Ser de la misma altura tiene sus ventajas.

—Quería preguntarte si te gusta mi nuevo corte de pelo.

Levanta una ceja.

—¿Es una pregunta trampa?

—Hablo en serio. —Lo miro con los ojos entornados—. ¿Te gustaba más largo, como lo tenía antes?

Me acaricia el cuello.

—Tu pelo no es lo que más me gusta de ti.

—¿Seguro? Porque yo puedo decir con sinceridad que tus abdominales son tu mejor cualidad.

Se ríe. Me pasa los dedos por el pelo corto y, mientras volvemos a besarnos, no puedo evitar pensar que no me costaría acostumbrarme a esto.

Capítulo 27

—Procura no llenarlo hasta arriba o la máquina no podrá sellarlo —explica Tim a Theo.

Sugerí añadir a la carta bebidas recién hechas, ya que necesitan menos tiempo de preparación y tienen un mayor margen de beneficios. Hemos empezado con dos bebidas populares de Singapur: té de crisantemo, hervido con longuián y bayas de goji, y chin chow, que se hace con gelatina de hierba negra rallada y sirope. Las tapas de los vasos portátiles no aguantan bien el transporte, así que la tía Jade encargó una de esas máquinas selladoras que usan los locales de *bubble tea*.

Tim es quien se ha leído el manual, así que es el experto residente. Y ha elegido a Theo como aprendiz.

—Vale, ¿eso es todo? —Theo llena un vaso de chin chow y se lo enseña a Tim para que lo apruebe.

—Así está bien. Deja espacio para añadir hielo. Y no dejes que caiga nada de líquido en el borde o la película de sellado no se pegará. —Tim le pasa un paño para que limpie el vaso—. Ahora ponlo en el soporte.

Me apoyo en el mostrador y sonrío. Llevamos oficialmente juntos un día y Theo ya se deja mangonear por mi primito.

Theo coloca el vaso lleno en el soporte metálico de la máquina. Tim comprueba que esté bien dispuesto en la bandeja antes de dar el visto bueno. Theo pulsa un botón rojo. La máquina emite un zumbido y la bandeja se repliega. La parte superior del vaso se estampa con una película de plástico y la bandeja sale de nuevo con la bebida sellada.

Tim inspecciona el vaso y le da la vuelta para asegurarse de que no haya fugas.

—Muy bien. Si el plástico no queda sellado por todos los lados, tienes que arrancarlo y volver a probar. Ahora haz diez más y mételos en la nevera.

Unos pasos bajan por las escaleras. Aparece Megan, vestida con una falda negra corta a cuadros, calcetines hasta la rodilla y un *crop top* estampado.

Se detiene delante de nosotros y da una vuelta.

—Adivinad a dónde voy.

—Diría que al concierto de Blackpink —responde Tim—. Pero ¿crees que vas a poder trepar la valla y escapar de los de seguridad así vestida?

—Muy gracioso. —Megan intenta pellizcarle el brazo a su hermano, pero él se ríe y la esquiva—. Estás celoso porque la prima de Theo tenía una entrada extra y me la ha ofrecido.

Por la expresión de Theo, no me cabe duda de que no fue una coincidencia.

—Dijo que tenía asientos en el foso —dice Theo—. La segunda fila de la sección A.

Megan abre mucho los ojos.

—¿La sección A? ¿Me tomas el pelo? Esos asientos están justo delante del escenario.

—Creo que Terri me lo mencionó, sí.

Megan chilla.

—¡Mis amigos nunca se lo van a creer! Bueno, ¡tendrán que hacerlo cuando haga un directo durante el concierto! A lo mejor ven a Amy, una manchita al fondo en los asientos que se negó a venderme. —Se ríe a carcajadas—. Adoro a tu novio, Dyl. No como tú, por supuesto. Pero ¿quién necesita un novio propio cuando tenemos al tuyo?

El BMW de Terri se detiene en la calle y da un bocinazo corto.

—¡Ten cuidado! —grita la tía Jade desde la cocina mientras Megan sale corriendo por la puerta—. ¡No pierdas el móvil como en el concierto de Billie Eilish!

Theo y yo salimos mientras Megan salta al asiento del copiloto. Theo apoya una mano en la puerta.

—No la pierdas o su madre me matará —dice a Terri—. Y nada de encaramarse al escenario, ¿entendido, ardillita?

Ella pone los ojos en blanco.

—Solo pasó una vez y nunca me dejarás olvidarlo.

Megan se vuelve hacia Terri.

—¿Siempre es así?

—No, solo cuando trata de impresionar a su novio. —Terri me sonríe—. ¿Te puedes creer que Theo intentara convencerme de que en la boda estabais fingiendo que erais pareja? O sea, ¿a quién queríais engañar?

Theo y yo intercambiamos una mirada divertida mientras Terri se marcha.

—Gracias —digo—. No tenías por qué hacerlo.

Theo sonríe.

—Como diría Terri, rescatar a alguien del océano trae buen karma.

Volvemos adentro. Voy a la cocina para ayudar a la tía Jade mientras Theo se queda en el mostrador a dejar listas más bebidas con la máquina de sellado. Después de preparar y servir los últimos pedidos, la tía me dice que ya se ocupa ella de la limpieza.

Cuando salgo, Theo está empaquetando el último lote de entregas bajo la atenta mirada de Tim.

—No te olvides de volver a comprobar si hay instrucciones especiales en el pedido —dice—. ¿Ves este? El cliente no quiere hielo en la bebida, así que asegúrate de ponerle una sin hielo. Y el siguiente quiere salsa de chile extra, así que...

—Añado un paquete extra de salsa de chile —dice Theo.

—Exacto. Cuando termines, grapa la hoja de pedido en la bolsa de papel para que Chung vea bien la dirección.

Me acerco.

—¿Qué nota le pones esta noche, Tim? Supongo que un notable. —Me detengo junto a Theo y le apoyo la mano en la parte baja de la espalda, donde mi primo no la vea—. ¿Tal vez un notable alto?

—¿Qué dices? —Theo se inclina con disimulo hacia mí—. He sido un estudiante excelente. Teniendo en cuenta que es mi primera vez en el trabajo, creo que me merezco un sobresaliente.

—Has aprendido los pasos muy rápido —responde Tim—. Pero has tenido que rehacer el sello en dos vasos, así que te daré un sobresaliente bajo.

Chung llega con la moto. Mientras le sacamos los pedidos y los cargamos en la bolsa térmica, mira a Theo.

—*Lei gor lam pung yow?*

Sonrío.

—Sí, es mi novio.

Chung le levanta el pulgar antes de alejarse. Volvemos a entrar. Tim pasea a Clover los fines de semana, así que la perra le acerca la correa y menea la cola.

Cuando se marchan, me vuelvo hacia Theo.

—No hace falta que ayudes solo porque estás aquí, ¿sabes?

—¿Estás de broma? Hacía tiempo que no me sentía tan útil. —Extiende la mano—. Hasta tengo las heridas de batalla para demostrarlo. ¿Ves?

Tiene un arañazo fresco en los nudillos.

—¡Ay! ¿Qué te has hecho?

—Un trozo de plástico atascó la máquina e intenté sacarlo con la mano. Fallo mío. No te preocupes, el corte no es grave.

Le doy un beso en el dorso de su mano.

—Y yo que iba a preguntarte si querías que le echara un vistazo más de cerca, pero si no es grave…

Theo esboza una sonrisa pícara.

—¿Sabes qué? De repente me ha empezado a doler muchísimo la mano. Necesito atención médica inmediata. En tu habitación. Con la puerta cerrada.

—El paseo de Clover dura al menos unos veinte minutos. —Le doy la mano y lo conduzco hacia las escaleras—. Si no perdemos más tiempo, podemos aprovechar los próximos quince.

El negocio cierra los lunes y la tía Jade tiene una reunión en el banco por la tarde. He intentado sonsacarle algo de información sobre nuestra situación financiera en el desayuno, pero se mostró imprecisa y cambió de tema. Un recordatorio de lo mucho que necesitamos salir en *Fuera de carta*.

Megan y Tim aún no han llegado y estoy en la cocina con Theo. Solo faltan cuatro días para el Festival del Medio Otoño y tengo que hacer los pasteles de luna desde cero. Theo me ayuda en sustitución de mi tía.

Se frota las manos.

—Dime lo que tengo que hacer. Soy todo tuyo.

—Empezaremos por los de relleno de trufa de chocolate blanco. —Señalo un gran cuenco de chispas de chocolate—. He visto algunos tutoriales en YouTube y he aprendido que las trufas deben hacerse con chispas mejor que con una tableta. Los estabilizadores de las chispas hacen que el chocolate se fije más adecuadamente. Formaremos esferas con un vaciador de melones y las recubriremos con otra capa de chocolate, que las ayudará a mantener la forma dentro del pastel.

Comparado con hacer la piel y el relleno de los pasteles de luna, hacer el núcleo de la trufa es un paseo. Añado nata espesa al chocolate blanco y derrito los ingredientes en el microondas a intervalos, mezclando hasta que el chocolate se ha derretido del todo.

Cuando levanto la cuchara, Theo rebaña el chocolate derretido con el dedo y me mancha la nariz. Alzo una ceja. ¿Quiere guerra? No ha sido una jugada inteligente; soy yo quien tiene la cuchara.

Poco después, Theo tiene manchas de chocolate blanco en la frente y las mejillas. Se pasa las manos por la cara y se ríe.

—¡Tú ganas! Me rindo.

Bajo la cuchara.

—¿Qué me ofrecerás como botín por la victoria?

Theo recorre con la mirada el espacio que nos separa.

—Seguro que llegamos a un acuerdo —murmura.

Me acerco a él y lo empujo contra el borde de la mesa de trabajo. Pongo las manos a sus lados y me inclino para besar una mancha de chocolate que tiene cerca de la comisura de los labios.

—Creo que empezaré por aquí.

—¿Planeáis hacer una audición para el tipo de programa de cocina que se emite por la tele por cable a altas horas de la noche? —dice la tía Jade.

Nos apartamos mientras entra, vestida muy elegante con una americana de color canela, una falda de tubo y tacones.

—Hola, tía Jade —dice Theo con timidez.

—Has vuelto pronto —digo—. ¿Cómo ha ido la reunión?

Se apoya en el marco de la puerta.

—La verdad es que bien. La gerente ha pasado mi solicitud de un plan de pago a plazos, que nos ayudará a hacer frente a los gastos. Confía en que nos lo aprueben la semana que viene.

—Chasquea los dedos—. Ah, y tu Gong Gong me llamó justo cuando salía del banco. Ha conseguido contactar con una amiga de Por Por en Malasia. Resulta que nos faltaba un ingrediente muy importante.

Me emociono.

—¿Cuál?

—Gula melaka.

—¿Qué es eso? —pregunta Theo.

—Un tipo especial de azúcar de palma que se fabrica en Malasia —explica—. En el estado de Malaca, para ser exactos, de ahí el nombre. Pero hay un problema. Aquí es imposible de conseguir el tipo exacto que necesitamos.

Frunzo el ceño.

—¿Ni siquiera en alguna de las tiendas especializadas de productos asiáticos?

—El azúcar de cada plantación de palma tiene su propio sabor único, según el suelo y el clima de la región —responde la tía Jade—. Algunas tienen un sabor dulce y ahumado; otras, notas de caramelo, tofe y butterscotch. La amiga de Por Por cosechaba el azúcar a mano en una pequeña plantación familiar de Malaca y le llevaba unos cuantos tarros. Esto es lo más parecido que he encontrado en la tienda.

Saca un paquete de bloques desiguales de color marrón oscuro del tamaño de cubitos de hielo grandes.

—Pero en la etiqueta pone gula jawa —señala Theo.

—Esta marca viene de Indonesia —responde la tía—. Los cristales se hacen también con la savia del cocotero, pero se llaman gula jawa, azúcar javanés.

Frunzo el ceño.

—¿Así que la única posibilidad de encontrar el gula melaka que Por Por usaba en su receta sería subirnos a un avión y volar a casa para conseguirlo?

—Básicamente. Nos apañaremos con lo que tenemos. El gula jawa no es lo mismo, pero al menos se acerca más a la receta original que el azúcar de caña que hemos estado usando. Voy a cambiarme y empezamos.

La tía Jade desaparece escaleras arriba. Theo y yo nos limpiamos el chocolate de la cara, cubro el cuenco de trufa con papel de film y lo meto en la nevera. Me invade una oleada de frustración. Hemos descubierto el ingrediente auténtico que nos faltaba, pero seguimos muy lejos de perfeccionar la receta de los pasteles de luna.

La tía Jade vuelve a bajar y debatimos sobre la proporción de gula jawa que hay que añadir a la pasta de semillas de loto. Quiero que el dulzor sea sutil, no abrumador.

—¿Sabías que el Festival del Medio Otoño se celebra desde hace más de tres mil años, pero que los pasteles de luna no llegaron a ser una parte importante de la celebración hasta mucho más tarde? —cuenta la tía Jade a Theo mientras pelamos las semillas de loto—. Hace seiscientos años, en la dinastía Yuan, China estaba gobernada por los mongoles... Espera, a lo mejor ya conoces la historia.

—Lo único que sé es que los chinos usaban pasteles de luna para enviarse mensajes durante una rebelión —explica Theo.

—¡Así es! —La tía Jade parece encantada de tener público—. Los revolucionarios querían derrocar el régimen, pero necesitaban encontrar una forma de comunicarse sin que sus planes cayeran en malas manos. A uno se le ocurrió la idea: los mongoles no comían pasteles de luna, así que pidió permiso para repartirlos entre los chinos en honor del emperador mongol.

—¿Con un mensaje oculto dentro diciéndole a todo el mundo cuándo contraatacar? —pregunta Theo.

—La luna de la cosecha brilla más el decimoquinto día del octavo mes lunar —responde la tía Jade—. Esa noche se sublevaron por sorpresa y recuperaron la libertad. Las familias chinas siguieron preparando pasteles de luna para recordar aquella victoria.

—¿El relleno de yema salada representa el mensaje oculto? —Una vez vi un TikTok de un aficionado a la comida asiática que lo comentaba—. ¿Por eso hay gente que dice que los pasteles de luna fueron la inspiración de las galletas de la fortuna?

—Es más probable que los mensajes se grabaran por fuera con moldes de madera —explica la tía Jade—. Los pasteles de luna suelen venir en cajas de cuatro. En aquella época, cada familia volvía a casa con su caja, cortaba los pasteles en cuartos y reordenaba las dieciséis piezas para revelar el mensaje oculto. Luego se los comían.

Theo se ríe.

—Una manera brillante de destruir las pruebas.

Cuando probamos la pasta de semillas de loto mezclada con gula jawa, la tía Jade abre los ojos de par en par.

—Es fantástico. El azúcar marca la diferencia.

Tiene razón. El azúcar de palma de coco le infunde al relleno un sabor difícil de describir, como a miel granulada y melaza, pero con un toque ahumado, como a azúcar caramelizada. Me embriaga la emoción. No quiero gafarlo, pero con este ingrediente secreto, tal vez tenga posibilidades de ganar el concurso.

Llaman a la puerta. Hay un hombre trajeado delante del local.

La tía Jade asoma la cabeza por la ventanilla de la cocina y señala el cartel que indica que está cerrado. En lugar de irse, el hombre vuelve a golpear el cristal.

La tía se sacude el polvo de las manos y se dirige a la puerta. Theo y yo la acompañamos.

—¿Jade Wong? —El hombre le da un sobre—. Ha sido notificada.

Mientras el hombre se aleja, la tía Jade saca la carta. Se me encoge el corazón cuando leo las palabras en negrita en la parte superior: «Aviso de desahucio».

—Nuestro casero es un capullo —le digo a Theo, con la esperanza de disimular la vergüenza de mi tía—. Solo quiere asustarnos.

La tía Jade se frota la frente.

—Debe de haber un malentendido. Le dejé un mensaje de voz para informarlo del plan de pago a plazos que estoy negociando con el banco. Supongo que no recibió el mensaje. Lo llamaré más tarde y lo arreglaré todo. —Suelta una risita temblorosa—. Menos mal que no es un cobrador de Singapur. Te pintan con spray «DP» («debes dinero, paga dinero») en la pared del local, con tu nombre y dirección.

Mete el sobre debajo del mostrador.

—Está bien, chicos, de vuelta al trabajo —dice con un forzado tono alegre y se dirige a la cocina—. ¡Esos pasteles no van a hacerse solos!

Theo me mira preocupado. Le hago un gesto para tranquilizarlo, pero yo no dejo de darle vueltas a si, aunque gane el concurso, ¿llegaré a tiempo para salvar Guerreros del Wok?

Capítulo 28

Cuando vuelvo de clase al día siguiente, hay un Rolls-Royce plateado aparcado en la calle. Un hombre blanco y corpulento con traje y gafas de sol espera apoyado en el coche. Se cruza de brazos y me sigue con la mirada cuando paso a su lado.

Entro en el local y freno en seco.

Malcolm Somers está sentado en la mesa alta del interior. Tiene delante una cesta de xiao long bao y un plato casi terminado de arroz frito con huevo.

La tía Jade, que está detrás del mostrador, me sonríe.

—Este es Dylan, el sobrino del que te hablé. Vive con nosotros.

Estoy sin palabras. A la tía Jade se le da fatal reconocer a la gente. Aunque no la culpo, la verdad; la foto de Malcolm del periódico era pequeña y se ha cambiado el traje por una camisa informal de manga corta negra y unos pantalones grises.

—Hola, Dylan. —La sonrisa de Malcolm es como una cuchilla. Está en el mismo sitio en el que se sentó Theo la primera vez que entró en el local—. Me ha encantado charlar con tu tía. Qué establecimiento tan pequeño y adorable tenéis aquí. Tiene mucho encanto y carácter.

—Este caballero ha sentido curiosidad por las fotos de la pared... —me explica la tía Jade—. Resulta que viaja a Hong Kong a menudo por negocios, ¡y ha cenado en los restaurantes en los que yo trabajé! ¿A que el mundo es un pañuelo?

—Sí, desde luego. —Malcolm se levanta—. Gracias por la deliciosa comida, Jade, pero tengo que irme. Me gustaría comprar un ejemplar del *Times*, ¿quizá tu sobrino podría ser tan amable de indicarme dónde se encuentra el quiosco más cercano? —Me dedica una mirada significativa—. Mi hijo tiene más o menos tu edad y me dice que ya nadie lee prensa escrita, pero supongo que soy de la vieja escuela.

Una gota de sudor frío me recorre la frente y el cuello. Estoy deseando alejarlo de la tía Jade. Nos despide con la mano mientras Malcolm y yo salimos.

Miro por encima del hombro mientras caminamos hacia el Rolls-Royce. Estoy convencido de que dos gorilas están a punto de asaltarme y hacerme una cara nueva. O me pondrán una bolsa en la cabeza, me meterán en el maletero y me tirarán al río.

Malcolm deja de caminar. Se vuelve hacia mí.

—Tu tía se ha entregado en cuerpo y alma a este negocio —comenta mientras mira el cartel del local—. Y los dumplings de sopa estaban realmente deliciosos. No me gustaría que Sunset Park perdiera un lugar tan emblemático.

Su tono me recuerda a una serpiente escondida entre la hierba alta.

—¿Qué quiere decir?

—Verás, alguien me comentó que un buen amigo de Theo tuvo una mala experiencia con la comida que pidió en el local de tu tía. ¿Algo de un plato con cebollino que indicó específicamente que no quería?

Sufro un cortocircuito en el cerebro. ¿Cómo sabe lo de ese incidente?

—El padre de Adrian y yo jugamos al golf todos los fines de semana —añade como si me leyera el pensamiento—. No tengo claro si su hijo es alérgico o simplemente odia el cebollino, pero los dos sabemos que si saliera a la luz, a los medios les dará igual. Y más desde la nueva ley que ha aprobado el presidente sobre alergias alimentarias, que hace responsables a los proveedores de que la comida no enferme a nadie.

Siento como si alguien acabase de abrirme una trampilla en el pecho por la que el corazón se me ha caído a los pies. El Departamento de Salud de Nueva York se toma muy en serio las infracciones contra la seguridad alimentaria. Ya están a punto de desahuciarnos, y cualquier mala prensa, fundada o no, podría hacer que el banco nos retirara la financiación o, peor aún, darle al casero una causa justificada para rescindirnos el contrato de alquiler. Si Malcolm cumple su amenaza, ni siquiera Lawrence Lim nos salvará.

—¿Qué es lo que quiere? —espeto—. No tenemos dinero para pagarle...

—¿Pagarme? —Suelta un bufido de burla—. Jamás aceptaría ni un céntimo de tu familia. De hecho, había asumido que esa era la razón por la que te habías enganchado a mi hijo. Pero la otra noche, en el Met, cuando Theo me dijo que no te habías quedado el traje, comprendí que te había subestimado. No persigues nuestra riqueza. No, eres mucho más ambicioso.

Espero que mi cara no muestre el total desconcierto que siento. No tengo ni idea de qué me habla.

—Salir en las noticias y en la prensa del corazón vale mucho más que un traje de Kashimura y un viaje gratis a los Hamptons —continúa—. De repente, todo el mundo habla del joven Dylan Tang, un chico de clase trabajadora inmigrante que compagina los estudios con la cocina y los repartos para el humilde negocio de comida a domicilio de su tía en Brooklyn. Una jugada maestra. A todo el mundo le gusta un cuento de

Cenicienta. Ni siquiera el dinero puede comprar este tipo de publicidad. —Da un paso adelante y me atraviesa con la mirada—. Te acercaste a Theo porque querías aprovecharte del apellido de nuestra familia para elevar el tuyo.

Todo el mundo sabe que lo que más le importa a mi padre es su reputación.

Los cinco mil dólares que Theo nos dio sin pretenderlo le sirvieron a Malcolm para encontrar nuestro punto débil. Y cuando Theo intentó convencerlo de que no iba detrás de su dinero cuando le dijo que no había querido quedarme el traje, su padre llegó a una conclusión aún peor. Ahora cree que soy una amenaza que intenta aprovecharse de su reputación y ya no solo me tiene a mí en el punto de mira, sino también al negocio de mi tía.

El calor me enciende la cara.

—Theo no es la clase de persona que se deja utilizar por nadie. Lo sabría si de verdad le importara lo que pasa en su vida.

—Harías cualquier cosa para mejorar la reputación de tu familia. —La expresión de Malcolm es sombría—. Te aseguro que yo haré lo que sea necesario para proteger la mía. Que te quede claro: aléjate de mi hijo. —Me pone en la mano un sobre rectangular—. Creo que esto te dará un excelente incentivo para hacerlo.

El conductor le abre la puerta trasera del Rolls-Royce. Me quedo clavado en la acera mientras se alejan y desaparecen al doblar la esquina.

Abro el sobre con inquietud. Probablemente sea una copia de la queja oficial que tiene intención de presentar ante el Departamento de Sanidad, contando cómo Guerreros del Wok ignoró por descuido las indicaciones especiales de un cliente…

Saco un cheque al portador a mi nombre. Me quedo boquiabierto al ver el número de ceros.

Cien mil dólares. Más de lo que he tenido en toda mi vida. Y me lo ofrece el padre del chico del que me he enamorado a cambio de no volver a verlo. Si me niego, encontrará la manera de obligarnos a cerrar el negocio. La tía Jade tendrá que cerrar el local y perderemos nuestra casa.

Con este dinero, podríamos pagar al casero y evitar el desahucio. La tía Jade no tendrá que preocuparse por el alquiler durante un tiempo. Tim podría comprarse un violín nuevo, de madera de abeto de la mejor calidad, algo que nunca nos hemos podido permitir. Megan podría comprarse un móvil más moderno. Tal vez incluso nos quede suficiente para irnos los cuatro de vacaciones.

Este pedazo de papel que tengo en la mano podría hacer mucho más que salvar el negocio. Podría cambiarnos la vida. La decisión debería ser obvia: elegir a mi familia por encima de un chico al que solo conozco desde hace unas pocas semanas. No debería tener que pensármelo dos veces. No debería sentirme como si hubiera tragado demasiada agua de mar y fuera a vomitar.

La puerta tintinea cuando entro en el local. La tía Jade está limpiando el mostrador, aunque se detiene al verme.

—¿Dylan? ¿Te encuentras bien? Estás pálido.

—El hombre con el que hablabas —respondo— era Malcolm Somers. El padre de Theo.

La tía Jade abre los ojos de par en par.

—Ay, cielos. ¿Era él? No se parece en nada a la foto del periódico.

Mi voz suena tensa.

—¿Qué le has contado de nosotros? ¿Del negocio?

—Me preguntó cuánto tiempo hacía que habíamos abierto y qué me había llevado a montar un restaurante chino singapurense en Brooklyn. Parecía un hombre agradable. —Frunce el ceño—. ¿De qué quería hablar contigo?

El cheque de Malcolm me quema dentro del bolsillo.

—Nada importante —respondo y subo las escaleras.

Me abrocho la cremallera de la chaqueta y me coloco bajo la farola al otro lado de la calle. Desde aquí veo a los clientes que entran y salen del local. No quiero estar cerca de casa cuando tenga esta conversación con Theo. No quiero que la tía Jade ni mis primos se enteren.

Meto las manos en los bolsillos. Algo rígido cruje en uno de ellos.

—Hola. —Theo se me acerca por detrás. Me rodea la cintura con un brazo y me besa la oreja—. ¿Qué pasa? ¿Por qué no hemos quedado en casa de tu tía?

Me encojo de hombros para zafarme de su abrazo. La expresión de mi cara hace que pierda la sonrisa.

—¿Dylan? —Se adelanta y me da la mano—. ¿Va todo bien?

Doy un paso atrás.

—Esto no va a funcionar. Lo siento.

—¿Qué? ¿A qué viene esto? —Entrecierra los ojos—. Espera… Ha sido mi padre, ¿verdad? ¿Qué te ha dicho?

Saco el cheque y se lo dejo en la palma de la mano.

—Esto es lo que cree que valgo. —Soy incapaz de disimular la amargura en la voz—. Lo mucho que desea que desaparezca de tu vida.

Se queda muy quieto, mirando el cheque.

—¿Te lo ha enviado?

—No. Lo entregó en mano. —Me río sin gracia—. Al volver de clase, estaba en el local, comiendo nuestra comida y charlando con mi tía como si fuera un cliente más. No lo reconoció. —Pensar en la tía Jade cocinando para él todavía me revuelve el estómago—. Le dio las gracias por los deliciosos xiao long bao, me pidió que saliera y me prometió que nos arruinaría si no me alejaba de ti.

—No me creo que haya hecho algo así. —Theo se pasa una mano por el pelo. Nunca lo había visto tan trastocado—. Le dije que no te importaba el dinero. Me aseguré de que Bernard le comentase que quieres ayudar a tu tía a abrir su propio restaurante...

Siento una ráfaga de ira. ¿Cómo ha podido contarle a su padre algo tan personal?

—Vaya. Informar a tu padre de los sueños y esperanzas de mi familia ha sido una jugada estupenda. Ahora cree que estoy contigo no solo por dinero, sino también para conseguir publicidad para el negocio de mi tía. —Exhalo—. Como bien has dicho, lo que más le importa es su reputación y está convencido de que quiero aprovecharme del apellido Somers.

—Qué ridiculez. —Theo se pone a caminar, agitado—. Se ha vuelto loco.

—No va a dejarnos en paz ni a mi familia ni a mí mientras sigamos juntos —digo—. Por eso tenemos que dejarlo. Hay demasiado en juego. Demasiado que perder.

—Mi padre ya intentó separarnos una vez. No se lo permitimos. —La expresión de Theo es sombría y decidida. Es verdad que se parece a Malcolm más de lo que cree—. Hemos llegado hasta aquí, Dylan. Pelearemos. Juntos...

—Esto es diferente —interrumpo—. No querías ocultarle nada a tu padre, pero ¿y si te obliga a elegir entre tu herencia y yo? ¿Qué harás si te amenaza con cortarte el grifo y congelar tu fondo fiduciario?

Theo vacila un instante, pero ambos sabemos la respuesta.

—No quiero que eso pase —continúo—. No deberías tener que elegir entre tu futuro y yo. Nunca te empujaría a tomar esa decisión.

Empieza a caer una lluvia ligera que nos moja el pelo. Imagino que parecemos una escena de un drama chino, dos amantes que comparten un momento robado bajo los tejadillos. Sin embargo, la realidad es fría, húmeda y vacía, y siento el corazón como un peso muerto en el pecho.

Theo se pellizca el puente de la nariz.

—¿Así que rompemos y no nos volvemos a ver? ¿Dejamos que gane mi padre?

—¡Esto no es un juego! —estallo—. ¡Podríamos perder nuestro medio de vida! ¿Es que no lo entiendes? Mi tía me acogió tras la muerte de mi madre, cuando no tenía a dónde ir. —Contengo la emoción que amenaza con desbordarme—. No pienso quedarme de brazos cruzados y dejar que tu padre le arrebate todo por lo que ha trabajado hasta dejarse la piel.

Theo emite un suspiro vacío y me tiende el cheque.

—Vas a romper conmigo, como quería mi padre. ¿Por qué no aceptas el dinero para ayudar a tu tía?

Le aparto la mano.

—Porque quiero que tu padre sepa que no estoy en venta. Puedes decírselo. Este dinero resolvería todos nuestros problemas, pero aceptarlo implicaría reconocer que tiene razón sobre mí. Algunas personas venden su dignidad por un precio, pero yo no soy así. —Estoy seguro de que la tía Jade pensaría lo mismo—. Si la única manera de salvar el negocio es ganar el dichoso concurso, eso será lo que haré.

La voz de Theo está envuelta en pena.

—Entonces déjame ayudarte.

Sigue preocupándose por mí incluso después de que le haya dicho que no podemos estar juntos. Por mucho que lo quiera a mi lado, es lo único que no puedo tener.

—Si tu padre sospecha que seguimos viéndonos y desata una campaña de desprestigio contra Guerreros del Wok, ni siquiera ganar el concurso nos ayudará.

—Pues dime qué quieres que haga. —Theo me aprieta la mano entre las suyas—. Haré lo que sea. Por favor, Dylan. No te rindas con nosotros.

Se lo ve tan agotado que quisiera acercarlo y abrazarlo con fuerza. Pero el silencio se cristaliza entre los dos y el frío resplandor de la luna casi llena no es más que un pálido eco de luz. Una hermosa ilusión.

Suelto una risa sin gracia.

—Sabes, los refranes chinos suelen venir en pares. *Yǒu yuán qiān lǐ lái xiāng huì* es la primera línea. No mucha gente habla de la segunda parte: *Wú yuán duì miàn bù xiāng féng*.

Theo arruga la frente.

—¿Qué significa?

—«Si el destino de dos personas es encontrarse, ni siquiera mil kilómetros podrán separarlas». —Estoy al borde de desmoronarme. No quiero que vea que me estoy muriendo por dentro—. «Pero, si no lo es, sus caminos no se cruzarán aunque estén la una frente a la otra».

Theo habla con calma.

—¿De verdad lo crees?

Sacudo la cabeza.

—Da lo mismo.

Saco la pulsera con el frasquito de cristal. El dolor en su rostro cuando se la pongo en la mano casi acaba conmigo.

Me doy la vuelta y me alejo lo más rápido posible. Las lágrimas empiezan a brotar y emborronan las luces de la calle como manchas estrelladas, como constelaciones deformes. Como planetas que giran alejándose unos de otros.

Cuando llego al local, miro atrás. Theo aún está al otro lado de la calle. Pero no me sigue.

Capítulo 29

Finjo un resfriado y me quedo en casa al día siguiente. Estoy demasiado hundido para salir de la cama. Cuando Tim se va al colegio, entierro la cara en la almohada y dejo que las lágrimas fluyan con libertad. Siento el corazón como un xiao long bao pinchado al que se le ha salido toda la sopa.

La tía Jade viene con un tazón de sopa de pollo y me encuentra con los ojos rojos. Se sienta en un lado de la cama.

—¿Te has peleado con Theo?

—Hemos roto.

Suspira.

—¿De quién fue la idea?

—Mía.

—¿Por su padre? Ayer te dijo algo horrible, ¿no?

—Da lo mismo. —Repetir las últimas palabras que le dije a Theo me produce una nueva punzada en el pecho. La tía Jade no tiene por qué enterarse de la existencia del cheque que le devolví—. Odio admitirlo, pero su padre tiene razón. Somos demasiado diferentes. Lo nuestro nunca habría funcionado.

La tía Jade me rodea con un brazo.

—Lo siento. Sé que te importaba mucho.

Me muerdo el interior de la mejilla. Ahora entiendo cuánto debió de sufrir Chang'e al beberse el elixir, la única forma de evitar que el malvado estudiante se volviera todopoderoso. Tuvo que dejar atrás al hombre que amaba y flotar hasta la luna, donde estarían separados para siempre. Una elección terrible e imposible.

La tía Jade tiene cita en el banco para hablar de otro préstamo temporal. Cuando se va, salgo de la cama. No dejará que una orden de desahucio le impida luchar por mantenernos a flote. Tengo que dejar de compadecerme de mí mismo y hacer lo mismo. Si quiero ganar el concurso, no me basta con hacer un buen pastel de luna. Tengo que hacer uno perfecto.

Me trago un bocadillo que ha sobrado y salgo para ir al metro. Voy hasta la calle 74 con Broadway y cambio al tren 7 en dirección a Flushing, en Queens.

El barrio chino de Flushing se parece al de Sunset Park, con letreros en inglés y en chino. También hay una mezcla de locales coreanos y tailandeses. La gente habla por encima del resto en una cacofonía de dialectos, que me recuerda a cómo mi madre y la tía Jade hablaban y bromeaban en cantonés. Ahora las palabras son como una canción familiar que hace tiempo que no oigo y que me llena de una nostalgia extraña y punzante.

Visito un montón de herboristerías tradicionales y tiendas especializadas, pero no encuentro ninguna que venda gula melaka. Un tendero me asegura que el gula jawa de Indonesia es igual de bueno. Pero Lawrence Lim creció en Malasia, así que estará familiarizado con el sabor concreto del gula melaka de su país de origen. Si el azúcar sabe aunque sea un poco diferente, lo notará al instante.

Al pasar por una tienda vintage, me llama la atención una elegante caja artesanal con forma de un baúl de boticario chino antiguo. Todos los cajones tienen unos delicados tiradores de oro. He visto suficientes programas culinarios como para saber que la presentación es una parte muy importante de los concursos, casi tan crucial como la propia comida.

Entro en la tienda. Me es físicamente imposible pasar por delante de un estante de camisetas con eslóganes divertidos sin comprarme una, así que, junto con la caja para los pasteles, me hago con una camiseta de color índigo que dice «Mi terapeuta tiene patas y pelo».

Una adolescente asiática atiende la caja registradora y está viendo vídeos en el móvil. Junto al mostrador hay un pequeño taller de joyería con un letrero escrito a mano: *Escritura de arroz personalizado.*

—¿Quieres uno? —Señala los frascos de cristal convertidos en llaveros, colgantes y pulseras—. Mi abuelo ha salido a fumar, pero puedo ir a buscarlo. Te escribirá lo que quieras en un grano de arroz. Incluso «el rápido zorro marrón salta sobre el perro perezoso». —Sonríe—. Es broma. ¿Tal vez tu nombre?

Un espasmo de dolor me atraviesa el pecho. Ahora entiendo por qué se habla de corazones rotos.

—No, gracias —respondo—. Alguien ya me regaló uno.

Se encoge de hombros, me da el cambio y baja la vista de nuevo al teléfono. Cuando salgo a la calle, intento emocionarme por lo que he comprado, pero el recuerdo de la expresión devastada de Theo cuando le devolví la pulsera me duele tanto como el círculo de piel desnuda que me rodea la muñeca.

La víspera del Festival del Medio Otoño, un fuerte aguacero azota las ventanas del salón de casa. Hace una hora que cerramos el local y echamos la llave, y estoy haciendo los deberes de cálculo mientras en el móvil de Megan suena el último éxito de Blackpink. Está practicando la coreografía del vídeo que se ha aprendido con sus amigas.

Tim sale de nuestra habitación, con el violín en la mano.

—Meg, ¿te importa bajar la música?

—Fíjate, Tim. —Megan hace un movimiento complicado que termina con un bombeo de pecho y un balanceo de todo el cuerpo—. Estoy haciendo los pasos de Lisa...

—¡Me da igual! Tengo el examen de violín en dos días.

La tía Jade asoma la cabeza desde su habitación. Está en pijama, con un secador en la mano y la mitad del pelo húmedo recogido en lo alto de la cabeza.

—¿Qué pasa aquí?

—Intento practicar, pero el resto se dedica a hacer todo el ruido que puede —replica Tim. Clover ladra—. ¡Basta, Clover!

Un fuerte estruendo resuena en el piso de abajo. Todos nos quedamos de piedra.

Megan apaga la canción del teléfono. La tensión aumenta. Todavía tenemos muy presente el robo de hace unos meses. Al bajar las escaleras, encontramos cristales rotos por todo el suelo y la caja registradora abierta a golpes. Quizás el rayo ha causado un cortocircuito en el nuevo sistema de alarma o alguien ha encontrado la forma de desactivarlo.

Se oye un zumbido eléctrico agudo y las luces se apagan.

—¿Qué está pasando? —Megan suena aterrorizada.

Maniobramos en la oscuridad con las linternas de los teléfonos y maldecimos al chocar con los muebles. El viento aúlla por entre los huecos de las ventanas y un ruido raro y espeluznante llega desde la planta de abajo.

A Tim le tiembla la voz.

—¿No empiezan así las películas de terror?

—La tormenta habrá cortado la luz —dice la tía Jade—. Bajaré y reiniciaré los plomos en el sótano.

—Mamá, no vayas —interviene Megan—. Es demasiado peligroso.

—Iré con ella —digo—. Vosotros quédense aquí. Si no hemos vuelto en cinco minutos, no llaméis a emergencias. —Pongo cara de zombi y me alumbro con la pantalla del teléfono—. Corred.

Megan me da un puñetazo en el brazo.

—No tiene gracia.

Clover ladra mientras la tía Jade y yo nos deslizamos por la verja. La tormenta crece y deforma las sombras, y el sonido del agua que cae se vuelve más fuerte mientras bajamos las escaleras con cuidado, usando los teléfonos de linterna.

Cuando vemos el local a oscuras, ambos nos detenemos sorprendidos.

La acera se ha convertido en un río caudaloso. Una enorme rama ha caído sobre la puerta y la ha abierto de par en par. Torrentes de lluvia se precipitan al interior y el local se está inundando, ya hay varios centímetros de agua.

Empiezo a avanzar, pero la tía Jade me agarra del brazo.

—Quieto. —Señala el enchufe de pared cercano al suelo, sumergido en el agua—. ¡Podrías electrocutarte!

—Tranquila, el disyuntor ha cortado la corriente —digo.

Protesta entre dientes cuando paso por delante de ella y me meto en el agua. Afortunadamente, no me frío.

El vendaval hace que la lluvia cegadora entre casi en horizontal por la puerta rota y nos azota la cara mientras salvamos lo que podemos. La tía Jade va hasta la caja registradora. Corro a rescatar los marcos de fotos de la pared. Todo lo demás es reemplazable, pero los recuerdos no. Los moldes de madera que le compré a la tía Chan están en el mostrador y también me los llevo. Subimos las escaleras empapados y temblando. Tim y Megan esperan ansiosos junto a la verja de Clover. Me quitan de las manos la pila de marcos de fotos. La tía Jade tiene los hombros hundidos y no puede ocultar la impotencia que todos sentimos. Sin embargo, se aparta el pelo mojado y pone cara de valiente.

—Lo que importa es que estamos a salvo. —Rodea con los brazos a Tim y a Megan—. Pasaremos la tormenta aquí esta noche y nos ocuparemos del resto por la mañana. Vamos. Es tarde. Abrigaos e intentad dormir un poco.

Mis primos vuelven a sus habitaciones. Me siento en el sofá y empiezo a limpiar los marcos de fotos. Mientras paso el paño por el cristal de los cinco en Singapur el año pasado, contemplo la cara de mi madre. Todo se está desmoronando y no sé qué hacer. Más que nunca, desearía que estuviera aquí para ayudarme a recomponer mi vida.

—Ey. —La tía Jade me tiende una taza humeante—. Té de jengibre. Pica un poco, pero no hay nada mejor para quitarse la humedad y el frío del cuerpo.

Dejo el marco de fotos y envuelvo la taza con las manos mientras sorbo despacio.

La tía Jade se sienta a mi lado y señala la foto con la cabeza.

—Si tu madre estuviera aquí, en esta tormenta, ¿qué crees que haría?

Lo medito.

—Estaría colgada del teléfono, haciendo triaje con las protectoras y refugios y se ofrecería voluntaria para atender las llamadas de auxilio sobre animales atrapados en las inmediaciones. Y mientras tú le gritarías que está loca por salir con semejante inundación.

Se ríe.

—Suena bastante acertado. Cuando tu madre se empeñaba en algo, nada la detenía.

Me quedo mirando el fondo de la taza.

—Ojalá fuera tan fuerte como ella.

La tía Jade me dedica una extraña sonrisa.

—Me recuerdas a ella en muchas cosas. Incluso cuando me mentiste sobre la boda en los Hamptons a la que ibas a ir con Theo, sabía que solo lo hacías porque no querías que me sintiera mal por aceptar dinero de un extraño. —Parpadeo, sorprendido, y levanta las cejas—. Sí, me di cuenta desde el principio de que el dinero venía directamente de Theo. Hizo mucho más que ayudarte a rellenar el papeleo. Fundación Revolc, ¿en serio? Estás hablando con la reina de las sopas de letras. Vi el nombre de Clover al revés en un santiamén.

—Theo no quería que te enteraras —digo, avergonzado.

—Ha sido muy amable. —Me mira—. Los dos.

La tormenta ruge fuera y golpea las ventanas.

—¿Tenemos seguro contra inundaciones? —pregunto.

Su expresión cansada es toda la respuesta que necesito.

—No esperaba que una crecida repentina fuera a destruir el local en una zona no inundable. —Me aprieta la mano—. No te preocupes. Saldremos de esta. Todo irá bien.

—En cuanto pare de llover, bajaré a tapiar la puerta —digo—. No quiero que nos roben lo poco que quede.

La tía Jade sacude la cabeza.

—Solo son cosas, Dylan. Se pueden arreglar. Reemplazar. Tú me preocupas más. Ver lo mal que lo estás pasando por lo de Theo es mucho peor que una puerta rota.

Se me escapan un par de lágrimas. Me las seco, aunque no me avergüenza llorar delante de tía Jade. El día que murió mi madre, ella fue la que se ocupó de todo con estoicismo. Yo me dejé llevar, todavía demasiado entumecido para sentir nada. Me mudé con ellos esa misma noche. Cuando creía que se habían ido a dormir, me encontró acurrucado en un rincón del baño, sollozando con la camiseta de «Sin dramas, llama». No dijo ni una palabra, se sentó a mi lado y me abrazó mientras llorábamos juntos.

Ahora me rodea con el brazo.

—Cuando decidí dejar al padre de Meg y Tim, llamé a tu madre desde Hong Kong, llorando a lágrima viva. Le dije que no tenía ni idea de qué iba a hacer. ¿Y sabes lo que me respondió? «Yo tampoco, pero no deberías tener que descubrirlo sola». En pocas horas, reservé tres billetes de ida a Nueva York.

La miro.

—¿Siempre duele tanto cuando te rompen el corazón o es solo la primera vez?

Se le empañan los ojos.

—Ay, cariño —dice—. Entregarte a alguien es como aprender a montar en bici. Te despellejarás los codos y las rodillas, pero el dolor pasará. Te curarás. Y un día, las cicatrices serán un recuerdo, no de la caída, sino de que volviste a levantarte.

Me froto los ojos y resoplo. Aquí estoy, llorando en el hombro de mi tía cuando su negocio, todo por lo que ha trabajado a destajo los últimos cinco años, se está ahogando en la planta de abajo.

Me da un codazo cariñoso.

—¿Recuerdas la historia de Hou Yi y Chang'e que Tim contó la otra noche en la cena? No mucha gente sabe que hay otra versión completamente diferente.

—¿Cómo es?

—Hou Yi aún derribó los nueve soles y recibió el elixir, y el pueblo lo nombró rey. Pero el culto al héroe y la gloria lo corrompieron y se convirtió en un tirano. Chang'e robó y bebió el elixir para impedir que su cruel marido fuera inmortal. Cuando se enteró, se enfureció tanto que le disparó flechas. Pero ella escapó flotando hasta la luna, que se convirtió en su refugio.

Me río sin gracia.

—Entiendo por qué le contaste a Tim la versión de amor eterno en lugar de la del intento de asesinato. Pero ¿por qué me la cuentas a mí ahora?

—Porque todas las historias pueden tener diferente finales. —La expresión de la tía Jade es significativa—. Todo depende de en cuál quieras creer.

Capítulo 30

La furia de la tormenta cesa por fin al amanecer. No he pegado ojo en toda la noche. La tía Jade y yo nos ponemos unas botas impermeables para protegernos los pies. El agua ha bajado y solo nos llega hasta los tobillos, pero la línea de suciedad en las paredes muestra la altura que alcanzó durante la noche. Los taburetes están volcados y la mesa está cubierta de hojas muertas arrastradas por el viento.

—Supongo que el universo se hartó de mis dotes de decoradora. —La tía Jade suelta una risita forzada—. Necesitaba una razón para cambiar los muebles.

Se me encoge el corazón al encontrar la caja para los pasteles de luna que compré en la tienda vintage. La elegante madera está manchada y cubierta de porquería. Conseguí salvar los moldes y las fotos, pero no llegué a los ingredientes que había dejado preparados para el concurso. También se han estropeado.

La despensa del sótano ha sufrido los peores daños. No podemos ni bajar la mitad de los escalones. El congelador está flotando en al menos medio metro de agua salobre y maloliente. Habrá que tirarlo casi todo. Miles de dólares de inventario por el desagüe, así sin más.

Paso el brazo por los hombros de la tía Jade. Tiene los ojos húmedos y tiembla un poco. Sé que no es solo por el frío de la mañana.

Nos aseguramos de que sea seguro antes de dejar que Megan y Tim bajen. La tía Jade llama por teléfono al casero, a la compañía eléctrica y al ayuntamiento. Nos pasamos toda la mañana limpiando y sacando cubos de agua sucia, que nunca parece acabarse. Megan rescata su delantal favorito de Hello Kitty y Tim limpia con mucho cuidado el gatito de la fortuna de porcelana con un paño antes de colocarlo en un estante más alto. Tiro la caja para los pasteles estropeada en una bolsa de basura con toda la porquería que se le ha metido dentro.

Mientras saco dos bolsas de basura a la acera, un BMW se detiene delante. Baja la ventanilla y una joven rubia asoma la cabeza.

—¡Dylan!

Me quedo parado.

—¿Terri? ¿Qué haces aquí?

—Meg me ha dicho que hoy es el concurso de pasteles de luna. Vamos, te llevo.

Parpadeo.

—Pero no tengo los ingredientes. Todo se ha perdido en la inundación.

—Compraremos más por el camino. —Saluda a Megan y a la tía Jade, que salen a recibirla—. Deprisa, son casi las dos.

Dudo. Los demás concursantes deben de estar preparándose en el estudio mientras hablamos. Ya voy tarde. Los pasteles de luna de piel de nieve tardan en hacerse unas tres horas, quizás un poco menos. Aún tengo alguna posibilidad de terminar a tiempo, pero no quiero dejar que mi tía y mis primos tengan que apañárselas solos con todo el desastre.

Como si intuyera lo que pienso, la tía Jade me pone una mano en el brazo.

—Tengo que quedarme para ocuparme de todo, pero tú deberías ir. —Me sonríe—. No vamos a dejar que un poco de lluvia acabe con nosotros.

—Vamos, Dyl —dice Megan—. Podemos con esto, y tú también.

De repente, me siento más decidido que nunca a ganar el concurso.

—Dame diez minutos —digo a Terri.

Subo corriendo a lavarme y cambiarme. Clover ha vuelto a volcar el cesto de la ropa y ha derramado la ropa limpia por el suelo. Atrapo una camiseta blanca cualquiera y unos vaqueros. Meto mis cosas en la mochila, incluidos los tres moldes de madera. Menos mal que me los llevé al piso de arriba, donde estuvieron a salvo de la inundación.

Me fijo en el molde de 念. El que compré para recordar a mi madre. Cuando Theo vino a cenar, le impedí que se comiera el pastel de luna con ese carácter. Ahora no estoy seguro de lo que significarán los recuerdos para nosotros.

Clover aparece con algo en la boca y lo deja caer a mis pies.

La gorra de béisbol blanca de Theo. La que llevaba cuando estuvo ayudando a Tim con las bebidas; después, volvimos a mi habitación y nos besamos.

Se me hace un nudo en la garganta al recogerla. Clover me mira con aire solemne.

No sé nada de Theo desde que rompimos. Ojalá pudiera decir que no siento un cosquilleo de esperanza cada vez que me suena el teléfono, pero sería mentira. Lo echo mucho de menos.

Meto la gorra en la mochila y me la cuelgo del hombro.

—Gracias, colega.

Clover menea la cola con la lengua fuera.

Bajo a la cocina. Tengo los moldes de madera y puedo comprar ingredientes frescos en la tienda, pero dudo que encuentre

248 • LA RECETA DEL AMOR

otra caja única y decorativa para presentar los pasteles con tan poco tiempo. No quiero perder puntos por una mala presentación, así que tendré que improvisar.

Rebusco en los armarios de pared hasta que encuentro un tingkat antiguo, un recipiente circular de acero inoxidable que mis abuelos usaban para la comida para llevar antes de que existieran las cajas desechables. Cuatro niveles diferentes separan los platos principales, el arroz y la sopa.

La tía Jade aparece detrás de mí.

—Tu Por Por se lo regaló a tu madre por su duodécimo cumpleaños. Le gustaba tanto que se negaba a meter comida dentro.

El esmaltado de color esmeralda, decorado con grullas volando, nubes esponjosas y conejos saltando hacia la luna llena, se ve clásico y elegante a la vez.

Me emociono.

—Es perfecto para exponer los pasteles de luna.

La tía Jade sonríe.

—A tu madre le habría encantado.

Tim, Megan y Terri nos esperan en la entrada del local.

—¿A qué hora empieza el festival? —pregunta Tim.

—Abre a las seis en la plaza frente al estudio de Lawrence Lim en Midtown —digo—. A las siete se valorarán los pasteles.

—Allí estaremos —dice Megan—. Llueva, haga sol, diluvie o haya un eclipse total.

La tía Jade me abraza con fuerza.

—Siento no poder ayudarte en el concurso. Pero lo harás genial. Lo sé.

Le doy un beso en la mejilla.

—Nunca podría haber hecho esto sin ti si no fuera por ti. ¿Tiene sentido?

La tía Jade ensancha la sonrisa. Nunca la había querido tanto.

El Festival del Medio Otoño es un momento para la familia. Para los reencuentros. Los revolucionarios de la dinastía Yuan hacían pasteles de luna porque luchaban por sus familias. Nunca imaginé que, siglos después, yo haría lo mismo.

Guerreros del Wok ha sobrevivido a la inundación repentina. No dejaré que el duro trabajo de la tía Jade se desperdicie.

Cuando entro en el coche de Terri, me sonríe.

—Por cierto, me encanta tu camiseta.

Miro abajo. No me fijé al ponérmela, pero es la camiseta de los conejos.

Capítulo 31

Paramos en una tienda para comprar harina de arroz glutinoso cocida, azúcar en polvo, almidón de trigo, manteca, aceite de cacahuete, maltosa, chispas de chocolate blanco y el resto de los ingredientes. Por suerte, la tienda de especialidades asiáticas de al lado vende semillas de loto con la cáscara intacta. También tienen gula jawa, que compro además de un paquete de flores secas de campanilla azul.

Mientras aceleramos hacia el túnel Battery, miro a Terri.

—¿Cómo está Theo?

Se pone seria. Theo o Megan deben de haberle contado lo de la ruptura.

—Está bien. Siento que tuvierais que pasar toda esa mierda con su padre.

Me encojo de hombros.

—Dos personas no deberían tener que renunciar a todo para estar juntas. Acabaríamos resentidos por lo que hemos perdido y eso nos habría terminado separando de todos modos.

Terri se queda callada un momento.

—No sé cuánto sabes de la rehabilitación —dice—. Pero no te permiten tener móvil ni videojuegos ni una baraja de cartas… ni siquiera esmalte de uñas. ¿A que suena a locura? Se supone que las normas estrictas están para ayudarnos a centrarnos en la recuperación, pero a veces me sentía atrapada en una especie de prisión zen.

Intento ser delicado.

—¿Cuánto tiempo estuviste allí?

—Dos meses. Theo me visitaba todos los fines de semana. Jugábamos al Monopoly, mi juego de mesa favorito, y nunca trató de convertir mi obsesión por coleccionar todos los ferrocarriles en un análisis psicológico que explicara por qué me había arruinado la vida de forma tan espectacular. —Se queda pensativa—. Todo el mundo quería que me recuperase. Nora me preguntaba: «¿Te encuentras mejor?». Y mi madre: «¿La rehabilitación funciona?». Mi padre me prometía que iríamos a comprar un coche cuando saliera. Theo era el único que sabía que no quería que me recordaran las partes de mí que había que arreglar. Necesitaba que me ayudaran a recordar las que no.

El reloj del salpicadero indica que son más de las tres cuando llegamos al estudio culinario de Lawrence Lim en Midtown. Me asombro cuando el hombre sale a recibirnos. Me estrecha la mano.

—Tú debes de ser Dylan Tang, nuestro último concursante. —Va muy elegante con chaqueta y sin corbata, y el hoyuelo que se le forma al sonreír es igual de encantador en persona que en la tele. Levanta las cejas cuando Terri sale del asiento del conductor—. ¿Terri Leyland-Somers? ¿A qué debo el honor?

Ella sonríe.

—Ya te dije que volvería a por más después de haber probado ese delicioso rendang de ternera que preparaste en la velada de Bruno luego de los Grammy.

¿Se conocen? No debería sorprenderme; es normal que los chefs de renombre internacional se codeen con famosos y familias adineradas de la alta sociedad que los contratan para organizar cenas privadas. Y Terri es sin duda memorable.

Lawrence se vuelve hacia mí.

—El señor Wu, el organizador del concurso, empezaba a preocuparse, pero le aseguré que llegarías.

—Siento mucho llegar tarde —digo, todavía un poco sin aliento—. La tormenta de anoche inundó el local de mi tía. Ella iba a ser mi ayudante, pero ha tenido que quedarse para lidiar con el desastre.

—¿Así que lo harás solo? —pregunta Lawrence.

Asiento.

—Supongo que no me queda otra.

Sacamos los ingredientes del coche. Lawrence, todo un caballero, ayuda a Terri con las bolsas. Los comerciantes están instalando sus puestos bajo dos grandes carpas en la plaza que hay delante del estudio y los trabajadores están preparando el escenario y el sistema de vídeo.

Cuando entramos en el amplio vestíbulo y nos dirigimos al estudio culinario, Lawrence habla.

—La mayoría de los concursos de cocina y repostería son individuales, pero en la vida real, un chef no es mejor que la suma de sus ayudantes —afirma—. Por supuesto, queremos que el concursante se ocupe de la mayor parte del trabajo y estaremos atentos a ello; pero los héroes anónimos son aquellos que saben exactamente qué cuchara tienen que pasar sin que el chef tenga que pedirlo.

—Ya que la tía de Dylan no puede ayudarlo, ¿quizá yo podría sustituirla? —sugiere Terri—. ¿O no está permitido?

Lawrence se detiene ante unas puertas cerradas.

—Intentamos ser flexibles en la medida de lo posible. Sin embargo, me temo que tendré que decir que no. Las reglas del concurso son claras: Dylan solo puede tener un ayudante.

Parpadeo. ¿Qué?

Lawrence abre las puertas. Bajo las brillantes luces fluorescentes, una cámara capta imágenes de las siete parejas de concursantes trajinando en sus puestos. En la mesa de acero inoxidable de la esquina más alejada, está Theo.

El corazón me bombea en la caja torácica.

—Hola, Dylan. —Camina hacia mí. Tiene en las manos un tarro lleno de cristales de roca de un color marrón rojizo—. Me encanta tu camiseta.

Abro la boca, pero no me sale ninguna palabra. Terri y Lawrence sonríen. También estaban en el ajo. La cámara nos rodea para apuntarnos a Theo y a mí. Me pregunto si estaremos saliendo en directo en el Instagram de Lawrence, que tiene veinte millones de seguidores.

—Tu tía llamó esta mañana y nos explicó lo de la inundación —aclara Lawrence—. Por supuesto, lo comprendimos. Preguntó si alguien más podía asistirte.

A pesar de todo lo ocurrido, la tía Jade no solo se acordó del concurso, sino que se puso en contacto con el organizador sin avisarme. Estoy conmovido.

—Hablé con el señor Wu y con el productor —continúa Lawrence—. Todo estuvimos de acuerdo en que se trataba de circunstancias atenuantes y que debería permitírsete elegir a otro ayudante de cocina. —Señala a Theo con la cabeza—. Tu amigo parece haber hecho un gran esfuerzo para conseguir un ingrediente especial.

Theo le tiende el tarro.

—Tu abuela me aseguró que es el mismo gula melaka que usaba en su receta.

Lo miro incrédulo.

—¿Has hablado con mi abuela?

Theo asiente.

—También la he visto. Me diste la idea cuando le preguntaste a tu tía si la única manera de conseguir el gula melaka sería subirse a un avión y volar a Singapur. Así que eso hice.

—Dos vuelos de dieciocho horas, uno detrás de otro —añade Bernard, que aparece por detrás de mí. Tiene la corbata aflojada alrededor del cuello, que se frota con una mueca—. Ya soy demasiado viejo para estos trotes.

—Hay más. —Theo saca otro frasco de cristal lleno de flores de color azul violáceo intenso—. Son de la planta de campanilla azul del jardín de tu abuela. Sé lo importante que es para ti seguir la receta original lo más fielmente posible.

Se ha cruzado medio mundo para traerme la pieza que faltaba de la receta de mi abuela. No me lo creo. Quiero lanzarme a sus brazos, pero estoy paralizado en el sitio.

—Gracias —susurro.

Sonríe.

—Vamos a hacer pasteles de luna.

Nos ponemos manos a la obra. Los hornos y los frigoríficos son compartidos, pero cada puesto individual está equipado con su propio fregadero, cocina de inducción, utensilios de cocina y de repostería, y electrodomésticos.

—Empecemos por el relleno de trufa de chocolate blanco. —Saco las chispas de chocolate—. Podemos acelerar el periodo de reposo con el enfriador rápido.

Mientras Theo mete el bol en el microondas y remueve el chocolate blanco, yo hiervo las semillas de loto en la cocina de inducción. Cuando están listas, empezamos a quitarles la cáscara y a arrancar los pequeños brotes verdes del interior. Terri nos graba, sorteando al equipo de cámaras.

Tardamos más de media hora en terminar. Hiervo las semillas de loto por segunda vez y las meto en la batidora, mientras Theo va al congelador a comprobar cómo va el relleno de trufa.

—Está cuajando muy bien —informa.

La chef de redes sociales adolescente Valerie Leung está en el puesto contiguo al nuestro. Su abuela vigila los pasteles de luna y habla en cantonés. Parece que los suyos están casi listos para entrar en el horno, el último paso. Los de piel de nieve no hay que hornearlos, pero sí tienen que enfriarse antes de servirlos. Ni siquiera hemos empezado con la cobertura… ¿nos dará tiempo a hacerlo todo?

Los cristales de roca de color marrón rojizo del gula melaka se convierten en un sirope espeso al derretirlos en una olla. Mientras preparo el wok para saltear la pasta de semillas de loto, Theo toca sin querer el jarabe caliente y retira la mano con un siseo.

Me doy la vuelta.

—¿Estás bien?

—Sí, no es nada —dice rápidamente.

Aun así, le atrapo la mano y la examino. La piel está enrojecida, pero no hay ampolla.

—Ten cuidado. —Me llevo las yemas de sus dedos a los labios—. Me sentiré fatal si te haces daño.

Se dispara un flash y un fotógrafo nos roba una imagen. Theo se sonroja. Terri le guiña un ojo a Valerie y dice:

—¿No son adorables?

Lawrence hace su ronda y charla con los demás concursantes sobre sus experiencias y aspiraciones culinarias. Oigo por casualidad a algunos de ellos comentar sus lugares favoritos para aparecer en *Fuera de carta* si ganaran.

Cuando se acerca a nosotros, señala el puré de semillas de loto.

—Me he dado cuenta de que has dedicado mucho tiempo a preparar las semillas de loto —dice—. ¿Alguna razón por la que no hayas comprado las que ya vienen peladas?

—Sería sin duda más fácil —respondo—. Pero no mejor, ya que las semillas de loto habrían perdido sabor. Quitar la cáscara en el momento garantiza que la pasta conservará su frescura y su fragancia.

Lawrence asiente con aprobación.

—Una técnica estupenda.

Sofrío el puré de semillas de loto con el sirope de gula melaka en el wok. Cuando la pasta está lo bastante espesa como para poder rasparla fácilmente de los lados, la meto en el enfriador para acelerar el proceso. Theo trae el núcleo de trufa, que ha quedado firme pero no demasiado denso. Prepara las esferas con un vaciador de melones y yo las cubro con otra capa de chocolate blanco.

—¿Nos ponemos con la cobertura? —pregunta.

—Sí. Necesitaremos harina de arroz glutinoso cocida, almidón de trigo, azúcar y manteca.

Mido los ingredientes y los mezclo con agua helada. Theo remoja las flores de Por Por en un vaso. Añado el té azul brillante hasta que la masa adquiere el tono perfecto, mientras me aseguro de que se mantenga elástica y suave, como me indicó la tía Jade. Luego divido la masa en trozos más pequeños con los que formamos discos aplanados.

Las trufas han cuajado bien, pero la pasta de semillas de loto no se ha enfriado tanto como me habría gustado. Aun así, no hay tiempo que perder. Hay que montarlo todo. El núcleo de trufa va en el centro, rodeado de una generosa capa de pasta de semillas de loto. Le muestro a Theo cómo envolver los bordes de la masa para sellar el relleno antes de presionar las bolas en los moldes de madera espolvoreados con harina.

A las seis en punto, cuando tenemos que soltar los utensilios, gracias a algún milagro, tenemos veinte pasteles de luna. Theo y yo nos miramos, con las mismas manchas de harina y la misma sonrisa de satisfacción en el rostro.

Ha llegado el momento de la verdad. Elijo el que tiene la forma menos definida, dejando los más bonitos para el concurso. Al cortarlo con un cuchillo, temo que se desintegre, pero no pasa.

Theo se lleva un trozo a la boca.

—¿Qué tal está? —pregunto.

Mastica a conciencia.

—He probado pasteles de luna antes, pero ninguno como este.

—¿Qué significa eso?

Theo esboza una sonrisa.

—Está buenísimo.

Muerdo mi trozo. Tiene razón. La pasta es blanda y aterciopelada, y el gula melaka le añade un delicioso toque ahumado. Y la piel de nieve es tan suave y sedosa que se me deshace en la boca.

El señor Wu nos indica que llevemos los pasteles afuera y los colocamos con mucho cuidado en los pisos del tingkat de mi madre.

Cuando terminamos, Theo se vuelve hacia mí.

—Siento que mi padre te haya acusado de esas cosas tan terribles —dice—. Le devolví el cheque. Sabe que no te interesa su dinero. También le he dicho que, si no os deja en paz a tu tía y a ti, la próxima noticia que saldrá en la prensa hablará sobre cómo ha intentado sobornar a un adolescente y destruir el negocio de una mujer trabajadora a base de mentiras.

—Yo también lo siento —digo—. Por haberte alejado aquella noche. Querías ayudarme, pero no te di la oportunidad. No estaba pensando con claridad.

—Intentabas proteger a tu familia —responde Theo—. Y yo quería ayudarte a hacerlo. Le pedí a tu tía que no te contara que iba a ir a Singapur a por el gula melaka por si no conseguía volver a tiempo. No quería decepcionarte.

—¿Decepcionarme? —Aprieto sus manos entre las mías—. Has faltado a clase, te has subido a un avión y has atravesado medio planeta. Aunque hubieras vuelto con las manos vacías, lo que has hecho significa mucho para mí.

Se ruboriza. Mete una mano en el bolsillo y saca la pulsera con el frasquito de cristal. Duda.

—Tengo algo que te pertenece.

Extiendo la mano. Me rodea la muñeca con la pulsera y cierra el broche.

—Yo también tengo algo tuyo —digo.

Rebusco en la mochila y saco la gorra de béisbol blanca.

Se queda parado un segundo.

—¿Te la has traído?

Me pongo la gorra antes de darle un beso rápido en los labios.

—Para que me dé suerte.

Capítulo 32

C uando salimos del estudio, la gente se arremolina bajo las grandes carpas de la amplia plaza, comprando comida y recuerdos en los puestos. Los árboles están adornados con guirnaldas de luces y cuelgan farolillos eléctricos de palos de madera atados a las farolas. En Estados Unidos, las celebraciones del Festival del Medio Otoño suelen tener lugar durante el día, aunque mi madre y tía Jade nos contaron que, en Singapur, el barrio chino cobra vida solo después de que se ponga el sol. Lawrence probablemente habrá vivido lo mismo en Malasia, lo que deduzco que será la razón por la que ha decidido celebrar esto a última hora de la tarde aquí en Nueva York.

En el escenario, una gran pantalla de vídeo muestra entre bastidores a los concursantes cocinando en el estudio. Los pasteles de luna están expuestos en mesas cubiertas con telas rojas. Escribo la descripción en una ficha: «Una luna sin yema: pasteles de luna de piel de nieve de campanilla azul, con relleno de pasta de semillas de loto y corazón de trufa de chocolate blanco».

Nos mezclamos con los demás concursantes y admiramos sus creaciones. Valerie y su abuela muestran sus pasteles de luna horneados en una anticuada caja de bambú rodeada de una tetera de arcilla morada y cuatro tazas de cerámica. Otra pareja, un estudiante de penúltimo año de instituto que trabaja en una pastelería de Queens y su primo mayor, estudiante de primero en el Culinary Institute of America, han hecho unos pasteles de piel de nieve de yuzu, lichi y martini y los presentan en una caja roja de piel sintética decorada con vasos de whisky. No he traído ningún accesorio, pero nuestros pasteles no desentonan en el elegante tingkat de mi madre.

—Me muero de hambre. —Terri aparece y nos arrastra hacia los puestos de la plaza—. Vamos a comer algo.

Los comerciantes ofrecen comida tradicional del Festival del Medio Otoño: pato pekinés, pasteles de taro, calabaza, pomelos, jalea de osmanthus… incluso caracoles de río, que se preparan en una sopa caldosa con muchas especias. Theo y Terri lo prueban todo con fruición.

—En serio, está mejor que los escargot —dice Terri mientras sorbe la sopa. Me mira por encima del hombro y me saluda con la mano—. ¡Mira! Han llegado tu tía y tus primos. Y han traído a tu perrita.

Clover trota junto a Tim con la lengua fuera. Ninguno parece sorprendido de ver a Theo.

—¿Lo sabíais todos? —pregunto.

—Me hizo prometer que no te lo diría —confirma la tía Jade—. No sabes lo difícil que ha sido que no se me escapase nada.

—Me habría sido imposible visitar a tus abuelos sin la ayuda de tu tía —dice Theo.

—Bueno, ¿qué tal han quedado los pasteles de luna? —pregunta Megan.

—¡Fantásticos! —exclama Theo—. Deberíais haber visto a Dylan. Es un maestro de la cocina.

Sonrío.

—He tenido un gran ayudante.

La voz del señor Wu resuena por los altavoces y anuncia que el concurso está a punto de comenzar. Nos reunimos alrededor del escenario mientras presenta a los jueces: él mismo, dos populares propietarios de panaderías de Brooklyn y, por supuesto, Lawrence Lim.

—¡Buenas noches a todos! —dice el señor Wu—. Gracias por asistir a nuestro concurso de pasteles de luna más emocionante hasta la fecha. Un agradecimiento especial a nuestra celebridad invitada, Lawrence Lim, por patrocinar el premio y buscar un hueco en su apretada agenda para valorar estos deliciosos dulces. Ahora les pediré a nuestros concursantes que suban al escenario y nos cuenten un poco más sobre la inspiración que hay detrás de sus creaciones.

Trago saliva. El formulario de inscripción no incluía que tuviera que ponerme delante de cientos de desconocidos para hablarles de mis pasteles de luna. No puedo admitir que espero ganar para salvar nuestro negocio. La tía Jade está al borde de perder el local y nuestra casa; no voy a avergonzarla delante de todo el mundo.

Valerie es la primera. Explica con elocuencia que su abuela le enseñó que los cinco frutos secos que ha usado en su receta, cacahuetes, nueces, semillas de sésamo, semillas de melón y almendras, representan las cinco virtudes de la antigua filosofía china: benevolencia, rectitud, propiedad, sabiduría y fidelidad.

Intento no asustarme cuando llaman a los dos siguientes concursantes. Quizá pueda esconderme en el baño hasta que pase mi turno.

—¡Y ahora le toca a Dylan Tang! —dice el señor Wu.

Porras, demasiado tarde. Terri silba y Theo me aprieta la mano para darme ánimos. Me tiemblan un poco las piernas al subir al escenario. El presentador me pasa el micrófono.

—Dylan, háblanos un poco de tus pasteles de luna de piel de nieve azul —dice Lawrence—. ¿Qué les confiere ese tinte tan especial? ¿Y por qué has optado por cambiar el tradicional centro de yema de huevo de pato por una trufa de chocolate blanco?

—El color viene del tinte natural de las flores de la campanilla azul. —Dudo antes de responder a la segunda pregunta. Las cámaras están grabando y no quiero ponerme demasiado sensiblero—. El año pasado, mi madre quería que participáramos juntos en este concurso, pero nunca llegamos a tener la oportunidad. Le encantaba el chocolate blanco, así que mantuve el relleno tradicional de pasta de semillas de loto, pero sustituí el centro por un núcleo de trufa de chocolate blanco. Recuperar la receta perdida de los pasteles de luna de mi abuela era una de las últimas cosas que mi madre quería y he venido para hacerlo.

—Qué bonito homenaje. —Lawrence hace un gesto al equipo de cámaras y aparece un primer plano del pastel de luna con el carácter 念 en la pared de pantallas—. Para quienes no lean chino, este carácter es *niàn* y significa «recuerdo».

El público asiente y aplaude.

—También has recibido una entrega inesperada de ingredientes desde Singapur —continúa Lawrence—. ¿Nos cuentas la historia?

—La receta de mi abuela requería gula melaka, un tipo de azúcar de palma de Malasia que no se encuentra aquí. Aunque intentamos por todos los medios encontrar alternativas, no era lo mismo. Pero alguien… recorrió diez mil kilómetros por mí.

Lawrence sonríe.

—Debe de ser alguien muy especial.

Miro a Theo con timidez.

—Sí que lo es.

El público suspira con emoción.

—Tampoco podría haber hecho esto sin mi tía Jade —añado y la señalo entre la gente. Ella saluda emocionada—. Trabaja seis días a la semana en nuestro local de comida para llevar, Guerreros del Wok, pero aunque estaba muy ocupada, sacó tiempo para hacer pasteles de luna conmigo.

—¿Qué has aprendido de esta experiencia? —pregunta Lawrence.

Me planteo cómo responder. A pesar de que nuestras vidas son un caos ahora mismo, estamos todos aquí, celebrando juntos el Festival del Medio Otoño. Nada parece salirnos bien, pero nos tenemos los unos a los otros.

—A diferencia de otros postres, los pasteles de luna se preparaban en tiempos inciertos —digo—. Así ha sido esta semana para nosotros. Estuve a punto de abandonar el concurso. Entonces recordé que los rebeldes de la antigua China estaban en plena revolución y que preparar pasteles de luna seguramente tampoco era una de sus prioridades, pero aun así encontraron la manera de sacar provecho de la situación. Los pasteles de luna unieron a los aliados e inspiraron a la gente a sublevarse y a luchar por sus seres queridos. Y así se ganó una guerra.

Encuentro a mi familia entre la multitud. Tim me saluda con la mano, Megan me levanta los pulgares y la tía Jade me sonríe.

—Supongo que he aprendido que cuando todo parece imposible, a veces la mejor opción es mantener la calma y hacer pasteles de luna.

El público aplaude cuando me bajo del escenario.

Después de que todos los concursantes hayan tenido su turno, los jueces prueban los pasteles, toman notas y pasan unos minutos deliberando antes de que Lawrence se adelante con el micrófono en la mano.

—Lo que más nos ha gustado de estos pasteles de luna no es solo lo deliciosos que están, sino las historias que hay detrás de cada uno, las luchas, los contratiempos, la solidaridad —dice—. Este mismo espíritu fue el que unió a la gente en su día e hizo que los pasteles de luna pasaran a ser una parte tan querida de las celebraciones del Festival del Medio Otoño. Nos ha costado mucho decidir a quién conceder el primer y el segundo puesto. Felicitemos a nuestros finalistas: ¡Valerie Leung y Dylan Tang!

Me he quedado de piedra al oír mi nombre. ¿He quedado entre los dos primeros?

—Estos dos jóvenes chefs han destacado por razones diferentes pero igual de importantes —continúa Lawrence—. El pastel de luna al horno de cinco frutos es rico tanto en sabor como en los valores que representa. Este postre cuenta la historia de una panadera experimentada que transmite a su nieta no solo una receta, sino también una tradición. Y el pastel de luna de piel de nieve hace honor a su nombre: suave como la nieve por fuera, dulce y terso por dentro. El sabor del gula melaka es tan auténtico que me siento como si hubiera vuelto a la cocina de mi Por Por. —Hace una pausa—. Y el ganador es...

La expectación me supera. La mano de Theo atrapa la mía.

—¡Una luna sin yema! —anuncia Lawrence—. ¡Un aplauso para Dylan y su ayudante de cocina, Theo!

Los aplausos me retumban en los oídos, pero estoy demasiado abrumado para moverme.

Megan me da un codazo en las costillas.

—¡Vamos, sube!

Theo y yo subimos juntos al escenario. Lawrence nos felicita y me entrega un trofeo.

—Tengo una pregunta para el ayudante —le dice a Theo—. Has hecho todo lo posible para conseguir los ingredientes de los abuelos de Dylan. ¿Cómo te sientes al haberlo ayudado a ganar el concurso?

—Me siento muy afortunado —responde él—. Yo he nacido aquí, pero mi madre era de Hong Kong. Nunca he tenido oportunidad de reconectar con la herencia asiática de mi familia... hasta que conocí a Dylan. —Me mira—. Hacer pasteles de luna para recordar a tu madre y que me permitieras participar me ha dado la oportunidad de honrar también a la mía.

Me atraganto un poco.

—¿Algo más que quieras decirle? —pregunta Lawrence.

Theo se vuelve hacia mí. Su sonrisa ilumina la noche.

—La primera vez que entré en el local de tu tía, supe que quería estar contigo —dice—. Me haces feliz, Dylan. Más de lo que crees. Solo espero llegar a hacer lo mismo por ti.

El público se conmueve. Se me hincha el corazón, como un xiao long bao con demasiado relleno.

Doy un paso adelante y lo último que veo es la sorpresa en los ojos de Theo cuando pego los labios a los suyos. Casi no me creo que todo esto sea real. Nuestros mundos opuestos se han unido de la mejor manera posible y todo parece mágico.

Cuando nos separamos, la gente aplaude. Megan y Terri dan saltitos sin poder contener la alegría.

El señor Wu invita a todo el mundo a probar los pasteles de luna, que se han cortado en porciones pequeñas para que haya más. Hay platos de papel y tenedores de madera.

Cuando bajamos del escenario, la tía Jade es la primera en llegar hasta nosotros y me abraza con fuerza.

—¡Estoy muy orgullosa de ti, cariño! —Abraza a Theo—. Y tú... Eso ha sido lo más loco y romántico de la historia.

Megan y Tim nos abrazan.

—¡Ha sido épico!

—Los pasteles son una pasada —dice Terri.

—Gracias por haber traído a Dylan al estudio —responde Theo—. Te debo una, ardillita.

Terri hace un gesto para restarle importancia.

—No pasa nada, estamos en paz. Sé que odias el Monopoly.

—Felicidades, Dylan —dice Bernard—. Tu Por Por estaría muy orgullosa. De hecho, te he traído un mensaje suyo.

Saca el teléfono y reproduce un vídeo. Theo aparece en la pantalla, frotándose los ojos mientras sale del aeropuerto de Changi en Singapur. Sonrío. Está guapo incluso con el desfase horario.

Bernard, que está grabando, habla fuera de cámara.

—¿Cómo te encuentras?

—Cansado, pero centrado —dice Theo—. Voy a conocer a los abuelos de Dylan y estoy un poco nervioso porque quién sabe lo que pensarán de mí.

El vídeo cambia a una imagen del patio trasero de mis abuelos. Theo no sabe que Bernard lo está grabando mientras se agacha delante de la campanilla azul con unas tijeras en la mano.

—Tía, me siento muy mal por cortar su planta —dice a Por Por—. ¿Cuántas flores bastarán?

—¡Llévate todas las que necesites! —responde ella.

En la siguiente escena, las caras sonrientes de Por Por y Gong Gong llenan la pantalla.

—¿Quieren decirle unas palabras a su nieto para animarlo? —pregunta Bernard.

—Me siento muy conmovida de que hayas hecho todo este esfuerzo para replicar mis pasteles de luna —dice Por Por—. Aunque no recuerdo la receta, en el fondo sé que lo harás bien.

—Tu Gong Gong te quiere mucho y te apoya en todo —añade él—. Tu madre se sentiría muy feliz.

Se me saltan las lágrimas.

Por Por se acerca con una sonrisa de complicidad.

—Tu Gong Gong les decía a tu madre y a la tía Jade que buscasen a un hombre que fuese capaz de volar a la luna por ellas. —Mira a Theo, que está en el jardín cortando flores y suelta una risita—. Esto se parece bastante.

Gong Gong la mira.

—Nunca les dije eso a las chicas.

Por Por frunce el ceño.

—¡Claro que sí! —Su expresión se suaviza—. También tengo anotado en mi diario cómo pedaleabas dos horas en bici de un extremo a otro de la isla dos veces por semana para verme.

Gong Gong se ríe.

—Mi madre no dejaba de preguntarme si no prefería salir con una vecina.

Me río y me limpio los ojos. La cara de alegría y amor de mis abuelos no tiene precio.

Theo se vuelve hacia Bernard.

—Mientras hacíamos los pasteles, ¿te has dedicado a montar este vídeo?

El mayordomo asiente.

—Tenía órdenes estrictas de su Por Por de darle una sorpresa.

La tía Jade levanta una ceja.

—Espere, ¿usted fue quien filmó a mis padres?

Bernard sonríe.

—Debe de ser la tía de Dylan. Está claro que el ingenio y el encanto vienen de familia.

Se cruza de brazos.

—¿No intentaba separar a los chicos hace apenas unos días?

Bernard se muestra arrepentido.

—Espero que perdone mi desafortunado error de juicio.

Antes de que la tía Jade diga nada, una seca voz masculina se le adelanta.

—Siento interrumpir esta encantadora estampa, pero quisiera hablar con mi hijo.

Capítulo 33

Malcolm Somers lleva un traje a medida, sin corbata. La tía Jade y Megan lo miran con desprecio. Se me revuelve el estómago de los nervios. De repente, la temperatura parece descender por debajo de cero.

—¿Papá? —El tono de Theo es tenso—. ¿Qué haces aquí?

Malcolm me mira a los ojos.

—Tenía que ver por mí mismo por qué ibas a atravesar medio mundo de ida y vuelta con mi dinero.

—Por quién —interrumpe Theo con firmeza y me aprieta la mano con las suyas—. Por quién cruzaría medio mundo. Y cualquier cosa que tengas que decirme, puedes decirla delante de Dylan.

Malcolm observa el ambiente festivo. Los instrumentos chinos tocan una música alegre por los altavoces, los farolillos se mecen al viento, y la charla y las risas de la gente que hace cola en los puestos llenan el aire fresco de la noche.

Bernard le ofrece a Malcolm un plato de papel con un trozo de pastel de luna.

—¿Quizá te gustaría probar el pastel ganador que ha hecho Dylan?

Todo el mundo guarda silencio. Malcolm mira el plato con ojo crítico antes de clavar el tenedor de madera en el trozo y darle un bocado. Mastica y, en ese momento, parece más humano que nunca.

—Sé que piensa que no soy lo bastante bueno para su hijo —suelto.

Malcolm se vuelve hacia mí, igual que los demás.

Me lanzo al vacío.

—Mi familia no tiene mucho; no podemos ofrecerle a Theo más que una fracción insignificante de la vida que ya tiene. Sin embargo, por encima de todo, quiero que sea feliz. Que forme parte de una familia. Y si no es capaz de encontrarle un hueco en la suya, siempre habrá un lugar esperándolo en la mía.

Malcolm arquea una ceja. Me mantengo firme. Theo abre mucho los ojos.

Su padre se vuelve a mirarlo.

—¿Estás seguro de que esto es lo que... a quien realmente quieres?

—¿Desde cuándo te importa? —susurra Theo.

—Levanta la voz, hijo.

Esta es la parte en la que Malcolm lo repudia. Lo deshereda. Quiero decirle a Theo que no provoque más a su padre, pero no es mi lucha. Lo único que puedo hacer es estar a su lado.

Theo respira hondo.

—Después de la muerte de mamá, me sentía como si os hubiera perdido a los dos. —Su voz es más firme y clara de lo que espero—. Ahora sé que nunca habrías querido tener hijos, pero por aquel entonces, solo era un niño de cinco años que echaba de menos a su madre y se preguntaba por qué su padre nunca estaba en casa. Fui a la boda porque quería que supieras lo que se siente cuando tu propia familia te da la espalda. Si tienes algún problema con eso, háblalo conmigo. Deja a Dylan y a su familia al margen, porque lo único de lo que son culpables es de hacerme sentir más en casa de lo que tú nunca lo has hecho.

Malcolm lo estudia con una intensidad que intimidaría a cualquier otro.

—¿Recuerdas quién te llevó a comprar tu primer violín?

La expresión de Theo vacila un poco.

—Fuiste tú.

—Tu madre te llevaba a clases de violín, te grababa practicando y me enviaba los vídeos mientras yo estaba de viaje de negocios. —Mira a su mayordomo—. Después, Bernard siguió haciendo lo mismo. Como cualquier padre, quería que siguieras mis pasos: que estudiaras Derecho, te convirtieras en un hombre de negocios de éxito y algún día demostraras que eras digno de tomar las riendas de mis empresas. —Sacude la cabeza—. Pero supe, incluso antes que tú, que me iba a llevar una decepción.

Hay una larga pausa. Me preparo para lo peor.

Malcolm continúa.

—Me han dicho que Julliard cuenta con un programa de excelencia académica muy selectivo para estudiantes universitarios excepcionales. Eligen a menos de diez cada año.

La incredulidad de Theo es evidente.

—¿Hablas en serio?

Malcolm le tiende la mano.

—Presentarás la solicitud este semestre y espero ver tu nombre en esa lista.

Theo aún parece atónito mientras le estrecha la mano a su padre. Estoy bastante seguro de que Malcolm no ha abrazado a su hijo ni una vez en la última década y claramente no tiene planes de romper la racha esta noche. Aun así, al menos la guerra entre ellos por fin ha terminado. No es más que una tregua, pero se siente como una victoria.

—Feliz cumpleaños atrasado, hijo —dice Malcolm.

Mientras se marcha, me vuelvo hacia Theo.

—Un segundo, ¿cuándo ha sido tu cumpleaños?

—Ayer —responde—. Aunque este año no he tenido cumpleaños exactamente. Perdí un día cuando volé de Nueva York a Singapur; cuando volví, ya era el día siguiente.

—Siento que te perdieras tu decimoctavo cumpleaños por mi culpa —digo.

—Ha merecido la pena. —Un caleidoscopio de emociones atraviesa su mirada—. Lo que le has dicho a mi padre… No me has dado una fracción insignificante de lo que ya tengo, Dylan. —Se le quiebra un poco la voz—. Me has dado una pieza muy importante que me faltaba.

Me besa. Esta vez es suave y dulce, y el contacto de sus labios remolonea en los míos incluso después de apartarse.

Miro las sonrisas indulgentes en las caras que nos rodean: Terri, Bernard, la tía Jade, Megan y Tim. Sigo sosteniendo el trofeo en la mano; es de plástico dorado, pero parece más pesado, como si cargara con todo el peso de las esperanzas y los sueños de mi familia. Participar en el concurso y recrear la receta secreta de Por Por era uno de los últimos deseos de mi madre, y ganar una aparición en *Fuera de carta* podría brindarnos la publicidad que necesitamos para salvar Guerreros del Wok.

Y lo hemos conseguido. Hemos ganado.

Clover trota hacia Theo y le tira del puño de los vaqueros. Él se agacha y la acaricia con cariño.

—¿Has venido hasta aquí para apoyar a tu dueño?

Clover levanta la cabeza y ladra.

—Dice que está dispuesta a compartirme —bromeo.

Theo se arrodilla.

—Gracias, colega. Prometo cuidarlo tan bien como tú. —El animal mueve la cola y le lame la cara—. He visto un puesto que vende golosinas para perros con forma de pastel de luna. ¿Quieres que vayamos?

Clover ladra y tira de la correa. Mientras Theo y Tim dejan que la perra los guíe hacia el vendedor de golosinas para perros, la tía Jade viene a mi lado. Aunque soy más alto que ella, me pasa un brazo por los hombros.

—Tu madre estaría muy orgullosa —dice.

Le beso la mejilla.

—Me has recordado que necesitaba creer que todas las historias pueden tener un final diferente.

Me aprieta el brazo.

—Y tú que lo más importante que tenemos no es el dinero ni el negocio, sino los unos a los otros.

Vemos a Theo y a Tim hablando y riendo mientras compran las golosinas para Clover.

—¿Sabes qué? —dice la tía Jade—. A tu madre le habría gustado mucho Theo.

La felicidad florece dentro de mi pecho.

—Yo también lo creo.

Cuando Theo y Tim regresan, Clover tiene en la boca una golosina con forma de pastel de luna. La tía Jade le comenta a Bernard que al pastel de yuzu, lichi y martini que está probando le falta ginebra. Terri y Megan nos traen vasos de papel con té oolong y pu-erh.

—El Festival del Medio Otoño es un tiempo para la familia. —La tía Jade levanta el té—. Por los reencuentros.

Todos brindamos.

Cuando el señor Wu se acerca a felicitarnos de nuevo, Megan pregunta:

—¿Podría sacarnos una foto a todos juntos?

Terri y Megan le dan sus teléfonos y nos arrejuntamos. Levanto a Clover para que salga en el encuadre y Theo me rodea con el brazo.

—Perfecta —dice el señor Wu—. Decid: ¡pasteles de luna!

—¡Pasteles de luna! —coreamos mientras se dispara el flash.

Las chicas recuperan los móviles y el señor Wu nos tiende un sobre.

—Un caballero quería que te entregara esto en su nombre.

De un empresario a otro, reza la nota manuscrita en el anverso. *Enhorabuena*.

Saco el cheque a mi nombre. Se me acelera el corazón. Es el mismo que Malcolm me dio delante de Guerreros del Wok, el que yo le devolví a Theo. Por la expresión de su cara, él también lo reconoce.

Comprendo que es la forma que tiene Malcolm de darme algo que no esperaba recibir: su aceptación. Quiere entregarme este dinero, no como caridad ni como recompensa, sino como algo que pueda aceptar con la cabeza bien alta. Y sobre todo, con Theo a mi lado.

La tía Jade, Megan y Tim se quedan boquiabiertos cuando ven la cantidad del cheque.

—Podemos usarlo para pagar las reparaciones del local —digo.

—Tengo una idea mejor —dice Theo.

Nos metemos en dos coches. Megan y Tim van con Terri, y Bernard insiste en que la tía Jade venga con nosotros en el Audi. Le abre la puerta del acompañante con una reverencia.

—No te preocupes, Bernard, ya me abro yo la puerta. —Theo sonríe mientras nos montamos en la parte de atrás con Clover.

Conducimos hasta Sunset Park. Theo le indica a Bernard que pare a unas manzanas de la Octava Avenida. El BMW de

Terri se detiene detrás de nosotros y Megan, Tim y ella se bajan. Los siete nos reunimos en la acera.

—¿Qué hacemos aquí? —pregunta Megan.

—La primera vez que Dylan y yo salimos, me enseñó este sitio. —Theo señala un oscuro edificio de dos plantas con un cartel de «Se alquila»—. Dijo que era la ubicación perfecta para el restaurante soñado de la tía Jade. Bernard contactó con la agente inmobiliaria y nos ha prestado la llave para echar un vistazo.

Una sacudida me atraviesa. De repente, todo encaja. Me vuelvo hacia la tía Jade.

—En vez de arreglar Guerreros del Wok, ¿por qué no alquilamos este sitio? Podemos usar el dinero para cubrir el depósito...

—Y grabar aquí el episodio de *Fuera de carta* para que la gente sepa dónde encontrarnos —añade Megan.

La tía Jade parpadea.

—Un segundo, ¿vamos a salir en el programa de Lawrence Lim?

Megan y yo intercambiamos una sonrisa.

—Sí, era el premio del concurso: el ganador elige un local de comida para que salga en uno de los episodios. No te dijimos nada antes porque no queríamos que te hicieras ilusiones.

La tía Jade sigue inquieta.

—Un sitio así costaría mucho dinero. Y no estoy segura de que el casero vaya a dejar que nos marchemos sin pagar las reparaciones tras los daños causados por la inundación...

—En realidad, si me lo permite —interrumpe Bernard con un gesto de disculpa—, hablé con la agente sobre el tema. El seguro de su casero debería cubrir los daños estructurales de la inundación. Como inquilina, solo es responsable de sus propias pertenencias.

—Podremos estrenar muebles y utensilios. —No puedo contener el entusiasmo—. Tal vez hasta tengamos suficiente para pagar las reformas.

—También hay una vivienda de tres dormitorios en la segunda planta —dice Theo—. Con entrada privada independiente y acceso desde el local comercial.

Tim se queda boquiabierto.

—¿Significa eso que vamos a vivir arriba?

—El piso está sin amueblar, así que podréis traéroslo casi todo —responde Theo—. Será como vuestra antigua casa, pero un poco más grande.

—¡Qué pasada! —exclama Megan y levanta el puño—. ¿Cuándo nos mudamos, mamá?

La tía Jade sacude la cabeza.

—No puedo aceptarlo, Dylan. Deberías ahorrar ese dinero para tu educación…

—Sé que mamá te pidió que cuidaras de mí cuando ella ya no estuviera —digo—. Pero has hecho mucho más que eso. Me has tratado como si fuera tu propio hijo. —Miro a mis primos—. Todos me acogisteis con los brazos abiertos. Estuvisteis a mi lado cuando me sentía solo. Ahora dejadme a mí hacer algo por esta familia. Por favor.

A la tía Jade se le saltan las lágrimas. Su sueño de tener su propio restaurante está por fin al alcance de la mano, en forma de ladrillos y cemento. Bernard no pierde detalle y le ofrece un pañuelo de tela.

Se ríe con timidez mientras se limpia los ojos.

—Qué ridículo, llorar delante de un edificio vacío… Pero no sé qué decir.

Theo se saca un llavero y se lo entrega a la tía Jade.

—No digas nada hasta que lo hayas visto.

La tía Jade abre las puertas, encendemos las luces y entramos. El comedor principal está vacío, pero el espacio es lo bastante grande como para albergar al menos veinte mesas.

—Podemos poner mesas junto a las ventanas para aprovechar al máximo la iluminación natural —dice la tía Jade mientras se pasea en círculos—. Y en el otro lado, unos reservados iluminados con farolillos. Pero no quiero que la decoración sea demasiado elegante. Quiero que el restaurante sea accesible, para que personas con distintos recursos puedan venir y disfrutar de una buena comida.

Theo señala con la mano una escalera que conduce a la planta de arriba.

—Venga, continuemos la visita.

Clover empieza a explorar el piso en cuanto abrimos la puerta.

—Hay tres dormitorios —dice la tía Jade—. Dylan debería tener el suyo, así que…

—Me pido uno —dicen Tim y Megan al unísono. Se miran con el ceño fruncido.

—¿Desde cuándo los niños de once años tienen habitación propia?

—¡En un par de años te irás a la universidad!

—En realidad —interrumpo—. Creo que vuestra madre debería tener una habitación para ella sola.

La tía Jade se ríe.

—Desde luego, que ya estoy mayor.

Megan resopla.

—Vale. Pondremos un separador.

Clover ladra y ataca los cordones de Theo. Él la mira, sorprendido.

—¡Vaya! ¿Intentas decirme algo?

Tim se ríe.

—Que ya eres oficialmente parte de la familia.

Le doy un golpe en el hombro con cariño.

—Siento no haberte comprado nada por tu cumpleaños.

Theo me da la mano y entrelaza nuestros dedos.

—No te preocupes. Todo lo que quería está aquí mismo.

Epílogo

—L a Cocina de Jade, ubicado en un edificio de dos plantas en una bocacalle de la Octava Avenida, ofrece auténtica cocina china singapurense que hace la boca agua y consigue destacar en la abarrotada escena gastronómica de Chinatown —dice Lawrence Lim en medio de nuestro restaurante—. Con precios asequibles, especias sin diluir y raciones generosas que no escatiman en ingredientes, la propietaria y jefa de cocina, Jade Wong, se mantiene fiel al mantra que todo singapurense, y malayo, conoce: «Bueno y barato». Creednos cuando decimos que esta joya no permanecerá oculta durante mucho tiempo. Las mesas son limitadas, así que no tardes en hacer tu reserva.

—¡Corten! —dice el director—. ¡Hemos acabado!

Todo el mundo rompe a aplaudir y vitorear. Hemos pasado todo el día filmando el episodio para *Fuera de carta*. Los clientes que disfrutan de la comida también se levantan y aplauden.

La tía Jade sonríe de oreja a oreja y le brillan los ojos. Abrimos el restaurante hace un mes y ya hemos recibido algunas críticas muy favorables en la escena gastronómica. Tenemos completos todos los fines de semana de diciembre, e incluso vamos a celebrar nuestra primera fiesta privada en Nochevieja. Ayer por la noche, Theo invitó a su padre y su madrastra a cenar. Cuando llegaron, la tía Jade le entregó a Malcolm un documento legal en el que le ofrecía una participación del cinco por ciento en el restaurante como muestra de nuestro agradecimiento. Él aceptó y se dieron la mano.

La tía Jade sigue a cargo de todo en la cocina y yo soy su aprendiz. Las recetas son el alma de un restaurante y hay que conservarlas en la familia. Hemos contratado personal suficiente para gestionar todo lo demás: anfitriones, camareros, ayudantes de cocina y lavaplatos. Chung sigue encargándose de los repartos en moto, junto con otros dos amigos suyos.

No voy a mentir, compaginar el último curso, la familia, una relación y el trabajo en la cocina no es ninguna broma. Theo y yo llevamos semanas sin tener una cita en condiciones. Pero él nunca se queja y aprovechamos al máximo el tiempo que pasamos juntos. Estoy decidido a conseguirlo. Todo.

—Mira esto, un bloguero gastronómico que comió aquí la semana pasada ha publicado un artículo sobre nosotros y es tendencia. —Tim lee la crítica en el teléfono—. «Nos encanta que La Cocina de Jade no haya perdido el encanto de sus modestos comienzos como el pequeño negocio familiar de comida para llevar antes conocido como Guerreros del Wok. Si te pasas por allí por las tardes y los fines de semana, encontrarás a un variopinto grupo de adolescentes, la mayoría familiares de la chef Jade, entre ellos uno que espera seguir sus pasos culinarios, haciendo rondas y ofreciendo recomendaciones. Más que como un cliente en un restaurante, te sentirás como un invitado en su casa».

Me río.

—¿Ahora somos un grupo variopinto?

—La panda de Jade —dice Megan con orgullo—. Deberíamos hacernos chapas.

Lawrence nos felicita de nuevo antes de marcharse. Mientras el equipo de grabación recoge, la tía Jade y Bernard se ponen los abrigos.

—¿Vais a salir a celebrarlo? —pregunta Megan.

La tía Jade asiente. Sigue brillando gracias a la maquilladora del programa.

—No me esperéis despiertos, chicos. Llevo las llaves.

Bernard le apoya la mano en la espalda mientras salen por la puerta.

Tim sube las escaleras y Megan mira el reloj.

—Me voy a casa de Terri. Tenemos noche de chicas y vamos a ver la nueva comedia romántica que acaba de salir.

—Me sorprende que hayas conseguido separarla de Lewis —dice Theo.

—Lo sé, esos dos están pegados. —Megan pone los ojos en blanco—. Pero Lewis les ha pedido a sus hermanos adolescentes que vengan a apoyar la campaña de adopción del próximo fin de semana. Me muero por conocer a esas monadas... —Capta mi ceja levantada—. ¿Qué? Me refiero a los perritos y gatitos, ¡hombre!

Theo se ríe. El cumpleaños de mi madre habría sido este domingo, así que me ha ayudado a organizar una campaña de adopción en su nombre en la clínica. No se me ocurre una forma mejor de celebrar el día que ayudar a animalitos a encontrar una familia.

Cuando Megan se marcha, me vuelto hacia Theo.

—Parece que todo el mundo tiene planes. ¿Te apetece dar un paseo romántico?

Sonríe.

—Creí que nunca me lo pedirías.

Descolgamos las chaquetas del perchero, que está junto a la nueva pared de retratos. La foto con mi madre en Singapur está al lado de la que el señor Wu nos sacó en el Festival del Medio Otoño a los siete, incluida Clover.

También hay una foto de Theo con Por Por y Gong Gong, cortesía de Bernard. Les saca una cabeza a mis abuelos y les rodea los hombros con los brazos. Por Por sostiene el tarro de gula melaka mientras Gong Gong tiene la botella de flores de campanilla azul recién cortadas.

—Por Por pregunta por ti cada vez que la tía Jade habla con ella —digo—. Tiene esta foto en la nevera y ha escrito tu nombre debajo para no olvidarse.

—Deberíamos ir a visitarlos alguna vez —dice Theo—. Tal vez el próximo verano, si tu tía puede descansar unos días.

Antes me aterrorizaba la idea de volver a Singapur sin mi madre. Creía que el viaje haría que su ausencia se volviera más evidente y dolorosa. Pero sé que le encantaría vernos ahora.

Salimos. La luz de la luna se refleja en el cartel iluminado que corona la puerta: La Cocina de Jade. El soporte del menú tiene la forma de una pila de piedras zen. Dentro del restaurante, un entramado de pantallas separa los reservados y unos farolillos minimalistas de oro rosa cuelgan del techo y le dan a todo el lugar un brillo acogedor. En cada mesa, hay un pequeño árbol de jade con tallos de madera y hojas ovaladas, un símbolo de buena suerte.

Theo señala al cielo.

—Mira. Hay luna llena.

Empieza a caer una ligera nieve y los diminutos copos flotan hasta su pelo. Le subo la capucha y hago lo mismo con la mía.

—*Yǒu yuán qiān lǐ lái xiāng huì* —digo.

Theo sonríe.

—Nuestro destino es encontrarnos a través de mil kilómetros. —Me rodea la cintura con el brazo y me atrae hacia él—. Me alegra que nos hayamos encontrado.

Me inclino y lo beso.

—A mí también.

Agradecimientos

Al igual que los chefs, los autores no son más que la suma de sus equipos. Me siento honrada de haber trabajado con algunas de las mejores personas de la industria editorial, que han dedicado su tiempo, su esfuerzo y, sobre todo, su corazón a conseguir que este libro llegara a los lectores.

Gracias a Bria Ragin, mi increíble editora, que defendió esta historia en todo momento. En chino, existe la expresión 志同道合 (*zhì tóng dào hé*), que se puede traducir como «espíritu afín»; eso es lo que ha sido para mí como autora novel.

A la extraordinaria agente Jess Regel, propietaria de Helm Literary, que no solo es mi defensora literaria sino también una gran animadora, una optimista y un ancla. A Richie Kern, de Paradigm Talent Agency, que se está ocupando de llevar este libro a los mundos de la esfera televisiva y cinematográfica con los que yo solo me había atrevido a soñar.

Agradezco el apoyo que he recibido de Penguin Random House, en particular, de la vicepresidenta y directora ejecutiva sénior, Wendy Loggia; de la vicepresidenta sénior y editora, Beverly Horowitz; y de la presidenta y editora de Random House Children's Books, Barbara Marcus. Muchas otras personas también han hecho un trabajo muy valioso entre bastidores: la artista Myriam Strasbourg y la diseñadora Casey Moses, que han dado vida a la brillante cubierta; el diseñador del interior Ken Crossland, la editora adjunta Alison Romig, las revisoras Colleen Fellingham y Carrie Andrews, la correctora Tamar Schwartz, los lectores de autenticidad Ivan Leung y Adam Mongaya y la publicista Sarah Lawrenson.

A Jason June, F.T. Lukens, Brian Zepka, Alison Cochrun, Adam Sass, Brian D. Kennedy, Caleb Roehrig y Steven Salvatore, autores a los que admiro profundamente, que se ofrecieron con tanta amabilidad a leer mi libro y compartir sus elogios dignos de ser citados.

A Venessa Kelley, cuyo magnífico arte captó a la perfección a Dylan y a Theo tal como me los imaginaba. (Echa un vistazo a su increíble trabajo en mi sitio web si no lo has visto).

A Naomi Hughes, mi mentora de Pitch Wars, por su orientación y su amistad; a Sarvenaz Tash, una de las primeras en ver esta historia y animarme a seguir adelante; y a Stephanie Willing, mi compañera en Pitch Wars, en quien confío para dar forma a todo lo que escribo. A mis fabulosos compañeros de crítica: Jackie Khalilieh, Julia Foster, Richard C. Lin y Kate Chenli, que leyeron mis revisiones más veces de las necesarias.

A mis talentosos amigos escritores: Vanessa Montalban, Gigi Griffis, Waka T. Brown, Kara HL Chen, Linda Cheng, Marith Zoli, Jessica Lewis, Cas Fick, Yvette Yun, Kevin Weinert y Aashna Avachat. Habéis llenado de alegría y compañerismo este viaje solitario.

A la gente de #FDAMstreetteam, por vuestro entusiasmo inquebrantable. No sabéis cuánto aprecio todas y cada una de las publicaciones, retuits y *stories* que habéis compartido para este libro.

Por último, no sería la persona que soy sin mi familia y mis amigos. A pesar de que a menudo les desconciertan los entresijos del mundo editorial, soportan con cariño la locura de tener a una escritora entre sus filas.

A mi marido, Fred, el *golden retriever* de mi *rottweiler*, el Winnie de mi Igor, el Zhou Zishu de mi Wen Kexing. Eres, sin lugar a dudas, mi media naranja.

A mis padres, que siempre han apoyado mi sueño de ver mi nombre en la cubierta de un libro. Este es para vosotros.

Yilise Lin, Yingting Mok, Sze Min Lee y Catherine Tan, por décadas de amistad y apoyo.

Y a dos queridas amigas que prefieren permanecer en el anonimato, cuyos nombres guardo muy cerca del corazón.

¡Os quiero a todos hasta la luna (de pastel) y más allá!